W0372484

À PROPOS DE L'AUTRICE

Lina Hope vit dans le Sud-Ouest de la France. Passionnée de lecture et de romance, elle se lance dans l'aventure Wattpad en janvier 2017. Après avoir publié sur cette plateforme deux séries réunissant des millions de lecteurs, elle devient une autrice renommée dans le monde de l'autoédition. Elle publie aujourd'hui son premier roman New Adult chez &H.

My BAD Romeo

LINA HOPE

My BAD Romeo

ROMAN

&H

© 2020, HarperCollins France.

Tous droits réservés, y compris le droit de reproduction de tout ou partie de l'ouvrage, sous quelque forme que ce soit.

Toute représentation ou reproduction, par quelque procédé que ce soit, constituerait une contrefaçon sanctionnée par les articles 425 et suivants du Code pénal.

Cette œuvre est une œuvre de fiction. Les noms propres, les personnages, les lieux, les intrigues, sont soit le fruit de l'imagination de l'auteur, soit utilisés dans le cadre d'une œuvre de fiction. Toute ressemblance avec des personnes réelles, vivantes ou décédées, des entreprises, des événements ou des lieux, serait une pure coïncidence.

HARPERCOLLINS FRANCE
83-85, boulevard Vincent-Auriol, 75646 PARIS CEDEX 13.

www.harlequin.fr

ISBN 978-2-2804-3707-3 — ISSN 2271-0256

Viens douce nuit, viens vite amoureuse au front noir, donne-moi mon Romeo. Et quand je mourrai que tu le prennes et l'éclates en petites étoiles, dès lors, il embellira tant le visage du ciel que tout l'univers sera amoureux de la nuit, et que nul ne pourra plus adorer l'aveuglant soleil

Romeo & Juliette
William SHAKESPEARE

À Mily et Bee,
Merci de me tendre la main chaque fois que j'en ai besoin.
Vous êtes mes « Ladybug » du quotidien.
Love you girls.

Prologue

Juliet

L'enfer…

J'aime imaginer Romeo en train d'y pourrir. Véritablement. Tout l'amour que je ressentais pour lui se transforme en haine. Une haine infinie qui bout dans mes veines. Je pensais être l'unique, et non une parmi d'autres. Je pensais être celle dont il avait besoin, mais je ne le suis pas. Il a choisi, c'était elles ou moi. Romeo a choisi, en dépit de l'amour que j'avais pour lui.

L'amour…

Ce mot me laisse un goût amer dans la bouche. J'aimais Romeo de tout mon être, et pour quoi ? J'aimais Romeo plus que de raison… Désormais, c'est du dégoût et de la rage que j'éprouverai pour lui.

La pluie se met à tomber, le ciel s'assombrit, et à la place de mon cœur, il y a ce trou. Un trou énorme en plein milieu de ma poitrine. Rempli de vide…

1

Romeo

— Tu connais le jeu de la roulette russe, Romy ? Un gun, une seule balle, et c'est ta vie contre le destin. C'est simple. Pas de triche possible. Alors ? Tu joues avec moi ?

J'ouvre brusquement les yeux, réveillé en sursaut par cet écho dans ma tête. Le bruit sourd du coup de feu retentit encore dans mon esprit. À vrai dire, il ne me quitte jamais. Comme pour me rappeler que, cette nuit-là, la mort ne voulait pas de moi. Cette nuit-là, c'était elle ou moi.

Trop drogué pour l'en dissuader, trop alcoolisé pour tout arrêter. Un flingue, une seule balle, et me voilà hanté par ce cauchemar depuis plusieurs mois.

J'essaie de chasser ce souvenir de ma tête mais, une fois de plus, il s'accroche. Depuis cette fameuse nuit, ses griffes sont plantées profondément dans ma peau. Parfois, j'ai l'impression d'entendre sa voix, mais ce n'est que mon esprit qui me joue des tours. Ses mots résonnent en permanence, à croire qu'elle est toujours là. Penchée au-dessus de mon épaule.

Je ne suis pas cinglé, du moins pas totalement. Ce ne sont que des voix dans ma tête, bien trop présentes.

Perdu, l'esprit encore embrumé par ce cauchemar, je me passe les mains sur le visage, comme si ce simple geste pouvait l'effacer. J'inspire profondément et tourne la tête vers la fenêtre.

New York.

J'ai l'impression de ne pas y avoir mis les pieds depuis une éternité. Pourtant, ça ne fait qu'une année. Quitter cette ville pour essayer de fuir mes démons : brillante idée, a priori. Seulement, ils me suivent comme mon ombre, comme une seconde peau. Impossible de m'en défaire, impossible de les semer ou bien de les chasser.

J'ai essayé, pourtant, de bien des manières, mais le résultat est toujours le même : je suis sous leur emprise, prisonnier de leurs chaînes. J'ai même appelé ma grande amie à mon secours. Aussi blanche et pure que de la neige. Brouillant mes pensées l'espace d'un instant, me permettant de m'évader, juste une seconde. Quand les souvenirs m'étouffent et me font revivre chaque seconde de cet enfer, je la supplie de me venir en aide, et je la laisse s'insinuer en moi pour déverser sa magie dans mes veines comme elle en a le secret.

Mon héroïne. Elle vole la vie de certains mais sauve la mienne.

Le regard perdu dans le vague, je fronce les sourcils lorsque le taxi s'arrête. Plissant les yeux, j'aperçois les néons roses du Roxy à travers les gouttes de pluie qui constellent le pare-brise. Je soupire longuement. Me voilà bel et bien de retour chez nous. Je paie la course, ouvre la portière et saute pieds joints dans une putain de flaque d'eau. Fait chier ! Mes Converse noires bousillées prennent l'eau !

Putain…

Blasé, je récupère mon étui à guitare et mon sac, et laisse le taxi s'éloigner. Planté au milieu du parking, éclairé faiblement par les néons du bar, je contourne le bâtiment pour récupérer ce que j'y ai laissé il y a plus d'un an.

La pluie martèle le sol. J'évite de foutre à nouveau les pieds dans une flaque à la con tandis que je m'approche de ma Nova.

Elle est cachée sous une bâche, à l'abri. Je souris en la voyant. Je n'ai pas conduit mon bijou depuis un long moment et j'ai hâte de l'entendre rugir à nouveau lorsque je tournerai la clé pour la démarrer.

Mon étui posé contre ma caisse, j'attrape un morceau de bâche, dévoilant peu à peu le noir de ma sublime Chevrolet. C'est un modèle de 69, un petit bijou qui appartenait à mon vieux et que ma cinglée de mère a essayé plus d'une fois de vendre pour payer sa came.

Par chance, j'ai réussi à sauver la seule chose qu'il ne m'ait jamais laissée. Ça, et une vieille guitare usée.

Du plus loin que je me souvienne, j'ai toujours aimé la musique. Je ne sais pas vraiment d'où ça me vient, mais elle a toujours eu un effet spécial sur moi. Je ne saurais pas l'expliquer.

Peut-être que mon père aussi avait cette connexion particulière. Je ne le saurai jamais.

J'ai toujours écouté de tout, mais le rock est ce que j'aime le plus. C'est ma drogue et, avec les années, c'est même devenu plus que ça. C'est devenu ma religion. Je ne jure que par ça.

J'ai commencé à jouer à l'âge de dix ans, en autodidacte. Un jour, en traînant dans le garage de la baraque pourrie dans laquelle je vivais avec ma mère, j'ai remarqué une vieille guitare acoustique entreposée dans un coin. C'est sur elle que j'ai tout appris.

À vrai dire, je n'ai jamais su pourquoi ma mère avait laissé cette guitare prendre la poussière ici, dans le garage, comme si personne ne voulait d'elle. Mais je m'en fichais parce que, moi, je voulais bien d'elle, et je crois qu'elle aussi voulait bien de moi.

Je me souviens encore de ce que j'ai ressenti en tenant l'instrument entre mes mains. Il y avait une connexion inexplicable entre elle et moi et, lorsque j'ai gratté les cordes pour la première fois, j'étais déjà accro. Pire, je n'arrivais plus à me séparer d'elle. Elle était devenue une extension de ma personne.

À cette époque, je ne savais pas encore l'impact que la musique aurait sur ma vie, mais avec le temps j'ai compris qu'elle allait être un moyen d'évacuer ma colère, ma tristesse et ma frustration. Un moyen de gérer toutes mes émotions. Et, par-dessus tout, de fuir mes démons.

Après avoir découvert entièrement ma Nova, je souris et m'empresse de ranger mon étui à guitare, mon sac ainsi que la bâche de protection dans le coffre, avant de m'installer derrière le volant. Clé dans le contact, je ferme les yeux et démarre ma voiture. Son ronronnement sexy envahit mon corps lorsque le moteur se met en route.

Au volant de ma caisse, je quitte le parking du Roxy pour prendre la direction de mon appart' new-yorkais. Encore un endroit où je n'ai pas mis les pieds depuis un bail, un endroit que j'ai abandonné pour fuir tout ce qui m'empoisonnait.

En vain.

Après avoir roulé une quinzaine de minutes, j'aperçois enfin l'immeuble où je vis.

Vivais ?

Mon appartement se trouve dans un bâtiment défraîchi, au fond d'une ruelle perdue dans le quartier de DoBro, au nord-ouest de Brooklyn. Même si le voisinage laisse à désirer, cet endroit est parfait pour un mec comme moi.

Sombre, déprimant et peu fréquentable.

Ma Nova garée au fond de l'impasse, je récupère mon étui à guitare et mon sac avant de pousser la vieille porte métallique et beaucoup trop bruyante de l'immeuble. Il fait nuit, les pavés mouillés reflètent l'éclat argenté de la lune, et, ça y est, je suis sur le point de rentrer chez moi, accompagné de ma guitare et de mes démons les plus noirs.

Je gravis l'escalier, épuisé par le voyage. Au cinquième et dernier étage de mon immeuble, je tâte le dessus de la porte en fer pour trouver la clé en espérant qu'elle soit toujours là.

Sourcils froncés, je suis sur le point de me décourager quand je mets enfin la main dessus. Après avoir déverrouillé la serrure, je fais coulisser la porte et entre dans l'endroit où je vivais il y a encore quelques mois.

J'allume la pièce principale et m'avance lentement dans le salon en inspectant la pièce.

Un an que je suis parti, mais rien n'a changé. Les lieux sont exactement comme je les ai laissés. Je pousse un long soupir et tourne machinalement la tête vers la droite.

Coup de poignard dans le cœur.

Le mur blanc qui fait face à mon canapé est toujours recouvert des paroles d'une de mes chansons. Juste là, face à moi, écrites au marqueur noir d'une écriture irrégulière. *Son* écriture.

Close your eyes and go to heaven,
Take my hand and trust me.
Don't cry and if you do,
Can you use these tears to
Put out the fires in my soul ?[1]

Planté au milieu de la pièce, le regard fixé sur les paroles, je repense au jour où j'ai écrit cette chanson. Avant, j'écrivais sans arrêt, pour le groupe, pour elle ; j'écrivais tout le temps. Les mots

1 Ferme les yeux et va au paradis,
Prends ma main et crois-moi.
Ne pleure pas et, si tu le fais,
Peux-tu utiliser ces larmes
Pour éteindre le feu de mon âme ?

glissaient sur le papier comme s'ils s'écoulaient de moi. Mais, depuis quelque temps, la musique me fuit, les mots ne viennent plus et je n'arrive plus à sortir une seule putain de chanson. C'est pas faute d'essayer, pourtant, mais j'ai trop la tête en vrac.

La tête. Le cœur. Le corps. L'âme.

J'inspire longuement et secoue la tête pour chasser la merde qui me pollue l'esprit, quand quelque chose se frotte contre ma jambe. Je souris lorsque mes yeux se posent sur la boule de poils qui se frotte à mes pieds. Surpris de le voir ici, je l'attrape pour la tenir à portée de visage.

Tout blanc, avec le bout des pattes grises et de grands yeux gris lunaires, presque translucides. Je l'avais appelé Minuit quelques jours après son arrivée ici.

En général, je ne suis pas un grand fan des chats, mais cette boule de poils a débarqué de nulle part un soir et depuis n'a plus quitté les lieux. Je m'étais habitué à sa compagnie et, quand je suis parti, je me suis demandé s'il suivrait mon exemple.

On est pareil tous les deux. Sans famille, solitaires, et attachés à cet endroit, puisqu'on y revient.

Mon petit pote dans les bras, je me dirige vers la cuisine américaine et le dépose sur le comptoir, avant de m'installer sur l'un des tabourets. Assis devant moi, ses yeux hypnotiques plongés dans les miens, Minuit miaule à plusieurs reprises.

— Comment ça se fait que tu sois encore ici ? Et comment as-tu fait pour entrer ? Il n'y avait rien pour toi, pourquoi tu n'es pas parti ? Même moi, j'ai fui.

En guise de réponse, il miaule une nouvelle fois et je secoue la tête. Je suis encore plus flingué que je le pensais. Je tape la discute à un chat, c'est du grand n'importe quoi.

Curieux de savoir comment il s'est infiltré ici en mon absence, je le prends dans mes bras – comme n'importe quel chat, il se met alors à ronronner – et vérifie toutes les fenêtres. Quand j'arrive à celle de ma chambre, je constate qu'elle est brisée dans le coin en bas à droite. Voilà l'explication.

Je fronce les sourcils et pose mon chat sur le sol pour évaluer les dégâts. Sur mon lit, il y a des débris de verre et, sur le sol, un morceau de brique. Je ne sais pas comment ce truc a atterri ici mais, en dehors de Minuit, il n'y a pas d'autre intrus en vue.

De toute façon, il n'y a rien à voler ici. Seulement quelques meubles, des cahiers noircis de chansons, des étagères remplies de vinyles et rien de plus. Rien.

J'ai appris à mes dépens que plus on accorde d'importance aux choses, ou aux gens, qui nous entourent, plus on devient faible.

Trop crevé pour ranger, je me frotte le visage et sors de ma chambre. Ce n'est pas ce soir que je vais retrouver mon lit. Après tout, j'ai dormi dans des endroits plus pourris les uns que les autres, et ce pendant plusieurs mois, alors mon canapé fera bien l'affaire pour ce soir.

2

Romeo

Les mains dans les poches, je traverse le parking pour rejoindre l'entrée du Roxy. Ça fait un an que je n'y ai pas mis les pieds, et je crois que cet endroit m'a manqué.

Je me souviens de la première fois que j'ai débarqué dans ce club. Ma guitare en main, j'ai passé la porte pour participer à une scène ouverte. Ce soir-là, non seulement je me suis rendu compte à quel point j'aimais monter sur scène, mais j'y ai aussi rencontré Naël, MK et Seven, qui sont devenus les membres de mon groupe.

Tous les quatre, on forme les Nyx. Après la création du groupe, Roxanne, la propriétaire du Roxy, nous a programmés tous les week-ends quand elle a vu que les gens aimaient notre musique et venaient spécialement pour nous entendre. Les Nyx sont vite devenus l'âme du club.

Mais, ça, c'était avant de rencontrer Shelby. Avant de tomber amoureux d'elle, et de sa folie. Avant de partir sans aucune explication après cette putain de soirée.

Avant que mon cerveau vrille et que je pète les plombs, au point de tout lâcher.

La capuche de mon sweat sur la tête, je passe la porte du club. Ce n'est qu'une fois à l'intérieur que je réalise combien cet endroit a changé. Ce n'est plus le Roxy que j'ai laissé en quittant New York. Aujourd'hui, le bar ressemble davantage à un repère grunge. Certains murs ont été repeints en noir, d'autres sont recouverts de graffitis et autres peintures plus artistiques.

Juste au-dessus du comptoir, une énorme enseigne en néon rose formant le mot « Roxy » éclaire les bouteilles d'alcool exposées sur des étagères vitrées. D'après ce que vois, les employées du bar portent dorénavant un T-shirt de couleur noire avec le nom du bar inscrit en rose dans une police type néon.

Le visage dissimulé sous ma capuche, j'observe les lieux. Le Roxy semble avoir une nouvelle âme et, sans savoir pourquoi, j'aime l'ambiance sombre, rock et grunge, qui émane de cet endroit.

Ce soir, le club est plutôt bien rempli, mais ce n'est rien en comparaison de l'époque où l'on y jouait. Si je n'étais pas parti, on serait sûrement devenu un putain de groupe célèbre. Mais ce n'est pas le cas. Je me suis cassé d'ici en les laissant derrière moi avec pour seul message un vague texto disant que j'avais besoin de prendre le large pendant un temps. Après ça, j'ai fait le mort.

Les mains dans les poches de mon sweat, j'avance en me faufilant à travers les clients du bar et, tandis que je me rapproche de la scène, je les aperçois tous les trois. Seven, MK et Naël, assis à notre table habituelle.

Faut croire que certaines choses ne changent pas.

Dès qu'elle me voit, MK se stoppe net. Sa bouteille en suspens au bord des lèvres, ses yeux gris à moitié cachés par une longue mèche violette, elle me fixe comme si elle avait vu un fantôme.

C'est un peu le cas. Après tout, je suis l'ombre de celui que j'étais autrefois.

Des trois, elle est la seule à pouvoir me voir, car les deux autres me tournent le dos. Je suis prêt à leur faire face, après un an d'absence. Je m'arrête devant leur table et, posant une main sur l'épaule de Seven, le guitariste du groupe, je lance un « salut » nonchalant, comme si je les avais vus la veille.

Surpris par le son de ma voix, Seven et Naël se retournent comme un seul homme. Quant à Mary-Kate, elle cligne des yeux pour s'assurer qu'elle ne rêve pas.

— Putain de merde !

Naël, qui semble légèrement choqué de me voir, jure une seconde fois alors que Seven me fixe sans rien dire. Contrairement à MK, son regard est dur. Me retrouver ne semble pas lui faire plaisir. Comment lui en vouloir ? On était un groupe, une famille et je les ai laissés tomber du jour au lendemain.

— Eh bien ! s'exclame Seven. On dirait que notre enfoiré de déserteur a décidé de refaire surface. Si on avait su qu'il suffisait de revenir au Roxy pour le faire réapparaître, on l'aurait fait plutôt.

Mâchoires serrées, il ne me lâche pas du regard. Il a la haine de me voir planté devant lui, et quelque chose me dit que son poing doit le démanger. Pourtant, il ne bouge pas, il se contente de me fixer d'un air mauvais.

Si ses yeux pouvaient tirer des balles, je serais en train de baigner dans mon propre sang.

Des trois, Seven est celui de qui j'étais le plus proche. Lorsque je bossais sur une chanson, il savait exactement quel genre de mélodie lui associer. Il lui suffisait d'attraper sa guitare, de gratter les cordes et de me laisser chanter par-dessus pour que nous nous accordions sur le son.

— Merde ! Je n'arrive pas à croire que tu sois là ! ajoute MK. C'est dingue ! Personnellement, je te croyais mort.

La blonde platine attend visiblement des explications, mais je me contente de hausser les épaules.

— Comme tu vois, Mary-Kate, ce n'est pas le cas.

— Ouais. C'est ce que je constate.

— Et on peut savoir où t'étais passé, mec ?

Je me frotte le nez et tire une chaise pour m'installer avec eux. Si MK et Naël semblent s'intéresser à la raison de mon départ, Seven, lui, ne desserre toujours pas les dents.

— T'es revenu quand ? insiste Naël.

— Hier soir.

— Pourquoi t'es parti ?

— Ouais, et pourquoi t'es revenu ? demande Mary-Kate.

Les jumeaux me bombardent de questions. Naël et Mary-Kate, le batteur et la bassiste du groupe, semblent déterminés à me faire parler. Nerveux, je réfléchis à ce que je vais leur dire. Je sais pertinemment que je n'ai pas le choix.

— J'ai pas mal bougé, dis-je. J'avais besoin de m'éloigner de New York, c'est tout.

— De New York ? Tu veux dire de New York et du groupe ? Parce qu'on était un groupe, Romeo. Une famille. Tu le savais, non ?

— MK, je vous ai prévenus que je me cassais.

— Tu nous as envoyé un texto ! Un texto sans aucune explication, espèce de connard !

Les yeux gris de Mary-Kate sont braqués sur moi et sa voix est chargée de colère. J'ai merdé, je le sais, et je ne m'attendais pas à ce qu'ils se jettent dans mes bras, mais je n'avais pas le choix. Si j'étais resté, je serais devenu dingue. Même si, finalement, partir n'a rien changé. Je suis complètement paumé. Elle est toujours dans ma tête, les souvenirs de cette nuit-là sont toujours présents, et il y a cet écho qui ne me quitte jamais vraiment.

— Je n'avais pas le choix. Ce truc avec Shelby... Bref, soit je partais soit je me flinguais. J'ai préféré partir, que ça vous plaise ou non.

Seven secoue la tête avant de se lever de sa chaise d'un seul coup, faisant grincer les pieds en bois sur le sol. Il me fixe un court instant, puis nous tourne le dos et s'éloigne.

Exaspéré, je soupire et saisis la bière à moitié vide de Naël. Le batteur grogne et, comme seule réponse, je lui fous mon majeur sous le nez, avant de finir sa bière d'un trait.

— OK. T'es parti à cause de ce qui s'est passé avec Shelby. Mais t'es revenu. Pourquoi ?

Je repose le verre sur la table dans un bruit sonore, puis je me frotte le nez comme un putain de camé en manque.

Mais bordel, c'est le cas. Je suis en manque.

Cette soirée est merdique. Seven s'est barré et les jumeaux me harcèlent de questions. Je ne pensais pas devoir me justifier autant. Merde, ils connaissent toute l'histoire, ils savent très bien ce que Shelby représentait pour moi. Et même si elle était incontrôlable, même si elle avait le nez encore plus poudré que le mien et si, ce soir-là, on planait complètement, je me sens responsable de ce qui s'est passé.

Tu connais le jeu de la roulette russe, Romy ?

Je ferme les yeux. Un long frisson parcourt ma colonne vertébrale lorsque le coup de feu résonne dans ma tête comme un putain d'écho sans fin.

Folle, droguée, paranoïaque, hystérique, belle, sexy, hypnotique.

Ce sont les mots que j'utilisais pour décrire Shelby la plupart du temps. Cette fille était à part. Elle était spéciale et je me suis laissé entraîner dans sa spirale infernale. Shelby était dérangée, complètement, et c'était ce qui me plaisait chez elle. Cette façon qu'elle avait de vivre sa vie comme un électron libre.

Trop libre.

Elle agissait sans se soucier des conséquences, elle agissait sans avoir peur du vide. Avec elle, tout était intense, peut-être trop. Shelby a laissé sa folie la consumer. Totalement.

Un flingue, une seule balle, et c'est ta vie contre le destin.

Je serre les dents et balaie de toutes mes forces les souvenirs de cette foutue soirée, puis je me rends compte que les jumeaux me fixent toujours, dans l'attente d'une réponse. Pourquoi je suis revenu ? À vrai dire je ne le sais pas moi-même. Je crois avoir réalisé que, peu importe où je me trouve sur cette foutue planète, je n'arriverai pas à échapper à tout ça.

À la voix de Shelby, qui me hante en permanence, aux images de cette fameuse nuit. À l'odeur du sang et à cette vision d'elle qui venait de se faire exploser le crâne sous mes yeux. Elle planait tellement que sa folie lui a coûté la vie.

Je fixe à mon tour les jumeaux et soupire longuement en me passant la main dans les cheveux.

— Pourquoi je suis revenu ? Je n'en sais rien. Mais je suis là, et je compte bien reprendre ma place.

— Ta place ? Quelle place ?

— Je suis le leader des Nyx, Mary-Kate. Ma place est derrière le micro, ici, sur la scène du Roxy.

Elle explose de rire et se tourne vers son frère qui lève les yeux ciel.

— Tu entends ça ? Il veut récupérer sa place. C'est un marrant, lui !

Je serre les dents. C'est bien la seule et unique raison qui m'a poussé à venir ici ce soir.

— Non, mais atterris, Romeo ! Y a plus de groupe ! Quand tu t'es cassé, on a perdu notre chanteur et notre notoriété par la même occasion ! On est finis !

— Je suis d'accord avec elle, renchérit son frère. Le groupe est mort, mec !

Je secoue la tête et me lève, faisant moi aussi grincer les pieds de la chaise sur le sol. Debout, les mains à plat sur la table, je regarde les jumeaux.

— Alors qu'est-ce que vous foutez ensemble, tous les trois ?!

Pourquoi je vous retrouve à la même table qu'il y a un an ? Le groupe n'est pas mort, il a simplement fait une pause. Parce que, putain, j'avais besoin de ça !

Sa bière entre les mains, MK se met à jouer nerveusement avec l'étiquette sans me quitter des yeux.

— OK. Admettons que, Naël et moi, on accepte de reprendre notre place. Tu fais quoi de Seven ? J'espère que tu as de meilleurs arguments pour le convaincre de revenir, parce que sinon t'es pas près de reprendre ta place sous les projecteurs, Romeo !

Une lueur de défi dans le regard, MK croise ses bras tatoués devant elle. Cette chieuse m'agace. De nous quatre, elle est la plus relou et cherche toujours à avoir le dernier mot.

— Me casse pas les couilles, MK ! Accorde ta basse, sois prête à jouer. Moi, je m'occupe de Seven.

Un sourire au coin des lèvres, elle hausse un sourcil et me montre son majeur en guise de réponse.

— Eh bien ! On dirait que les Nyx sont sur le point de faire à nouveau parler d'eux.

Je hoche la tête, et Naël me souhaite un bon retour parmi eux, suivi d'une vanne bien lourde de sa frangine qui ne peut pas s'empêcher de la fermer. Il ne me reste plus qu'à m'occuper du dernier membre des Nyx. Je balance ma capuche sur ma tête et quitte la table en leur crachant de se tenir prêts pour demain soir.

3

Romeo

Après avoir laissé Mary-Kate et Naël, j'ai cherché Seven partout dans le Roxy, mais aucune trace de lui. Des trois, il est visiblement celui qui m'en veut le plus.

Alors que je sors de ma Nova, au pied de mon immeuble, un bruit de moteur attire mon attention. Je tourne la tête vers la route et suis instantanément ébloui par des phares de voiture. Je dois plisser les yeux tant la lumière m'aveugle. Lorsque le moteur s'arrête enfin, elle apparaît.

La jeep rouge de Seven.

Je m'avance vers lui, curieux de savoir ce qu'il fout là. La portière s'ouvre, et il sort de sa caisse.

— Hey ! Je t'ai cherché partout, lui dis-je. Qu'est-ce que tu…

Avant que je puisse terminer ma phrase, son poing s'écrase violemment sur mon nez, me projetant de plusieurs pas en arrière. Je grogne de douleur et touche mon nez. Il est en sang mais, heureusement, pas cassé. Sur les nerfs, je lui rends son regard mauvais. Planté devant moi, poings serrés, il secoue la tête tout en me dévisageant.

— Si tu savais à quel point j'en avais envie quand je t'ai vu devant moi tout à l'heure.

— OK. Bah… Voilà, c'est fait. T'es soulagé ?

— Pas vraiment. Mon poing me démange encore, mais te frapper à nouveau ne servirait à rien.

Je grimace sous le coup de la douleur qui s'intensifie et, après avoir essuyé mon nez avec le revers de ma manche, je m'avance vers lui, sur mes gardes.

— Écoute mec, je ne vais pas m'excuser de vous avoir laissés, si c'est ça que tu attends.

— Ce n'est pas ça du tout ! réplique-t-il. Que tu te sois tiré, je peux comprendre ! Je sais ce que Shelby représentait pour toi, même si… Bref. C'est le fait de ne pas avoir donné signe de vie pendant un an que je te reproche. On était une famille, Romy. Une putain de famille et t'as jamais donné signe de vie !

En l'entendant m'appeler comme ça, je grimace. En dehors de Shelby, Seven est le seul à utiliser ce surnom. Pour chasser les souvenirs attachés à ce diminutif, j'inspire un grand coup.

— Je suis revenu, point. Les autres ont accepté de réformer les Nyx et de remonter sur la scène du Roxy. Je ne sais pas ce que tu comptes faire de ton côté.

— Je sais, abruti. MK m'a envoyé un message, c'est pour ça que je suis là.

— Pour ça, et pour me coller ton poing dans la gueule…

— Tu l'as mérité, tranche-t-il, et crois-moi, si je n'avais pas besoin de mes mains pour jouer, je ne me serais pas contenté d'un seul. Connard.

Immobile face à lui, je sens mes lèvres esquisser un sourire. Ça m'amuse de le voir aussi nerveux et prêt à me foutre une raclée. Ses yeux noirs témoignent de sa colère, mais je peux également y lire de la déception.

Du haut de ses vingt et un ans, Seven est le plus jeune de nous tous. Le groupe est tout ce qu'il a. Il n'a pas eu une enfance facile – même si, à côté de la mienne, il peut s'estimer chanceux. Gosse de foyer, il a passé la plus grande partie de sa jeunesse à se faire trimbaler de famille en famille, jusqu'à ce qu'il puisse se débrouiller tout seul.

Je crois que c'est pour ça qu'on a toujours été proches, tous les deux, plus qu'avec les jumeaux qui, eux, gardent un vrai lien avec leur famille, même à des kilomètres de chez eux. Je pouvais comprendre Seven et son obsession pour la musique. Cette façon qu'il a de s'accrocher à sa guitare comme à une bouée de sauvetage.

Je comprends tout ça. Moi aussi, j'ai été sauvé par ma guitare. Et par la musique, et aussi par la drogue…

Les yeux toujours braqués sur moi, il secoue la tête et réajuste la casquette qui maintient ses cheveux noirs. Je soutiens son regard et m'essuie une nouvelle fois le nez en sentant un liquide chaud en couler.

— Je sais que tu fais la gueule et que t'es prêt à m'en remettre une, lui dis-je, mais j'suis crevé et mon nez pisse le sang, donc si t'as rien d'autre à foutre ce soir, tu peux toujours me suivre.

Sans lui laisser le temps de répondre, je tourne les talons vers la porte de l'immeuble. Seven décide de m'emboîter le pas, je peux entendre ses lourdes bottes frapper le sol derrière moi.

Une fois dans mon appartement, je le laisse faire comme chez lui pendant que je vais me nettoyer le visage dans la salle de bains. Une fois mon nez en meilleur état, je change de sweat et rejoins Seven dans le salon.

Assis dans mon vieux canapé en cuir noir, il tient compagnie à Minuit. J'attrape deux bières dans mon frigo et m'installe dans le fauteuil qui lui fait face. Je décapsule les bouteilles et m'enfonce un peu plus dans mon siège.

— Je n'arrive pas à croire que ce chat soit encore là, dit-il en caressant Minuit.

—Moi non plus.

— Y en a au moins un de vous deux qui sait ce que loyauté veut dire.

Ma bouteille au bord des lèvres, je souris. Seven est amer, et j'ai l'impression qu'il est loin d'en avoir terminé avec ses réflexions. Mais c'est de bonne guerre, je ne lui en veux pas. Chacun gère l'amertume à sa manière.

— Alors ? lance-t-il. T'as fait quoi pendant tout ce temps ? T'étais où ?

— Un peu partout. J'ai traîné.

— T'as traîné ?

— Ouais.

Seven fronce les sourcils, comme pour me montrer que ma réponse ne lui convient pas. Pourtant, il va devoir s'en contenter. Je ne peux pas lui dire que j'ai passé les derniers mois complètement défoncé, dans des endroits merdiques et avec de parfaits inconnus. Que je préférais m'endormir avec une seringue dans le bras pour échapper aux souvenirs de Shelby, et que j'avais plus souvent le nez dans de la poudre que dans mes carnets de chansons.

Je bois plusieurs gorgées de ma bière tandis que Seven ne me quitte pas des yeux. Jusqu'à présent, je ne lui avais jamais rien caché, ni à lui ni au reste du groupe. Mais lui révéler la vérité sur ces douze derniers mois me paraît impossible.

Je me suis tellement éloigné de celui que j'étais avant que je me suis perdu en chemin. À présent, je ne suis pas sûr de pouvoir me retrouver un jour. Je ne sais plus qui je suis. Le vrai Romeo Blake s'est fait bouffer par le putain de drogué qui a pris possession de moi.

Finalement, je ressemble plus à ma mère que je ne le pensais. Paumé et drogué…

Je soupire longuement et repose ma bière sur la table basse. J'ai besoin du groupe, besoin de la musique, et sans Seven, rien de tout ça n'est possible. Alors j'espère vraiment qu'il va accepter de prendre sa foutue guitare pour lui aussi remonter sur scène.

Affalé dans mon vieux fauteuil, un pied sur le bord de ma table basse, je me mords les lèvres tout en balayant mes cheveux de la main.

— Écoute, je n'ai pas la force de parler de ce que j'ai fait ces derniers mois. Ça me bouffe déjà bien assez, et si tu m'as suivi ici, c'est que toi aussi tu as envie de réformer les Nyx. Je me trompe ?

— Comme tu veux. Et, ouais, évidemment que j'ai envie de reformer le groupe, concède-t-il. Le groupe c'est le seul truc cool que j'ai dans la vie, mec.

— Bien.

— Y'en a au moins une qui sera contente de te revoir.

— Roxanne ?

— Ouais, Roxanne. Faut dire que le Roxy a perdu pas mal de clients quand on a arrêté de jouer. Du coup, elle a fait quelques changements dans le bar pour essayer d'en attirer de nouveaux. Ça a un peu marché, mais rien à voir avec l'époque où on montait sur scène.

— J'ai vu ça. Je trouve le bar assez cool comme ça. Plus rock.

— Carrément. Bref, j'suis pas venu pour parler déco, et j'suis claqué. J'vais rentrer chez moi. On se voit demain au Roxy ?

— Ça roule.

Seven réajuste sa casquette, se lève et, après avoir posé délicatement Minuit sur le sol, s'approche de moi et me tend son poing.

— Sans rancune ?

Je souris, amusé, et je cogne mon poing contre le sien.

— Ouais. Sans rancune.

Je ne peux m'empêcher de sourire, je sais déjà qu'il m'a presque pardonné. Seven secoue la tête, sûrement surpris de passer l'éponge si vite, puis il me tourne le dos et quitte mon appartement en martelant le sol de ses grosses bottes. Lorsqu'il a refermé la porte derrière lui, je la fixe un moment avant de passer les mains sur mon visage, épuisé.

Ma vie est merdique. Shelby me hante en permanence. Mais il me reste encore le groupe.

4

Juliet

Mon masque bien en place sur mon visage, je secoue ma bombe de peinture rouge et, tout en maintenant mon pochoir sur le mur, je vaporise celui-ci. Plutôt satisfaite du résultat, je continue mon œuvre en changeant de couleur et de disposition.

Il y a quelques jours, j'ai eu la soudaine envie de peindre l'un des murs du salon que je trouvais beaucoup trop triste. Alors, armée de mes bombes, de mes pinceaux et du reste de mon attirail j'ai commencé mon œuvre.

Ma coloc Nikka, qui adore mes créations, a posé une seule condition : elle veut un mélange de style. Pour satisfaire mon amie, je suis partie sur une œuvre un peu *street* et complètement déstructurée, mélangeant les genres, les univers et les matières.

J'ai rencontré Nikka un peu par hasard. Il y a deux ans, j'ai quitté Londres pour New York afin de commencer une école d'art, et pour beaucoup d'autres raisons. En arrivant ici, j'ai trouvé un petit studio dans le quartier du Queens mais, il y a quelques mois, il a pris feu en même temps que l'immeuble. Contrainte de me reloger, j'ai épluché les petites annonces et suis tombée sur celle de Nikka : elle proposait une colocation dans un loft. Je n'ai pas hésité, j'ai sauté sur l'occasion.

Toutes les deux, on s'est tout de suite bien entendues. J'ai facilement accroché à son humour et à sa forte personnalité. Grande, mince, la peau d'une jolie couleur caramel assortie à une crinière aux boucles brunes, soyeuses et parfaitement dessinées, Nikka est une fille magnifique aux origines multiples. Le genre de fille qu'on peut trouver en couverture de magazine.

Depuis plus de huit mois, je vis avec elle dans ce super loft, à DoBro, au nord-ouest de Brooklyn. Malheureusement, le quartier craint un peu, surtout le soir, et ce n'est pas à côté de mon école. Mais l'appart' est super, on s'y sent bien.

Grand, spacieux, lumineux, dans une esthétique brute et industrielle, cet endroit est fait pour une artiste comme moi. Ce que je préfère, ce sont les poutres métalliques apparentes, le sol en béton, les grandes baies vitrées donnant sur une vue incroyable, mais aussi la mezzanine qui me fait office de chambre.

Là-haut, j'ai un espace rien qu'à moi. De la place pour peindre, où dormir, et même ma propre salle de bains. La chambre de Nikka est au même niveau que la cuisine et le salon. Nous avons une terrasse immense, mais je dois avouer que je n'y ai encore jamais mis les pieds.

En équilibre sur un escabeau, je peaufine la partie que je viens de peindre. Enfin, je descends et me recule de quelques pas pour mieux admirer mon œuvre. Bras croisés, je souris, plutôt satisfaite de mon travail réalisé en à peine deux jours. J'aime les nuances de couleurs, mais aussi les effets de lumière que j'y ai ajoutés.

Ma fresque, à la fois sombre et lumineuse, met en scène une sorte d'ange déchu fait uniquement de nuances de noir, surplombé par de grandes ailes abîmées protégeant une femme aux cheveux longs, drapé de blanc. Le tout fondu dans du texte extrait des paroles d'un groupe de rock que Nikka adore, et dont je ne me souviens plus du nom.

Les bras croisés, je continue à observer le mur pour voir comment je pourrais parachever mon œuvre, quand la lourde porte métallique du loft coulisse. Ma coloc entre, les bras chargés de sacs de courses.

À vingt-trois ans, Nikka est une fille talentueuse, du moins, moi, j'en suis persuadée. Depuis deux ans, elle prend des cours dans une école d'art dramatique. Elle voudrait devenir actrice et elle travaille dur tout en enchaînant les castings pour avoir la chance de réaliser son rêve.

Nikka performe comme danseuse dans un club trois soirs par semaine pour payer ses cours. De mon côté, j'arrive à financer mon école d'art en cumulant des petits boulots ; même si, dernièrement, je bosse surtout comme serveuse dans un bar. Le reste du temps, je peins. Je peins mes toiles dans l'espoir qu'elles finissent exposées un jour. Mais je peins surtout pour moi. Pour enfermer mes idées noires ou pour m'exprimer.

La peinture, c'est comme la danse ou la musique. On peut exprimer beaucoup sans avoir besoin de dire quoi que ce soit. C'est ce qui me fascine dans l'art, peu importe sa forme.

Plantée à côté de moi, Nikka observe le mur silencieusement et, après quelques minutes, un énorme sourire se dessine sur ses lèvres.

— C'est puissant ! s'exclame-t-elle. Merde, Juliet, tu t'es surpassée !

— C'est vrai ? Tu aimes ?

— Tu plaisantes ? J'adore ! C'est exactement ce qu'il fallait à cette pièce. D'ailleurs, tu ne voudrais pas faire un truc sur la porte coulissante ? Elle est triste et moche. Un peu de couleur ne lui ferait pas de mal.

— Heu… Oui, pourquoi pas.

— T'es géniale ! Bon ! Je vais poser tous ces trucs qui pèsent une tonne et ensuite on se prépare pour sortir.

Je tique sur sa phrase et plante mon regard dans ses yeux chocolat.

— On sort ? Comment ça, on sort ? je demande.

— Ouais, toi et moi, on sort ce soir. J'ai envie de faire la fête et puis… c'est quand même ton anniversaire.

— Justement. Raison de plus pour rester ici. Je n'ai aucune envie de sortir, et encore moins de fêter mon anniversaire.

Nikka tente une moue boudeuse pour me faire changer d'avis, ce qui a pour seul effet de me faire rire.

— Juliet ! Allez, sois cool ! C'est quand la dernière fois qu'on est sorties toutes les deux ?

— Il y a très exactement trois semaines. Pour fêter ton célibat, tu ne te souviens pas ?

— Tu te moques de moi ? réplique-t-elle. Je n'appelle pas ça sortir. Là, je parle de faire la fête. De boire des cocktails, de danser à en perdre la tête et de choper un mec pour la soirée.

— Mmm…

—Vingt et un ans, ça se fête, je te signale ! Tu vas pouvoir boire sans avoir besoin d'utiliser ta fausse carte d'identité.

Sourire aux lèvres, Nikka fait une deuxième tentative pour me faire flancher. Au moment où elle se met à battre des cils tout en me suppliant, je secoue la tête, résignée.

— OK. On sort, mais hors de question de finir dans un club débile.

— Ça roule ! Allez ! Va enfiler ta robe la plus sexy. Ce soir, t'oublies tes fringues tachées de peintures !

J'éclate de rire et capitule. Ses sacs de courses dans les bras, Nikka se dirige vers la cuisine pour tout ranger, tandis que je ramasse mon matériel de peinture pour en faire autant.

Enroulée dans une serviette de douche minuscule, je suis plantée devant mon armoire depuis une bonne dizaine de minutes. Le nez froncé, je parcours mes vêtements des yeux à la recherche d'une robe, en vain.

La dernière fois que j'en ai porté une, elle était noire, le ciel était gris, et j'étais cachée sous un parapluie.

Je pousse quelques cintres, quand un tissu rouge carmin qui ressemble à une robe attire mon regard. Curieuse, je la sors de l'armoire et l'observe de plus près. Toute simple, d'une longueur à peu près correcte puisqu'elle devrait me couvrir la moitié des cuisses, un décolleté plongeant dans le dos et des manches trois quarts, cette robe fera l'affaire pour ce soir.

Habituellement, je ne porte que des vêtements sombres, la plupart chinés dans des friperies dénichées aux quatre coins de la ville, mais ce soir j'ai promis à Nikka de lui faire plaisir, et cette robe, a priori neuve puisqu'elle a encore son étiquette, lui plaira à coup sûr.

Ma serviette sur le sol, j'enfile des sous-vêtements et, avec un long soupir, je me glisse dans la robe. Face au miroir, je prends le temps de m'observer. À ma grande surprise, elle me va plutôt bien et, même si je préfère mes T-shirts à l'effigie de mes groupes de rock et punk favoris, et mes jeans et mes shorts déchirés, parfois tachés de peinture, je dois avouer que cette robe est plutôt cool.

Mes longs cheveux blonds, méchés de différentes nuances, lâchés en une cascade de boucles, tombent au milieu de mon dos. Je termine de me préparer en me maquillant rapidement et, une fois prête, j'attrape mon portable et descends au salon pour enfiler mes Converse.

Assise sur le canapé, Nikka enfile une paire d'escarpins noirs à hauts talons. Je ne suis pas surprise de la trouver aussi sexy. Ses cheveux noirs aux boucles naturelles sont brillants et parfaitement coiffés, elle porte une robe courte et moulante à manches longues, bleu électrique, qui met en valeur sa jolie peau mate.

Ses escarpins vertigineux aux pieds, elle se lève et se met à sourire lorsqu'elle me voit.

— Oh ! Merde alors ! T'as vraiment mis une robe ? ! T'es trop canon !

— Merci. Elle traînait dans mon dressing.

— Ma Juliet, ce soir, tu vas faire un malheur !

5

Juliet

Les néons roses du Roxy nous apparaissent enfin alors que nous traversons le parking pour atteindre l'entrée du bar. Accompagnée de Nikka, je salue Grant, le type qui gère la sécurité. Content de nous voir, comme à chaque fois, il nous complimente sur nos tenues et nous invite à entrer. En bonne comédienne, Nikka le remercie par une révérence exagérée et c'est dans un fou rire que nous passons la porte.

Ma coloc sur les talons, j'avance tout en me frayant un chemin à travers la foule déjà présente. Il y a toujours un peu de monde au Roxy, mais rien de comparable avec ce soir.

C'est quoi cette foule ? fait Nikka, étonnée. Ma sœur offre des verres ce soir ou quoi ?

Aussi surprise qu'elle, je hausse les épaules avant de tourner la tête vers le bar. De loin, j'aperçois Roxanne, la sœur de Nikka. Âgée de cinq ans de plus qu'elle, Roxanne est la propriétaire et barmaid du Roxy. Elle passe toutes ses soirées derrière son comptoir, pour le plus grand plaisir de certains clients.

Pétillante et pleine de vie, à l'image de sa sœur, Roxanne est une chouette nana et elle gère parfaitement cet endroit. Ce bar, c'est son bébé, et même si les derniers mois ont été plutôt compliqués, elle n'a jamais baissé les bras.

Je l'observe avec admiration servir ses clients sans se départir de son sourire.

— Viens Ju' ! On va aller lui demander ce qui se passe.

Je n'ai pas le temps de répondre, Nikka saisit ma main et m'entraîne en direction du bar. Puis elle fait signe à sa sœur, dont les grands yeux noirs s'illuminent.

— Salut les filles ! Juliet, tu n'es pas de service ce soir, alors qu'est-ce que vous faites ici ?

— Ta sœur voulait sortir, et c'est ton bar qu'elle a choisi.

— C'est son anniversaire, Rox' ! annonce Nikka. Vingt et un ans ! Ça se fête, non ? !

Surprise, Roxanne pose les yeux sur moi et râle de ne pas l'avoir su plus tôt. Je grimace et marmonne un semblant d'excuse, tandis que Nikka sourit à pleines dents, contente d'avoir été la seule à connaître ce secret.

— Bon, vu que c'est ton anniversaire et que tu as officiellement le droit de boire de l'alcool, commandez ce que vous voulez. C'est la maison qui offre !

— Merci Roxanne !

— Avec plaisir, ce n'est pas tous les jours qu'on fête ses vingt et un ans.

— C'est exactement ce que je lui ai dit ! s'exclame Nikka. Tu vois, Juliet, on a bien fait de venir ici. Je parie que cette soirée va être mémorable ! De l'alcool, une super copine avec qui faire la fête, et de la bonne musique. Il te manque juste un mec pour la nuit, et cet anniversaire sera parfait !

Pas sûre de valider à cent pour cent son programme, mais je me contente de lui sourire. Soudain, une voix masculine résonne dans le micro.

La foule se met aussitôt à crier et à siffler, comme si une star mondiale venait de débarquer. Je me tourne vers la scène pour essayer de comprendre pour quelle raison les clients, ou plutôt les clientes, s'agitent autant.

En cinq mois, c'est bien la première fois que je vois une hystérie pareille au sein du Roxy, alors même que je travaille ici comme serveuse plusieurs soirs par semaine. Puis, je comprends. Impossible de détacher mes yeux du beau brun qui tient le micro, tandis que trois autres personnes le rejoignent sur scène.

Nikka se met alors à jurer avant de se tourner vers sa sœur.

— Rox' ! Je rêve ou c'est Romeo sur scène ?

— Oui. C'est bien lui.

— Oh ! Est-ce que ça veut dire que les Nyx reviennent jouer ici ? !

— Mmm… J'en ai bien l'impression, répond Roxanne. Romeo est venu me voir il y a quatre jours pour me parler de leur retour. Je dois t'avouer que j'étais plutôt surprise, mais les Nyx ont fait le succès du Roxy, et leur retour est une bonne nouvelle pour les affaires.

Curieuse de ce groupe dont je ne sais rien, je me tourne vers les filles :

— Qui sont les Nyx ?

Apparemment surexcitée à l'idée de les entendre jouer, Nikka sourit comme une petite folle tout en s'installant sur un tabouret haut.

— Les Nyx ? C'est LE groupe de rock local qui déchire, m'explique-t-elle. Leur chanteur avait mis les voiles il y a un an, mais apparemment il est de retour puisqu'ils sont tous ici ce soir.

— Je vois.

— Tu vas adorer ! D'ailleurs, les paroles que tu as peintes sur le mur de chez nous viennent de ce groupe.

Je souris. Quand Nikka m'a demandé d'inscrire les paroles d'une chanson sur l'un des murs du loft, j'ai tout de suite trouvé l'idée sympa. Puis, en lisant le petit papier qu'elle m'a tendu ce jour-là, j'ai été captivée par chaque mot. C'était sombre, profond, mais aussi poétique. Ça m'a pas mal inspirée pour illustrer les paroles.

Je tourne à nouveau la tête vers la scène. Le brun au micro s'adresse une nouvelle fois aux clients du bar. Quelques secondes plus tard, le batteur, un blond aux cheveux courts, frappe avec ses baguettes pour lancer le rythme. Les premières notes de guitare retentissent, et le leader des Nyx se met à chanter.

Sa voix rauque fait naître un frisson le long de ma colonne vertébrale. Son timbre est puissant, électrisant, et son charisme me captive.

Au bord de la scène, les yeux fermés et les mains agrippées au micro, il déverse un mélange de rage et de colère à travers le flot de ses paroles.

Envoûtée, je ne peux plus détacher mes yeux de lui. Je comprends mieux pourquoi Nikka voulait absolument que ce groupe soit présent sur notre mur. Je découvre tout juste leur musique, et ce morceau me rend déjà accro aux Nyx.

La chanson se termine, et ils enchaînent déjà avec une autre. Plus grave, plus intense, mais tout aussi puissante. Captivée, j'écoute avec attention chaque mot prononcé par le beau brun, qui semble aussi sombre que ses chansons.

Black blood, lost and hopeless
Feet at the edge of the void
I lose my head I do not know anymore or I am.

Madness flows in my veins
She takes me
I burn the steps, burn the steps.

I am bad. Really bad
Black blood, lost and hopeless
I'm pushing his effect,
It's so much better, it's so good.

I hold out my hand, she takes my arm
In my veins, again and again
She takes possession of me, possession of me.

I feel good, free and light
I feel myself floating, feet at the edge of emptiness.
Black blood, lost and hopeless
She takes my pain, seizes my hatred.[1]

Ensorcelée par les paroles comme par le chanteur, je me laisse submerger par les sensations. Si la plupart des gens présents ici ce soir les reprennent en chœur, je n'ai pas l'impression qu'ils comprennent vraiment leur sens.

Pas comme moi. À moi, elles me font ressentir un tas de choses. Trop de choses.

Alors qu'il revient au refrain, je sens un point de douleur, là, juste à l'endroit du cœur. Cette peine, je ne la connais que trop bien.

1 Sang noir, perdu et sans espoir
Les pieds au bord du vide
J'perds la tête, j'sais plus où j'en suis.

La folie coule dans mes veines
Elle s'empare de moi
Je brûle les étapes, brûle les étapes.

Je suis mauvais. Vraiment mauvais
Sang noir, perdu et sans espoir
J'ressens son effet,
C'est tellement meilleur, c'est tellement fort.

J'lui tends la main, elle me prend le bras
Dans mes veines, encore et toujours
Elle prend possession de moi, possession de moi.

J'me sens bien, libre et léger
J'me sens flotter, les pieds au bord du vide.
Sang noir, perdu et sans espoir
Elle prend ma peine, s'empare de ma haine.

Je ferme les yeux et inspire profondément pour tenter de chasser la douleur, la tristesse et le manque qui refont surface.

Moi qui pensais avoir mis tout ça de côté, avoir enterré mes émotions de façon à ne plus avoir mal… Faut croire que je me trompais. Le trou n'était pas assez grand, pas assez profond, et il a suffi d'une chanson pour les faire resurgir.

Submergée par le chagrin, je pousse un soupir et quitte la scène des yeux, reportant mon attention sur Nikka et Roxanne. Ce soir, je fête mes vingt et un ans. Même si je n'avais pas spécialement envie de célébrer mon anniversaire, je crois que je vais me laisser aller. Pour essayer d'étouffer ce que je ressens en ce moment.

Perchée sur son tabouret, Nikka croise mon regard brillant de larmes. Elle doit sentir ma détresse, parce qu'elle s'empresse de frapper dans ses mains en ordonnant à Roxanne de nous servir des shots de tequila.

Un sourire timide aux lèvres, je m'installe à côté d'elle, et ma coloc enroule son bras autour de mon cou pour me claquer un bisou sonore sur la joue.

— OK ! Que la fête commence ! Joyeux anniversaire, ma Ju' !

— Oui, bon anniversaire Juliet !

Ayant disposé les verres en ligne devant nous, Roxanne y verse de l'alcool jusqu'à les faire déborder. Prête à débuter cette soirée, je saisis l'un des shots et le lève vers les filles avant de le boire cul sec. L'alcool me brûle la langue. Je déteste le goût de la tequila, mais c'est fort et j'ai besoin de ça.

J'enchaîne avec les cinq autres remplis à ras bord et, quand j'ai tout fini, je sens mes joues s'échauffer. Je me sens mieux, plus légère, je ris et l'alcool me monte à la tête petit à petit. Ma peine s'efface, et une petite pointe de joie vient prendre sa place.

Mon dernier shot en main, je grimace une nouvelle fois en

avalant son contenu, puis je le repose sur le comptoir et suis Nikka pour une nouvelle tournée.

Ce soir, je me laisse aller. Ce soir, je fais la fête à ne plus savoir où donner de la tête.

6

Romeo

Les yeux clos et les doigts agrippés à mon micro, je chante la dernière chanson du set. De toutes celles que j'ai interprétées ce soir, celle-ci est la plus sombre.

Je n'ai jamais pu écrire de textes légers, dégoulinants d'amour et de bonheur. Comment le pourrais-je ? Ma putain de vie est merdique. Elle l'est depuis que je suis venu au monde, et aujourd'hui, c'est encore pire.

Elle est chaotique.

Je rouvre les yeux pour terminer mon couplet et, tandis que MK vient se coller à moi pour jouer son solo, je balaye la foule du regard. Ce soir, les meufs sont déchaînées. Exactement comme avant, comme si le groupe n'avait jamais cessé de performer.

Comme si je n'avais pas foutu en l'air l'avenir des Nyx en me barrant.

Pour être honnête, lorsque je suis monté sur scène en début de soirée, j'étais loin d'imaginer que les clients du bar seraient aussi dingues à l'idée de nous revoir. Et s'il y a un truc qui me fait autant décoller qu'une dose d'héroïne, c'est bien la scène. Putain, jouer avec le groupe m'avait manqué !

C'est moi qui avais décidé de partir. Même si j'ai laissé tomber mes potes au moment où le groupe était sur le point de signer, j'étais bien trop déglingué psychologiquement pour continuer. Je ne pouvais plus être Romeo Blake. Je ne pouvais plus être le leader des Nyx.

Pas après cette nuit-là.

MK termine son solo. Cette tarée ambiance la foule comme personne, flirtant au passage avec deux petites nanas qui se tiennent devant la scène, ce qui déclenche une vague d'hystérie. Je me remets alors à chanter, et les trois meufs qui se trouvent sur ma gauche commencent à hurler tout en agitant les bras pour attirer mon attention.

Je balaie une nouvelle fois la foule des yeux, et mon regard croise celui d'une petite brune qui ressemble à Shelby. Soudain, ma respiration se bloque et je suis frappé par un souvenir.

Un de ceux que je n'arrive pas à fuir.

Mon rythme cardiaque s'accélère, je manque d'air et chanter me paraît subitement difficile. Comme si aligner deux mots m'était dorénavant impossible. J'angoisse, mes mains se mettent à trembler. J'ai besoin d'un fixe, de me calmer si je ne veux pas vriller ici, sur scène, devant tous ces gens.

Je ferme les yeux, et inspire longuement avant de les ouvrir à nouveau. J'essaie de chasser ces souvenirs tout comme j'essaie de chasser les yeux noirs de Shelby, qui me fixent sans aucune émotion. Et, quand enfin j'y parviens, mon regard capte celui d'une blonde à quelques mètres de moi.

Assise sur un tabouret, elle m'observe. Je fronce les sourcils. Malgré la façon intense dont elle me regarde, elle semble à des milliers de kilomètres. Comme si son esprit s'était fait la malle. Comme si elle non plus n'était pas vraiment là.

Les sourcils toujours froncés, je la détaille un court instant. Blonde, les cheveux légèrement ondulés, elle est plutôt sexy.

Ouais, vraiment sexy même, et sa crinière lui donne un petit côté sauvage qui ne me déplaît pas. Alors, sans détourner le regard de cette meuf, je termine ma foutue chanson.

Parce que la regarder me fait oublier mes démons. Parce que cette meuf semble éloigner le souvenir de Shelby.

Affalé sur une chaise, une bière au bord des lèvres, j'écoute la conversation entre MK et Seven. Notre blondinette à la longue mèche violette parle de démarcher à nouveau des labels en leur envoyant des démos, et notre guitariste semble d'accord avec elle. Naël, trop occupé à échanger de la salive avec la rouquine qui a élu domicile sur ses genoux, ne participe pas plus que moi à la discussion.

— Et toi ? T'en penses quoi, Romy ?

Ma bouteille en suspens, je tourne lentement la tête vers Seven, qui attend une réponse. Devant mon absence de réaction, il soupire, légèrement agacé.

— Mec, ça t'arrive d'écouter quand on te parle ?

— Tu ne me parlais pas particulièrement. Tu parlais de labels et de je ne sais quoi d'autre avec MK.

— C'est pareil. On parle du groupe, t'en fais partie donc, techniquement, je te parle aussi.

— Ouais, Seven a raison, renchérit MK, et pour info, si tu ne nous avais pas plantés, on n'aurait pas besoin de chercher un autre label. J-Major nous a lâchés parce que notre chanteur avait mis les voiles.

— Mouais. Et donc ? Vous auriez préféré que je me casse après ? En plein milieu d'une tournée, ou même de l'enregistrement d'un album ? Valait mieux que ce soit avant, tu ne crois pas ?

Saoulée par ma réponse, Mary-Kate secoue nerveusement la

tête avant de boire une gorgée de bière tandis que Seven, lui, me fixe d'un air mauvais.

Une habitude ces derniers temps. Je m'énerve.

— Quoi ? ! C'est vous qui remettez ça sur la table ! Je me suis cassé, j'ai planté le groupe, le label nous a lâchés, et après ? On aura une autre occasion de signer, je ne vais pas m'excuser d'avoir bousillé notre chance.

— Bordel ! MK retiens-moi ou je vais lui coller mon poing dans la gueule à ce connard ! lâche Seven, hors de lui.

— Tu plaisantes ? ! Fais-toi plaisir ! Je crois que cet abruti a besoin qu'on lui remette les idées en place !

— Et moi, je pense surtout que vous devriez passer à autre chose, putain !

Exaspéré de devoir me prendre encore une fois la tête avec ces deux-là, je souffle rageusement et ajoute :

— Vous savez quoi ? Allez, vous faire foutre tous les deux ! Je ne vous ai pas obligés à reformer les Nyx. C'est vous qui avez accepté.

Le regard toujours aussi noir, Seven secoue la tête.

— C'est vrai, t'as raison, mais tu sais que ce groupe est important pour nous tous. Signer à nouveau pour un label, c'est ce qu'on veut, nous. En ce qui te concerne… eh bien, je ne sais pas trop ce que tu cherches. Je ne sais plus ce que tu veux.

— Là, tout de suite ? J'ai envie de me mettre la tête à l'envers et de me trouver une meuf avec qui m'envoyer en l'air. De toute façon, on ne va pas signer un contrat ce soir, alors arrêtez de me faire chier avec vos conneries.

Naël, qui, depuis vingt minutes, a ses mains sous la jupe de la rouquine et la langue au fond de sa gorge, lève un pouce vers nous pour appuyer ce que je viens de dire.

— Vous voyez ? Lui au moins il profite de sa soirée ! Vous devriez en faire autant tous les deux. Sérieux, c'est quand la dernière fois que vous avez baisé ?

MK lève son majeur en guise de réponse, ce qui ne manque pas de me faire rire.

— OK, les nazes. Je vous laisse faire la gueule. Moi, je vais me chercher une bière et une groupie. À plus !

Les mains dans les poches, je me faufile à travers les clients pour atteindre le bar. Sur ma route, plusieurs petites meufs me retiennent pour me proposer de passer le reste de la soirée avec elles, mais la seule qui a réussi à capter mon attention ce soir est blonde, sexy et porte une robe rouge.

Alors que j'arrive au comptoir, je l'aperçois, sur le même tabouret depuis le début de la soirée. Alors que je m'approche d'elle, ses yeux viennent se river aux miens. Je m'immobilise à quelques mètres d'elle.

Foutu regard océan…

Ses yeux sont envoûtants, limite flippants. Je n'ai jamais vu d'iris aussi bleus. Deux billes turquoise, dignes des plus belles plages de cartes postales. Son regard aussi dingue que magnifique m'électrise, et ma queue, apparemment aussi envoûtée par cette meuf, se durcit.

Cette fille est carrément bandante, et j'imagine facilement ses yeux turquoise plonger dans les miens pendant que sa langue glisserait sur ma bite. Ouais, de toutes les meufs présentes ici ce soir, c'est elle que je veux. Et, à voir comment elle me mate en ce moment même, quelque chose me dit qu'elle ne serait pas contre le fait de s'envoyer en l'air.

Son regard est toujours fixé sur moi, et je promène le mien sur le reste de son corps. Une bouche pulpeuse, la peau légèrement mate, de longues jambes recouvertes de tatouages colorés, cette meuf est clairement ma came.

Très loin des groupies du Roxy qui me tournent autour comme des vautours depuis mon retour.

Alors que je détache mes yeux de ses jambes tatouées, je croise le regard réprobateur de Roxanne, qui m'observe depuis son bar. Un shaker à cocktail en main, elle secoue la tête avant de me désigner le bout du comptoir, m'ordonnant clairement de m'éloigner de cette fille.

Je lui souris et m'avance vers la blonde, mais Roxanne me lance un nouvel avertissement muet. Amusé par son comportement, je capitule et la rejoins pour lui commander une bière, tout en me tenant le plus loin possible de sa petite protégée.

7

Juliet

Un parfum d'interdit et une gueule d'ange.

Ce sont les premières choses qui me viennent en tête quand je croise à nouveau ce regard sombre et désarmant qui me fixe depuis un moment déjà. Noisette, cerclés de doré avec une pointe de vert dans celui de droite, les yeux de ce mec sont à couper le souffle. Son regard est captivant, presque étourdissant tant les nuances de ses yeux semblent infinies.

Mais il n'y a pas que ses yeux, il y a aussi son allure, sa prestance. Vêtu entièrement de noir, avec son charisme de mauvais gars, il m'intrigue. Je l'ai observé à plusieurs reprises durant la soirée, et tout chez lui appelle le sexe et le danger.

J'ai l'habitude des mecs dans son genre, mais je dois avouer que, là, c'est autre chose. J'ai beau vouloir détacher mes yeux de lui, je n'y arrive pas. Je suis comme envoûtée. Attirée par lui tel un aimant.

Son aura dégage quelque chose de mauvais et de sauvage. Si je devais en faire le portrait, j'utiliserais uniquement des couleurs foncées. Avec des éclats de lumière par endroits pour accentuer certains détails.

On dirait un ange déchu, couvert de tatouages et attiré par

ce qu'il y a de plus noir. Je n'ai pas besoin de le connaître pour le savoir, il suffit de le voir.

Brun, les cheveux coupés très court sur les côtés et l'arrière du crâne. La longueur sur le dessus mériterait elle aussi d'être raccourcie, car quelques mèches lui caressent le nez lorsqu'il ne les plaque pas en arrière. Grand, dans les un mètre quatre-vingts, musclé juste ce qu'il faut. Une gueule d'ange et des allures de bad boy à faire craquer plus d'une fille. Ce mec est terriblement sexy.

Et je ne parle pas des œuvres d'art tatouées sur ses bras, son cou et sûrement d'autres parties de son corps. Chaque parcelle de sa peau semble couverte d'encre noire. Il est fascinant, sombre, dangereux et mystérieux.

Une œuvre dans toute sa complexité.

Sa bière aux lèvres, il ne me quitte pas des yeux. Comme si lui aussi m'analysait, essayait de lire en moi comme je viens de le faire avec lui.

Tout en mordillant nerveusement ma lèvre, je détourne le regard et croise celui de Roxanne qui a visiblement assisté à notre échange muet. Une bouteille de vodka dans les mains, elle jette un œil par-dessus mon épaule quelques secondes avant de reporter son attention sur moi.

— Mmm… J'ai déjà vu ce regard, dit-elle.

— De quoi tu parles Roxanne ? je lui demande.

— Romeo. La façon dont il t'observe depuis tout à l'heure. J'ai déjà vu ce regard-là, et si j'ai un conseil à te donner ma belle : tiens tes distances.

Avec un petit sourire, je tourne la tête et croise une fois de plus les yeux intenses du leader des Nyx. Je me mords à nouveau la lèvre.

— Tu le connais depuis longtemps, Rox' ?

— Assez pour te conseiller de rester loin de lui. Je t'aime beaucoup Juliet et, crois-moi, j'ai beau apprécier Romeo, si tu ne veux pas souffrir inutilement, reste loin de lui. Trouve-toi un mec moins…

— Sombre ?

— J'allais dire moins tordu, mais oui… Vous avez beau porter les prénoms des amants maudits de Shakespeare, je n'ai pas envie de vous voir finir de la même façon.

Amusée plus qu'autre chose par cette comparaison dramatique, je lui souris.

— Détends-toi, Roxanne, je n'ai pas prévu de me planter une dague dans la poitrine par amour. De toute façon, je ne recherche pas de relation sérieuse. En fait, je ne cherche rien du tout.

— Mmm… Elles disent toutes ça, répond-elle, sceptique. Je te mets simplement en garde, ma jolie. Après, tu fais ce que tu veux.

— Merci, mais ne t'inquiète pas pour moi. Je ne compte pas tomber dans ses bras. Je n'ai pas…

— Dans ses bras peut-être pas, mais dans son lit…

— Mmm… C'est vrai que, pour son lit, je ne dirais pas non.

— Juliet !

— Ça va, je plaisante. Un peu…

En temps normal, je n'aurais pas ce genre de discours, mais ce soir j'ai bien trop bu pour penser différemment.

Ce soir, je n'ai pas envie d'être sage.

Visiblement pas emballée à l'idée que je puisse finir la nuit avec le leader des Nyx, Roxanne lève les yeux au ciel et repart à l'attaque :

— Juliet. Je veux simplement t'éviter de faire quelque chose que tu pourrais regretter par la suite. Romeo est loin d'être le genre de gars que tu as l'habitude de côtoyer.

— D'accord. Je prends note.

Roxanne hoche la tête, satisfaite de ma réponse.

— Au fait, où est ma sœur ? Ça fait un moment qu'elle a disparu.

— Eh bien, la dernière fois que je l'ai vue, elle était en compagnie d'un mec plutôt mignon. Quelque part, près de la scène.

— Je vois… Un vrai vampire, celle-là ! Toujours accrochée au cou d'un mec.

Je ris de cette image. Avant qu'elle puisse ajouter autre chose, Roxanne se fait interpeller par un client depuis le bout du comptoir. Sa bouteille toujours en main, elle s'excuse pour aller prendre sa commande.

Je serre mes doigts autour de mon verre désormais vide, lorsqu'une voix rauque me fait sursauter. Je tourne la tête et croise un regard noisette.

Son regard noisette.

Le chanteur des Nyx se tient devant moi, la mine sombre. Sans que je sache vraiment pourquoi, mon cœur s'emballe instantanément. Je jette un rapide coup d'œil vers Roxanne, occupée avec des clients, avant de reporter mon attention sur le beau brun.

Il boit plusieurs gorgées de sa bière sans me quitter des yeux, et mon regard est attiré par ses doigts. Chacune de ses phalanges est recouverte de tatouages. Sur sa main droite, on peut voir des lettres noires. Curieuse de décrypter le tatouage, je lis l'inscription qui se termine sur sa main gauche.

Mischief.

Je me pince les lèvres, sous le choc. Je possède exactement le même tatouage, simplement le mien se trouve à l'arrière de ma cheville. Intriguée, je laisse à nouveau mes yeux glisser sur lui, à la recherche d'autres inscriptions.

Contrairement aux miens, ses tatouages n'ont pas de couleurs et semblent tous raconter une histoire.

— Tu vois quelque chose qui te plaît ?

Surprise d'entendre à nouveau le son de sa voix, je lève les yeux. Un sourire au coin des lèvres, le chanteur des Nyx me défie du regard, attendant ma réaction.

— Eh bien, en dehors de ta bière ? Non, rien.

Son sourire s'élargit, ma repartie lui plaît.

— Vraiment ? Seulement ma bière ?

— Mmm… C'est ta bière qui me fait de l'œil.

— Ma bière… Je vois.

Ses grands yeux noisette ancrés dans les miens, il boit une dernière gorgée avant de me tendre sa bière. Je souris à mon tour et la lui prends des mains pour en boire une gorgée moi aussi. Je sais que Roxanne m'a mise en garde mais, pour le moment, je n'ai qu'une envie : m'amuser.

Et j'ai l'impression que ce mec est exactement ce qu'il me faut.

— Je ne t'ai jamais vue ici, dit-il. C'est la première fois que tu viens au Roxy ?

La bouteille au bord des lèvres, je secoue la tête, puis je bois une autre gorgée sans le quitter des yeux.

— Donc tu viens souvent ici ?

— Disons que ça m'arrive, oui.

C'est ce moment que choisit Nikka pour refaire surface. Complètement bourrée, elle manque de trébucher avec ses hauts talons, ce qui la fait éclater de rire.

— Oh ! Bordel ! J'ai failli me tuer ! Heu… C'est moi ou tout le monde est un peu flou ce soir ? Oh ! Salut, Romeo ! Je ne t'avais pas vu. Ça fait super longtemps. C'est cool de te revoir et super le concert !

— Merci. Ouais, ça fait un bail. T'aurais pas un peu trop picolé, toi ?

— Noooon, juste ce qu'il faut ! Je suis désolée, mais je te l'emprunte une minute.

Romeo fronce les sourcils et, sans même me laisser le temps de dire quoique ce soit, Nikka attrape ma main et m'entraîne avec elle. J'ai tout juste le temps de poser la bière sur le comptoir. Une fois éloignée du bar, je dégage mon bras de sa main et la fusille du regard.

— Qu'est-ce que tu fous Nikka ? !

— Je te sauve le cul !

— Tu me sauves le cul ?

— Ouais ! Quand je t'ai dit de te trouver un mec pour la soirée, je ne pensais pas à lui. Tu devrais te tenir loin de Romeo, conseil d'amie.

— Ne te fatigue pas, Roxanne m'a déjà mise en garde.

— Ah ouais ? T'avais pas l'air de prendre tes distances pour autant.

— Peut-être que je n'en ai pas envie. Et puis, on ne faisait que parler.

— Crois-moi Juliet, Romeo veut tout sauf discuter avec toi. Ce n'est pas son genre de juste taper la discute avec une fille.

— Écoute Nikka, je sais que ça ne te plaît pas de me voir avec lui mais, ce soir, j'ai envie de m'amuser. C'est bien ce que tu m'as conseillé, non ?

Résignée, ma coloc laisse échapper un long soupir, puis elle jette un coup d'œil vers Romeo.

— OK. Comme tu veux, mais fais attention.

Devant le regard suppliant de mon amie, je hoche la tête. Je ne sais pas qui est réellement Romeo, ni ce qu'il a fait pour que Nikka et sa sœur insistent autant, mais ce soir je n'ai aucune envie de me prendre la tête. Tout ce que je veux, c'est m'amuser et quelque chose me dit que, lui et moi, on est sur la même longueur d'onde sur ce chapitre.

Pour rassurer Nikka une dernière fois, je la prends dans mes bras et lui souhaite une bonne soirée en lui promettant de rester sage. Puis je tourne les talons et retourne vers le bar.

Appuyé contre le comptoir, une nouvelle bière à la main, Romeo me voit marcher vers lui, et ses lèvres s'étirent.

Romeo est mauvais.

Je me mords la lèvre et avance droit sur lui, chassant les mises en garde des filles. Ce soir, j'ai bu suffisamment pour avoir envie de jouer avec le feu, quitte à me brûler un peu. Romeo est peut-être mauvais, mais je m'en fiche et je fais taire les petites voix dans ma tête.

Arrivée tout près de lui, je lui vole sa bière, en descends quelques gorgées, la pose sur le comptoir. Puis, j'attrape sa main et l'entraîne hors du Roxy.

8

Romeo

Au volant de ma Nova, je roule en direction de mon appart et, ce soir, je suis en putain de bonne compagnie. La blonde sexy du Roxy est assise à côté de moi. Et, vu la façon dont elle m'a traîné dehors, la fin de soirée s'annonce rock'n roll.

Je me gare devant mon immeuble et tourne la tête pour plonger directement dans un océan turquoise. Cette meuf a des yeux incroyables, et ce n'est pas la seule chose qui me plaît chez elle. Je suis fan de sa peau couverte de tatouages, elle ressemble à une petite œuvre d'art et je n'ai qu'une envie, lui faire sauter ses fringues pour pouvoir tous les admirer.

Quelque chose me dit que son corps en est recouvert.

Ses yeux bleus rivés aux miens, elle tourne la tête, et son regard se pose sur mon immeuble. Ses sourcils se froncent légèrement.

— On est à DoBro ? s'exclame-t-elle. Tu vis ici ?

— Ouais. Tu connais ce quartier ?

— Bien sûr, c'est aussi le mien. On a un loft à quelques rues d'ici, avec Nikka.

— Ah ouais ? Intéressant…

Elle me sourit avant de se mordiller la lèvre. Elle me bouffe du regard, littéralement, et si on ne bouge pas de cette voiture, je vais l'allonger ici, sur les sièges.

— Tu sais ce qui serait vraiment intéressant, Romeo ? C'est qu'on sorte de la voiture pour aller chez toi. Ta caisse est plutôt sympa, mais on risque d'être un peu à l'étroit, tu ne crois pas ?

Cette fois, je ne dis rien et me contente de hocher la tête en souriant. Au moins, elle est directe, elle sait ce qu'elle veut et elle n'a pas froid aux yeux.

J'aime bien cette meuf. Du moment qu'elle ne s'approche pas d'une arme à feu… Elle peut me faire tout ce qu'elle veut.

Je fronce les sourcils à cette simple pensée. Cette fille ne peut pas être aussi cinglée. Elle n'en a pas l'air, mais Shelby non plus, au début. Elle était tout ce qu'il y avait de plus sage, du moins c'est ce que je croyais. Mais ce n'était qu'une façade.

Shelby, c'était le diable déguisé en fée. Une fée au nez recouvert de poudre blanche. Une fée accro à la cocaïne.

Sur le point de sortir de ma Nova, je me rends compte d'une chose :

— Au fait, je ne connais même pas ton prénom.

Habituellement, je m'en fous, mais cette fille est loin d'être comme les autres, et quelque chose me dit que je vais souvent la croiser au Roxy.

— Ah oui ? Dommage pour toi, moi je connais le tien, Romeo.

— Tout le monde connaît mon prénom ! Je suis le chanteur des Nyx.

— Moi, je ne savais pas qui tu étais avant ce soir. Donc c'est que tu n'es pas si réputé que ça. Ou alors… Tu n'es pas aussi bon que tu le crois.

Amusé, je secoue la tête, sors de la caisse et lui désigne mon immeuble du menton.

— Mouais, allez ! Bouge ton petit cul sexy et viens avec moi au lieu de dire des conneries.

Les dents plantées dans sa lèvre inférieure, elle tente de camoufler son sourire et sort de la voiture à son tour.

Je l'entraîne jusqu'à mon appartement et, une fois dans le salon, je laisse la blondinette et ses yeux de fou découvrir l'endroit où je vis. Elle avance lentement dans la pièce, scrutant les lieux avec attention. Alors que je l'observe depuis l'entrée, essayant de deviner comment elle pourrait s'appeler, elle s'immobilise face au mur.

Ce putain de mur recouvert des paroles de ma chanson.

Je fronce les sourcils. Je déteste voir ces mots. Je déteste ce qu'ils me font ressentir. Pire encore, je déteste me souvenir du jour où Shelby les a inscrits sur ce mur à la con.

Tu connais le jeu de la roulette russe, Romy ?

Je serre les dents. Le bruit du coup de feu résonne à l'intérieur de moi. Encore et toujours ce même souvenir, qui tourne en boucle dans mon esprit.

Sans fin.

Je ferme les yeux et supplie silencieusement mon cerveau de dégager cette pensée, en vain. J'ai l'impression d'être bloqué dedans. Shelby et ce foutu flingue, cette tarée qui me sourit et presse la détente.

Je retiens mon souffle et serre les dents plus fort. Mes mains se mettent à trembler, ma respiration s'accélère et je suis pris d'une soudaine envie de gerber.

— Romeo ?

Perdu dans la noirceur de mon esprit, je sursaute au son de sa voix. Bordel, elle ne le sait pas, mais elle vient de m'éviter une putain de crise d'angoisse. J'étais à deux doigts de foncer dans ma piaule pour me faire un rail en espérant décoller suffisamment pour sortir de cette spirale infernale.

— J'adore le texte. Il est de toi ?

J'inspire profondément et me passe les mains sur le visage avant de poser les yeux sur elle. Son regard océan braqué sur moi, elle désigne le mur de l'index.

— Heu… Ouais, c'est de moi.

— Est-ce que ça va ?

— Ouais.

— T'es sûr ? Tu n'as pas l'air bien.

Je hoche la tête tout en passant mes doigts dans mes cheveux.

— Est-ce que tu veux boire un truc ? Une bière, ou autre chose. Je crois qu'il me reste…

— Une bière, c'est bien.

— OK.

Toujours un peu secoué, je la laisse en plan dans le salon pour aller chercher les boissons, profitant de ce court moment pour reprendre mes esprits. Les bouteilles en main, je referme la porte de mon frigo avec mon pied et, en relevant la tête, je tombe nez à nez avec une paire d'yeux turquoise.

De l'autre côté du comptoir, elle tient Minuit dans ses bras et lui parle d'une voix douce, son nez pressé contre celui de mon petit pote.

— Ce chat est trop mignon. Comment il s'appelle ?

— Eh bien… Il est comme toi, figure-toi, il n'a pas de prénom.

Amusée, elle lève les yeux au ciel et je souris, content de ma trouvaille.

— OK. Si je te donne le mien, tu me donnes le sien, c'est ça ?

— Quelque chose comme ça, ouais.

— En fait… C'est assez drôle mais, toi et moi, on porte les prénoms du couple le plus emblématique de la littérature anglaise.

Je fronce le nez et réfléchis à ce qu'elle vient de dire, quand la réponse plus qu'évidente me frappe.

Est-ce que c'est une blague ?

—Tu t'appelles Juliet ? Sérieux ?

— Oui. C'est drôle, non ? Toi et moi, on s'appelle comme les amants maudits de Shakespeare.

— Mmm… Et je suppose que Nikka et Roxanne t'ont mise en garde contre moi ce soir.

Ma réputation n'est plus à faire.

Bad Romeo. Dark Romeo.

Non seulement je suis connu pour avoir sauté la moitié des clientes du bar, mais mon addiction à la drogue et mon histoire tordue avec Shelby n'ont sûrement pas dû arranger mon image.

— Peut-être bien…

Une lueur de défi dans le regard, Juliet pose Minuit sur le sol avant de le caresser une dernière fois.

— Alors ? Comment il s'appelle, ce chat ?

— Minuit.

— Minuit ? C'est… original.

J'acquiesce et, sans détacher ses yeux des miens, elle m'arrache une bière des mains. Ses longs doigts aux ongles vernis de noir enroulés autour de la bouteille, Juliet la décapsule en se servant du rebord du comptoir, puis elle l'approche de ses lèvres pour en boire quelques gorgées, et ça, sans jamais détacher son regard du mien.

Jamais. C'est déroutant.

Lentement, elle approche son visage tout près du mien.

— Romeo, Romeo… Ce soir, j'ai pu voir que tu étais doué avec les mots, mais est-ce que tu as d'autres talents ? Peut-être que tu pourrais…

Sa bouche près de mon oreille, elle murmure le reste de sa phrase tout en faisant glisser son index le long de mon torse, jusqu'à la boucle de ma ceinture. Évidemment, ma queue se réveille d'un seul coup, à tel point que je suis à l'étroit dans mon putain de jean. Alors, sans lui laisser le temps de dire autre chose, je lui retire sa bière des mains pour la poser sur le comptoir avec la mienne, puis j'attrape ses cheveux blonds et tire sa tête en arrière sans ménagement afin de pouvoir la regarder dans les yeux. Surprise, elle laisse s'échapper un petit cri étouffé.

Depuis le début de la soirée, elle m'allume, et plus elle me chauffe, plus j'ai envie de la coller contre un mur pour la sauter. Cette fille au regard de fou me rend dingue, elle me fait vriller le cerveau, pire que si j'avais pris une dose, j'ai la tête en vrac.

— J'suis une rock star, ma belle, j'ai plein de talents cachés.

— Vraiment ? Alors, montre-moi.

J'écrase aussitôt ma bouche sur la sienne. Sans aucune forme de douceur, étouffant au passage l'un de ses gémissements. Ses cheveux ondulés maintenus dans mon poing, je penche sa tête en arrière et, du bout de la langue, je viens lécher son cou.

J'ai le goût de sa peau sur les lèvres. Un parfum fleuri. Un truc qui ressemble à la rose.

Juliet gémit encore une fois et, tandis que je dévore ses lèvres, les mordillant et les léchant pour apaiser la morsure, elle défait ma ceinture avec habileté. Lorsque ses doigts viennent s'enrouler autour de ma queue, je grogne contre sa bouche.

J'ai envie d'elle. Une putain d'envie, et ce depuis que j'ai posé les yeux sur elle. Ses doigts font des merveilles et, si elle continue à me branler de cette façon, je ne vais pas tenir bien longtemps.

Depuis mon retour, Juliet est la première meuf à me toucher et, bordel, elle est sur le point de me faire décoller.

Je grogne et tire une nouvelle fois sur ses cheveux. Nos regards sont rivés l'un à l'autre, je peux voir le désir qui émane d'elle. Alors, sans plus attendre, je me colle contre elle pour la forcer à reculer contre le mur. Et je presse mon bassin contre le sien.

Plaquant son petit corps brûlant contre moi, elle se mord la lèvre d'envie. Puis, sans détacher ses yeux des miens, elle glisse ses mains sous mon T-shirt pour le faire passer par-dessus ma tête.

Son regard océan se balade sur mon torse nu. Elle détaille chacun de mes tatouages avec intérêt, traçant les contours de ses doigts fins.

Ses ongles noirs parcourent les roses épineuses, mêlées à deux crânes, qui s'étirent sur mon torse, et mes muscles se contractent au moment où elle descend le long de mon ventre, effleurant au passage mes autres tatouages.

Sur mon bas-ventre, elle caresse chacune des lettres qui forment les mots « Romeo Bleeds ». Ce tatouage, je l'ai fait faire pendant mon exil loin de New York.

Romeo saigne… Exactement l'état dans lequel je me trouvais à ce moment-là.

Les yeux turquoise de Juliet viennent à nouveau croiser les miens, et je peux y lire la curiosité que ce tatouage provoque chez elle. Depuis qu'elle les a posés sur moi, au bar, j'ai l'impression qu'elle m'analyse, qu'elle essaie de comprendre qui je suis ; pire, qu'elle essaie de déterrer ce qu'il y a de plus noir et de plus enfoui en moi.

Comme si j'étais un putain rat de laboratoire.

Pas vraiment chaud à l'idée qu'elle découvre mes petits secrets, je décide de reprendre les choses en main. Alors, de façon un peu brute, je saisis sa taille et la colle à nouveau contre le mur, ce qui lui arrache une grimace.

— Juliet, Juliet… J'ai tellement envie de te baiser que ça me fait tourner la tête.

— Vraiment ? Alors qu'est-ce que tu attends ?

Un petit sourire en coin, Juliet me provoque. Je secoue la tête, amusé par ce jeu du chat et de la souris auquel on s'adonne depuis qu'on a quitté le Roxy. Sans plus attendre, je sors une capote de ma poche arrière et, une fois ma queue libérée de mon boxer, je l'enfile sous le regard de la blonde ultra sexy qui se tient devant moi.

Un petit sourire aguicheur aux lèvres, elle fixe mon sexe dressé entre nous et glisse ses mains sous sa robe. Lentement, elle fait descendre son string le long de ses jambes tatouées.

Ses dents plantées dans sa lèvre inférieure, elle m'attire à elle avec une sorte d'urgence. Je plaque aussitôt ma main sous l'une de ses cuisses pour venir enrouler sa jambe autour de ma taille. Je souris, empoigne ses cheveux à nouveau et entre en elle de façon un peu brutale et sauvage.

Ses yeux envoûtants sont rivés aux miens. Je serre les dents et, sans détourner le regard, je la baise aussi fort que possible.

Je veux l'entendre me supplier de continuer. Je veux l'entendre prononcer mon prénom encore et encore.

9

Juliet

— Alors ! Raconte ! Romeo et toi ?

Un verre de lait dans les mains, je m'appuie contre le plan de travail de la cuisine tandis que Nikka, bras croisés, attend mon compte rendu.

— Romeo et moi, quoi ?

— T'as quitté le Roxy avec lui il me semble, non ? Et tu es rentrée au milieu de la nuit. Alors, raconte !

— Il n'y a pas grand-chose à raconter. On s'est envoyés en l'air, c'est tout. Et, comme tu vois, je suis toujours en un seul morceau.

— Mmm… Et tu comptes le revoir ?

— Eh bien, si on part du principe que lui et les membres de son groupe jouent au bar et que je bosse là-bas, alors j'imagine que oui.

— Juliet… Tu sais que ce n'est pas ce que j'ai voulu dire

Agacée par cette conversation, je soupire et repose brutalement mon verre. Encore une fois, Nikka me casse les pieds avec ses mises en garde.

— Tu veux savoir si je vais recoucher avec lui ? Je n'en sais rien, Nikka.

— Je suis désolée Juliet, je ne veux pas être chiante, mais je connais Romeo et je ne veux pas qu'il t'arrive la même chose…

— La même chose qu'à qui ?

Lèvres pincées, ma coloc semble soudainement mal à l'aise.

— Avant de planter le groupe, Romeo sortait avec une fille et…

Interrompue par la sonnerie de son portable, elle me fait signe de patienter et décroche en s'éloignant de la cuisine. Quelques secondes plus tard, elle réapparaît, hystérique :

— Oh mon Dieu ! J'ai une audition ! J'ai une audition !

— Sérieux ? C'est génial !

Surexcitée, Nikka sautille sur place, et je me mets à rire de la voir dans cet état.

— Je suis désolée, mais du coup je vais devoir y aller… On… On remet cette discussion à plus tard, d'accord ?

— Si tu veux, mais je ne sais pas à quelle heure je serai au loft. Ce soir, je suis de service.

— OK. Je passerai sûrement après l'audition. Croise les doigts pour moi ! Il me faut ce rôle !

Je lui souris et lève deux doigts croisés. Impatiente, Nikka fonce sur moi pour me claquer un bisou sur la joue, puis elle s'empresse de récupérer ses affaires et quitte le loft.

Plantée au milieu de la cuisine, je pousse un long soupir avant de monter dans ma chambre. Alors que je gravis l'escalier, mon téléphone se met à vibrer dans la poche de mon sweat.

Je plisse le nez et le sors pour lire le texto. Roxanne. Ma boss veut que je vienne plus tôt au bar pour me faire part d'un projet concernant la déco du Roxy.

Lèvres pincées, je tape une rapide réponse, puis grimpe les marches rapidement.

Arrivée dans la mezzanine, j'inspecte mon armoire pour me trouver une tenue pour ce soir. Je fouille mes piles de fringues et finis par jeter mon dévolu sur une petite jupe en jean très courte avec les poches arrière déchirées. Je la balance sur mon lit avec un T-shirt noir à l'effigie des Sex Pistols et fonce vers ma salle de bains pour prendre une douche rapide.

Une fois habillée, je lace mes Dr Martens noires vernies et je tresse mes cheveux encore humides, que je laisse ensuite pendre sur mon épaule droite.

Prête pour aller bosser, j'attrape le carton qui contient mon attirail à peinture et descends l'escalier en essayant de ne pas louper de marches comme la dernière fois. Mes lourdes chaussures martèlent le sol alors que je traverse le salon pour récupérer mes affaires qui traînent sur le canapé. Mon sac à bandoulière sur l'épaule et mon carton à la main, je quitte le loft.

Les bras chargés, je sors de la bouche de métro, essoufflée de porter ce carton qui contient une bonne partie de mes bombes de peintures. Je râle sous son poids tout en me dirigeant vers le Roxy.

Arrivée au parking, je soupire, soulagée d'apercevoir l'enseigne du bar et pressée de poser ce fichu carton. Étrange de voir autant de voitures alors que le bar est encore fermé… Je les balaie du regard, quand l'une d'elles attire mon attention. La Nova noire de Romeo est garée près de l'entrée, juste à côté d'un van bleu foncé. Que fait-il au Roxy au beau milieu de l'après-midi ? Je fronce les sourcils et me mords l'intérieur de la joue. Je ne sais pas trop comment je suis censée me comporter après la nuit qu'on a passée ensemble. C'était plutôt chaud et sauvage entre nous, mais je me suis sauvée toute de suite après m'être rhabillée.

Depuis Aïden, j'évite de sortir avec des mecs, par peur de m'attacher et de vivre la même chose qu'il y a deux ans.

Elles étaient bleues… Un bleu presque glacial…

J'inspire un grand coup, chasse mes sombres souvenirs et continue ma route. Romeo sera sûrement là.

En équilibre sur un pied, le carton posé sur l'un de mes genoux, j'approche ma main de la porte quand celle-ci s'ouvre d'un coup. J'étouffe un cri de surprise, et le carton atterrit sur le sol. Au moment où je commence à tomber à la renverse, me voyant déjà le cul par terre, je sens une main se refermer sur mon bras.

— J'te tiens !

J'ouvre les yeux pour croiser un regard gris, presque translucide, à moitié caché par une longue mèche de couleur violette. Soulagée d'être stabilisée, je remercie la fille qui me tient le bras.

— Un peu plus et ton petit cul se retrouvait sur le sol, dit-elle. À cause de moi.

Je souris, amusée par sa façon de parler.

— Peut-être, mais c'est aussi grâce à toi si je suis toujours sur mes pieds. Alors, merci.

La jolie blonde me sourit à son tour, et je peux voir son magnifique regard couleur pluie se balader sur moi. Lentement, très lentement.

— Tu sais que le bar n'est pas encore ouvert ?

— Oui, je sais. Je bosse ici.

— Vraiment ? Intéressant…

— Oui, je suis l'une des serveuses du Roxy. Et toi ? Pourquoi tu es là ?

— Répétition avec le groupe.

— Le groupe ?

— Ouais. J'suis la bassiste des Nyx. On a joué ici hier soir, tu n'y étais pas ?

— Heu… Si. Si, j'étais là, et j'ai adoré votre concert. C'était super.

— Merci.

Je lui souris à nouveau et baisse les yeux sur mon carton au sol. En constatant que certaines de mes bombes de peinture ont atterri un peu plus loin, je grimace.

— Tu veux un coup de main ? propose-t-elle.

— Je veux bien, merci.

Accroupie sur le sol, je ramasse mon bazar tandis que la bassiste des Nyx se charge de mon carton. Mes bombes dans les mains, je lui tends les bras pour récupérer mes affaires, mais elle insiste pour m'aider à les transporter à l'intérieur. Je la remercie une nouvelle fois et lui emboîte le pas tandis qu'elle se dirige vers le bar. Sur scène, j'aperçois Romeo, une guitare noire en main, en compagnie de deux mecs qui sont sûrement les autres membres du groupe. Hier soir, j'étais tellement fascinée par Romeo et par ses chansons que je n'ai pas fait attention aux autres.

Arrivée au comptoir, la blonde y dépose mon carton et se tourne vers moi, un grand sourire aux lèvres. Cette fille au look rock est vraiment jolie. Un peu plus grande que moi, le teint très clair et les bras recouverts de tatouages old school colorés, sur le thème de la mer, elle a un style qui me plaît beaucoup.

Et à voir comment elle promène ses yeux sur moi depuis tout à l'heure, quelque chose me dit que je lui plais aussi.

— Au fait, je m'appelle Mary-Kate.

— Enchantée, moi c'est Juliet.

— Ravie de faire ta connaissance, jolie Juliet. Dis-moi juste un truc, pourquoi tu te balades avec des bombes de peinture ?

— En fait, je bosse ici pour payer mon école d'art. Roxanne m'a demandé de refaire la déco du Roxy par la même occasion.

— Attends ! C'est toi qui as peint ces trucs de ouf sur les murs ?

— Oui, c'est bien moi.

— T'es super douée. Sexy et douée en peinture. Classe !

Cette fois, je n'ai plus aucun doute, cette fille est clairement en train de me draguer. Flattée, j'ouvre la bouche pour lui répondre, mais je suis interrompue par un mec aussi blond que Mary-Kate, avec un air de famille assez flagrant, qui lui donne un coup d'épaule amical.

— Eh ben ! Je vois que tu ne perds pas de temps, frangine ! Déjà en train de draguer une meuf alors que le bar n'est même pas ouvert !

Mary-Kate lève les yeux au ciel et se tourne vers son frère.

— Ferme-la, crétin ! Je te présente Juliet, elle bosse ici.

— Salut, je suis Naël, le batteur des Nyx, et le frère de cette tordue.

Son majeur levé devant le visage de son frère, Mary-Kate le repousse avec force en lui ordonnant de dégager. Le blond aux cheveux en bataille éclate de rire et, après lui avoir demandé de se magner pour qu'ils puissent reprendre la répétition, il me salue et nous tourne le dos.

— Bon, je vais y aller sinon ils vont me gonfler, dit-elle finalement.

— Pas de problème, encore merci pour le carton et bonne répétition.

Mary-Kate me fait un clin d'œil, puis me tourne le dos et rejoint les membres de son groupe. Mon carton en main, je jette un rapide coup d'œil vers la scène. Planté au milieu, le chanteur des Nyx se met à gratter les cordes de sa guitare.

Je l'observe encore un court moment, avant de prendre la direction des vestiaires.

10

Romeo

Je soulève ma Fender noire de son socle pour commencer à répéter. Sauf que, quand je jette un œil vers la batterie de Naël, je constate qu'il n'est toujours pas là. Putain ! Je me tourne vers MK et Seven.

— Merde ! Ça fait plus de vingt minutes qu'on est là et on n'a toujours pas commencé à jouer !

Aussi soûlé que moi de devoir attendre cet abruti parti je ne sais où, Seven perd patience :

— Ouais ! Sérieux, il fout quoi, bordel ? Ça fait des plombes qu'on l'attend !

— On se calme les gars ! intervient MK. Je vais aller voir si mon frère n'est pas dehors.

Elle retire la sangle de sa basse et pose délicatement son instrument contre l'ampli, puis elle descend de la scène et traverse la salle en courant. Je râle une nouvelle fois et me passe la main sur le visage, atteint par la fatigue et l'agacement.

— Hey ! Ça va, mec ?

Je croise le regard interrogateur de Seven. Sa main posée sur mon épaule, il me fixe tout en se frottant le bout du nez.

— Ouais, j'suis crevé, c'est tout.

— Sale nuit ?

Je hoche vaguement la tête, et mon pote comprend qu'il n'aura pas mieux comme réponse. Hier, après le départ de Juliet, j'ai vrillé. Quand elle s'est barrée, je me suis retrouvé en tête à tête avec ma folie. J'ai pourtant l'habitude de passer mes nuits en compagnie du fantôme de Shelby mais, hier soir, c'était critique.

Je n'avais rien pour planer. Pour oublier.

Difficile de supporter le bordel permanent dans ma tête quand je n'ai aucun remède pour étouffer tout ça. Habituellement, il me suffit de m'injecter une dose dans le bras ou de sniffer quelques rails. Mais, hier soir, j'étais à sec et la seule chose capable de remplacer ma foutue came, c'était elle.

Juliet. Juliet. Juliet… Aussi belle et sauvage qu'une rose épineuse. Aussi efficace qu'un fixe.

Cette meuf m'a retourné le cerveau. Avec elle, je planais complètement. Elle faisait taire toutes les voix dans ma tête et plus je m'enfonçais en elle, plus j'avais l'impression de respirer à nouveau. C'était flippant.

De toutes les meufs que j'ai sautées, aucune d'elle ne m'a fait cet effet. Jamais.

Sur les nerfs, en manque, je me frotte nerveusement l'intérieur du bras, ce qui ne passe pas inaperçu aux yeux de Seven. Je l'évite avant qu'il risque une remarque et vois Naël débarquer, les mains dans les poches et un sourire à la con plaqué sur le visage. J'explose.

— Putain ! Mais t'étais où toi ? !

— J'avais un truc à faire. Respire ! J'suis là maintenant.

— Un truc à faire ? Tu te fous de ma gueule ! ? Ça fait des plombes qu'on t'attend pour répéter !

— Ça va, mec, tu peux bien attendre dix minutes ! On t'a bien attendu un an, alors fais pas chier !

Je serre les dents. En voyant que je suis sur le point de lui arracher la tête, Seven se met entre nous et pose ses mains sur chacune de nos épaules pour apaiser la tension.

— OK ! On se calme ! Romy, tu veux bien brancher ta guitare ? Toi, Naël, va chercher ta sœur s'te plaît, qu'on puisse commencer cette foutue répète !

Le regard noir, je fais rouler mon épaule pour dégager la main de Seven et je m'éloigne d'eux. Ma Fender en main, je passe la sangle par-dessus ma tête et tire le câble de l'ampli pour le brancher à ma guitare. Puis je gratte les cordes pour vérifier le son.

Lorsque tout le monde est en place, la répétition peut enfin commencer. Naël fait tourner ses baguettes du bout des doigts avant de se mettre à jouer, suivi par Seven et MK. Accroché à mon micro, je me mets à chanter l'une des chansons qui figurent sur notre setlist et que MK veut absolument jouer ce soir.

En pause depuis une vingtaine de minutes, je suis sorti prendre l'air. Appuyé contre le capot de ma caisse, je tire une dernière latte sur ma clope avant de la balancer sur le sol et de l'écraser du bout de ma Converse.

Les mains dans les poches de mon jean et le regard perdu dans le vague, je pousse un long soupir. À ce moment, la porte d'entrée du Roxy s'ouvre. Seven la franchit et me sourit en prenant place à côté de moi. Une bière dans chaque main, il m'en tend une, que j'accepte avec grand plaisir.

— Mec, tu vas sûrement m'envoyer chier, mais… j'ai vu les marques sur ton avant-bras tout à l'heure. Est-ce que tu te piques ?

La question de Seven me prend de court. Je savais qu'il avait vu mon bras, mais je ne m'attendais pas à ce qu'il m'en parle ici. Inutile de nier, je hoche la tête lentement.

— Ça m'arrive, ouais.

— Et ça fait longtemps ?

— Quelques mois.

— Est-ce que les jumeaux sont au courant ?

— Non. Et on va faire en sorte que ça reste comme ça, OK ?

— Ouais… Comme tu veux.

Alors que j'espérais en rester là, il secoue la tête et soupire :

— Pourquoi tu fais ça ? T'as envie de finir comme elle, toi aussi ?

Saoulé de devoir discuter de ça avec lui, je me pince l'arête du nez et m'éloigne de ma Nova.

— J'suis pas Shelby ! je lui crie. Je me drogue, je ne me balade pas avec un flingue sur la tempe !

— C'est la même chose, Romy ! La merde que tu t'injectes dans le bras, c'est exactement pareil.

— C'est n'importe quoi ! De toute façon, j'ai besoin de ça pour ne pas devenir cinglé !

— Pourquoi ? Parce que tu te sens coupable ? C'est Shelby qui s'est flinguée ! Ce n'est pas toi qui lui as collé le flingue dans les mains ! Shelby était dingue et complément stone ce soir-là, et si ça n'avait pas été à cause de son jeu débile, elle serait sûrement morte d'une overdose à l'heure qu'il est !

Entendre Seven reparler de cette putain de nuit me fout la gerbe. Il ne peut pas comprendre. J'ai vu Shelby se faire sauter la cervelle et, même si j'étais aussi défoncé qu'elle ce soir-là, je me souviens de la scène dans les moindres détails.

C'est juste un jeu, Romy ! Allez, ça va être amusant !

Ma respiration se bloque. Sa voix résonne à mon oreille, comme si elle se tenait juste là. À côté de moi.

C'était juste un jeu… Un jeu qui lui a quand même coûté la vie.

Je ferme les yeux et serre la bouteille, tellement fort qu'elle pourrait se briser entre mes doigts.

— Tu dis que t'as besoin de cette merde pour ne pas vriller, mais tu fais quoi de la musique ? Et le groupe ? C'est toi qui as voulu reformer les Nyx.

Planté devant mon pote, je baisse la tête et fixe mes Converse. Cette conversation n'a pas d'issue, Seven ne lâchera pas le morceau. Je le sais parce que ce mec est pire qu'un chien enragé.

— La musique peut sûrement me sauver, lui dis-je. Elle l'a déjà fait, mais l'héroïne, elle, elle me fait oublier. Et j'ai besoin d'oublier.

— Y a d'autres moyens pour ça.

— Peut-être bien, mais pour le moment c'est tout ce que j'ai, alors tu vas devoir faire avec.

— Ce n'est pas comme si j'avais le choix.

— Exact.

— OK. Mais jure-moi que, quand tu trouveras autre chose pour aller mieux, tu arrêteras de prendre cette connerie !

Mon regard rivé au sien, je hoche la tête lentement. Je sais qu'il aurait aimé que je lui dise autre chose, que je ne suis pas accro et que le manque n'existe pas. Que toute cette histoire avec Shelby est derrière moi, mais ce n'est pas le cas, pas totalement. Non, je suis un putain de drogué qui passe ses journées et ses nuits à chasser une voix qui n'existe que dans son esprit.

— Bon… On la boit, cette bière ?

Seven esquisse un sourire et porte sa bouteille à ses lèvres. Je sors mon briquet et décapsule la mienne.

J'ai un fantôme dans la tête et, depuis cette nuit, plus rien n'est pareil.

Le nez sur l'écran de mon portable, je me dirige vers la scène pour reprendre la répète, quand je tombe nez à nez avec la petite blonde d'hier soir. Surpris de la voir ici si tôt, je fronce les sourcils et glisse mon téléphone dans la poche arrière de mon jean.

— Juliet ? Qu'est-ce que tu fous là ?

— Salut Romeo. Je... Heu... En fait... Voilà, depuis cette nuit je n'arrête pas de penser à toi. Tu me manques et j'avais très envie de te voir, alors, comme je n'ai pas ton numéro de portable, je me suis dit que le mieux c'était de venir ici. Mais on dirait que tu n'as pas l'air content de me voir.

Planté devant elle comme un abruti, je ne sais pas quoi lui répondre. Moi qui pensais qu'on était sur la même longueur d'onde hier soir, j'ai l'impression que je me suis carrément planté. Une main sur la nuque, je me mords la lèvre ne sachant pas vraiment quoi lui dire.

— Heu... Eh bien...

— Voilà ! J'en étais sûre ! Encore une fois je me suis fait des films. J'aurais dû me douter que tu voulais simplement coucher avec moi !

— Attends ! Hier soir, après avoir baisé comme si on sortait tous les deux de taule, t'as ramassé tes fringues pour te casser tout de suite après. Alors je dois avouer que je suis un peu largué, là ! Je pensais que tu voulais juste un plan cul pour la soirée.

Ses grands yeux bleus accrochés aux miens, Juliet se pince les lèvres pour s'empêcher de rire et je comprends alors qu'elle est en train de se foutre de ma gueule.

— Respire, Romeo, je plaisante ! Bordel, si tu voyais ta tête ! Et puis, hier soir c'était cool, mais pas inoubliable.

— Pardon ? Tu as dit « cool » ?

— Mmm... C'était cool.

— Excuse-moi, mais t'avais l'air de trouver ça plus que cool quand ma tête était entre tes cuisses.

— Bon... C'est vrai que, ça, c'était plutôt génial.

Je souris et secoue la tête. Juliet est une petite menteuse et elle a beau dire ce qu'elle veut, hier soir, elle prenait son pied. Et quelque chose me dit qu'elle ne serait pas contre un deuxième round.

— Plus sérieusement, qu'est-ce que tu fous là, si ce n'est pas pour me supplier de te sauter une nouvelle fois ?

— Te supplier ? Dans tes rêves, Romeo Blake. En fait, je bosse ici comme serveuse mais, là, disons que je joue avec mes bombes de peinture.

— Comment ça tes bombes de peinture ? Attends, t'as dit que tu bossais ici ? Pourquoi tu l'as pas dit hier soir !

— Je ne sais pas. C'était plutôt amusant de laisser planer le doute sur ma présence au Roxy. Et, pour ce qui est des bombes, Roxanne veut que je réalise un dessin sur le mur de la scène. Un peu comme sur les autres murs.

— OK… Donc là… T'es en train de dire que c'est toi qui as fait les peintures qu'il y a ici ?

— C'est bien ça.

— T'es quoi ? Un genre d'artiste ?

Amusée, Juliet sourit avant de hausser les épaules.

— Quelque chose comme ça, oui.

Alors que je m'apprête à balancer une connerie, la voix de Seven qui aboie mon prénom nous fait tourner la tête dans sa direction.

— Hey ! Qu'est-ce que tu fous ? Ramène-toi, on n'a pas toute la journée !

Mon pote arrive vers nous et, lorsqu'il pose les yeux sur la blonde qui se trouve à côté de moi, je peux voir qu'il apprécie clairement ce qu'il voit. Seven salue Juliet avant de se présenter, puis il reporte à nouveau son attention sur moi.

— On t'attend pour répéter les deux dernières chansons.

— Ouais, j'arrive.

— OK, mais magne-toi ou Naël va te casser les couilles. Après ce que tu lui as balancé tout à l'heure, il ne va pas te rater !

Je hoche la tête, et Seven fait demi-tour pour regagner la scène.

— Bon, eh bien le devoir m'appelle.

— On dirait bien. En tout cas, j'ai hâte de vous voir jouer ce soir.

Les mains fourrées dans mes poches, je lui balance un clin d'œil et lui tourne le dos pour retrouver les autres.

11

Romeo

Appuyé contre le mur, bras croisés, j'observe Juliet qui grimpe sur un escabeau dans sa minijupe en jean. Mes yeux se baladent sur ses magnifiques jambes recouvertes de tatouages avant de remonter sur son cul.

Et Juliet a un putain de petit cul, ferme et musclé.

— J'sais pas toi mais, perso, je me taperais bien cette nana. C'est fou ce qu'elle est bandante !

Trop absorbé, je sursaute à moitié et me tourne vers MK. Une sucette dans la bouche, elle se tient à mes côtés, ses yeux gris braqués sur Juliet.

— T'arrive trop tard. Je l'ai baisée hier soir.

— Quoi ! T'es sérieux ?

— Ouais et, crois-moi, tu ne sais pas ce que tu rates.

Dégoûtée, elle lève son majeur, et j'éclate de rire.

— OK… Tu sais quoi ? Cinquante dollars que j'arrive à me la faire aussi.

— Dans tes rêves, MK !

— Tu parles. Ça ne serait pas la première fois qu'on se partage une meuf. Tu te souviens de la jolie rouquine au concert des Wild Redemption ?

— Ça remonte, mais je m'en souviens, ouais.

— Alors ? Deal ?

Je suis sûr et certain de gagner. Faudrait être con pour cracher sur de la tune facile.

— OK. Deal !

En mâchonnant sa sucette, elle me fait un clin d'œil avant de retourner auprès des autres. Et, moi, je la regarde s'éloigner en me disant que finalement, même si en effet j'ai planté mes amis, la famille que forme le groupe est toujours plutôt soudée.

Mary-Kate partie, je reporte mon attention sur Juliet, qui tourne la tête au même moment. Ses grands yeux turquoise captent les miens et, tout en pointant son index dans ma direction, elle me fait signe d'approcher.

Je fronce les sourcils et me détache du mur pour la rejoindre. Juliet descend quelques marches de l'escabeau avant de se pencher vers moi.

— Dis-moi, la rock star, je me trompe ou j'ai cru voir un bandana pendre de ta poche arrière tout à l'heure ?

— Heu… Ouais. Pourquoi ?

— J'ai oublié de prendre mon masque et, en général, j'évite d'utiliser mes bombes sans me protéger le visage. Tu penses que tu pourrais me le passer pour remplacer mon masque ?

— Ça peut se négocier.

— Se négocier ?

Sans la quitter des yeux, je tire le morceau de tissu de ma poche et le lui agite sous le nez.

— Ouais. Mon bandana contre du sexe.

— Pourquoi ? Tu ne sais plus te servir de tes dix doigts, Romeo ?

— Quoi ?

— Tes mains. Tu ne sais plus te servir de tes mains ?

Je fronce les sourcils et, quand je comprends à quoi elle fait allusion, je secoue la tête.

— Juliet… Juliet… Je crois qu'après hier soir on sait tous les deux que je me sers très bien de mes mains.

Toujours perchée sur les marches de son escabeau, Juliet s'empresse de faire disparaître le petit sourire qui est apparu au coin de ses lèvres.

— Alors, Juliet ?

— Le marché, c'est ton bandana contre une nuit torride avec moi, c'est bien ça ?

— Si tu préfères le vendre comme ça… Ouais, c'est bien ça.

— OK. C'est d'accord.

Je lui tends le tissu noir à imprimé blanc, et Juliet me l'arrache presque des mains avant de me remercier. Elle couvre son visage avec à hauteur de son nez et passe ses mains derrière sa tête pour le nouer.

Ses magnifiques yeux turquoise me fixent et, avec le tissu plaqué sur son visage, ils sont encore plus envoûtants. Curieux de savoir ce qu'elle va peindre, je désigne le mur du menton.

Son visage est à moitié caché, mais je peux quand même deviner qu'elle me sourit. Juliet ne prend pas la peine de me répondre, elle se contente de secouer la bombe de noir qu'elle a dans les mains, puis grimpe en haut de son escabeau.

Je m'écarte, croise les bras et l'observe en silence. D'un geste précis, elle se met à bomber le mur blanc. Au bout d'une vingtaine de minutes, on peut déjà distinguer les traits d'un visage masculin et un bout de micro.

Je suis scotché, fasciné. Cette fille a un réel talent et, encore une fois, je n'arrive pas à détacher mes yeux d'elle.

Ô Juliet… Je ne sais pas ce que tu m'as fait mais, depuis cette nuit, j'ai ton prénom en permanence sur le bout des lèvres.

Affalé contre ma caisse, je balance la capuche de mon sweat sur ma tête pour cacher mon visage. Il y a vingt minutes, j'ai envoyé un message à mon dealer dans l'espoir qu'il passe avant le début du concert, mais ce connard n'est toujours pas là et je suis censé monter sur scène dans quelques minutes.

Sur les nerfs, je sors une clope de mon paquet, la glisse entre mes lèvres et tire une énorme latte, histoire de me calmer. J'entrouvre la bouche et libère la fumée, avant de tirer une nouvelle fois sur ma cigarette.

À la moitié, je la balance sur le sol et l'écrase. C'est alors que j'aperçois un type qui avance dans ma direction. Je plisse les yeux et, quand les néons roses du bar l'éclairent enfin, je reconnais Marius, mon dealer.

Il me checke, et je lui fais signe de monter à l'avant de ma caisse. Marius s'installe sur le siège passager, et je le rejoins afin de faire notre échange tranquillement. Assis derrière le volant, je laisse exploser ma colère :

— Putain mec, t'en a mis du temps !

— Détends-toi, j'avais quelqu'un d'autre à voir avant. T'es pas mon seul client, Blake.

— T'as ce que je t'ai demandé ?

Un sourire satisfait sur le visage, Marius fourre les mains dans la poche intérieure de sa veste et en sort deux petits sachets remplis de poudre.

Je lui donne sa tune et récupère ma came. Notre échange terminé, il me checke une nouvelle fois et sort de ma caisse pour retourner dealer dans son quartier.

Une fois seul, je range un sachet d'héroïne dans ma boîte à gants et garde l'autre à portée de main, puis je sors ma boîte de CD et mon billet de cinq dollars roulé pour former un tube.

La boîte sur les genoux, je verse la poudre dessus et trace deux lignes parallèles avec ma carte de crédit. Mon pouce appuyé sur ma narine gauche, j'approche le tube de mon nez et sniffe les deux rails à la suite.

Je renifle, ferme les yeux et laisse ma tête retomber sur le dossier du siège. Alors que je commence à ressentir les effets, on frappe à la vitre de ma voiture, ce qui me fait sursauter. J'ouvre les yeux, tourne la tête et croise le regard sombre et exaspéré de Nikka.

Sans me laisser le temps de réagir, elle ouvre la portière et pose les yeux sur mon matos.

Génial…

— J'en étais sûre ! Toujours en train de te défoncer… Pourquoi je ne suis pas étonnée ? !

— Qu'est-ce que tu me veux, Nikka ? Tu ne vois pas que je suis occupé ?

— Je voulais juste m'assurer que tu n'étais plus le même connard drogué, mais faut croire que si. Je vois que tu es même monté d'un cran, niveau conso. Alors t'es mignon, mais à partir de maintenant tu ne t'approches plus de Juliet. Elle n'a pas besoin qu'un mec comme toi vienne lui pourrir la vie ! Cette fille est beaucoup trop bien pour toi.

— Nikka… Nikka… Pourquoi tu te mêles de ça ? Juliet est assez grande pour savoir ce qu'elle veut. Tu ne crois pas ?

— Effectivement, mais elle ne sait pas quel taré instable tu es ! Donc, ne t'approche pas d'elle, Romeo !

— T'es jalouse ?

Les yeux écarquillés, elle recule d'un pas avant de croiser les bras.

— Pardon ? !

— J'ai dit : t'es jalouse ?

Bien décidé à lui tenir tête, je dégage mon bordel sur le siège à côté de moi et sors de ma caisse. En me voyant approcher, le regard menaçant, elle décroise les bras et recule de quelques pas.

— Dis-moi Nikka, ça ne te dérangeait pas que je sois un drogué quand je te baisais, à l'époque.

— Ferme-la, Romeo !

— Quoi ? C'est la vérité qui te dérange ? Tu peux nier autant que tu veux, mais tu sais aussi bien que moi que tu aimais te faire sauter à l'arrière de ma caisse, t'en avais rien à foutre que je sois défoncé.

Plantée devant moi, Nikka me menace de son index tout en me fusillant du regard.

— Tiens-toi loin de Juliet ! C'est tout ce que j'ai à dire, Romeo !

— Tu sais très bien que c'est Juliet qui viendra à moi. Je suis Romeo Blake, chérie !

— Et après ? Elle finira comme Shelby, elle aussi ? !

La mention de Shelby me fait instantanément vriller et Nikka le sait, car un petit sourire satisfait vient étirer ses lèvres rouge vif.

— C'est bien ce que je pensais, poursuit-elle. Alors, laisse tomber avec Juliet. T'as réussi à la foutre dans ton lit une fois, maintenant oublie-la et trouve-toi une tarée dans ton genre. Ce n'est pas ce qui manque ici !

— Comme tu voudras. Mais sache que je ne la repousserai pas si c'est elle qui vient à moi !

Agacée de ne pas avoir le dernier mot, Nikka me lance un regard noir avant de tourner les talons, me plantant au milieu du parking avec la folle envie de m'injecter une dose d'héroïne.

Parce que je suis une âme égarée, un drogué au cœur endommagé. Et, contrairement à ce que Nikka pense, je ne suis pas cinglé, non. Juste un peu fêlé.

12

Juliet

Je balance mon T-shirt des Sex Pistols dans mon casier et sors celui du bar pour l'enfiler. Je suis crevée d'avoir passé l'après-midi à peindre le mur, mais Roxanne est super contente du résultat et, moi, je suis plutôt satisfaite du taf que j'ai réalisé.

Alors que j'allais refermer la porte de mon casier, mon regard tombe sur le bandana noir de Romeo. Sourire aux lèvres, je le récupère et me l'attache autour du poignet pour le garder à portée de main.

Prête à prendre mon service malgré ma fatigue, je quitte les vestiaires et me dirige vers le bar, saluant au passage quelques habitués du Roxy ainsi que deux autres serveuses. Derrière le comptoir, Roxanne me sourit et se penche en avant pour me parler par-dessus la musique des enceintes :

— Juliet, dis-moi, est-ce que ce soir tu peux t'occuper de la section près de la scène en plus de la tienne ?

— Bien sûr. Pourquoi ?

— Elena est malade, et Kim et Gemma ne veulent pas s'en charger.

— Aucun problème, je vais m'en occuper.

— Merci, t'es un amour.

Visiblement soulagée, elle me sourit à nouveau et pousse un plateau devant moi, une commande pour la table de filles hystériques qui se trouve aux abords de la scène.

Le plateau en main, je m'avance vers les clientes quand j'aperçois Nikka arriver sur moi. Accompagnée d'un grand blond plutôt canon, elle me claque un bisou sur la joue avant de me présenter le mec qui l'accompagne.

Il s'appelle Andrew. Ils se sont rencontrés un peu plus tôt dans la journée, au casting auquel Nikka participait. Rien d'étonnant à cela. Du Nikka tout craché. Cette fille est un aimant à mecs.

Impatiente de savoir comment s'est déroulé le fameux casting, je lui demande de m'attendre une minute, le temps d'apporter les cocktails aux filles.

Mon plateau à bout de bras, je me fraye un chemin jusqu'à leur table quand, soudain, une vague de cris s'élève. Romeo vient de monter sur scène. Il s'empare du micro pour saluer les clients tandis qu'un brun à la casquette à l'envers gratte les cordes de sa guitare pour démarrer une intro rock à souhait.

Je les observe un court moment. Naël, le frère de Mary-Kate, s'amuse à faire tourner ses baguettes tandis que le brun dont je ne me souviens plus du prénom s'avance vers le bord de la scène en jouant de façon agressive.

Fascinée, j'en oublierais presque que je suis censée travailler. À regret, je quitte la scène des yeux pour reprendre mon service et dépose les cocktails du groupe de filles, avant de me diriger vers une autre table pour prendre une commande. Encore une fois, ce soir, le bar est plein à craquer et, avec ma double section, j'ai encore plus de clients à servir.

De retour au bar, je pose mon plateau et passe plusieurs commandes à Roxanne avant de rejoindre ma coloc qui, perchée sur un tabouret, se trouve toujours en compagnie du fameux Andrew.

— Alors ce casting ? Raconte ! je lui demande.

— Oh mon Dieu ! J'ai tout déchiré ! Impossible qu'ils ne me choisissent pas pour le rôle ! De toute façon, je suis faite pour jouer ce personnage !

— Tu es la meilleure Nikka, évidemment qu'ils vont te choisir. C'était pour quoi ? Une série ?

— Oui, une série fantastique.

— Oh ! Sérieux, du fantastique ? Et tu jouerais quel genre de personnage ?

— Un vampire et un pirate.

Je fronce les sourcils, pas sûre de bien comprendre.

— Attends, ton personnage, c'est quoi ? Un vampire ou un pirate ?

— En fait, les deux. Le rôle principal féminin est une femme pirate qui est également vampire.

— Je vois. C'est vrai qu'un rôle de vampire te correspondrait parfaitement !

— Oh ! oui ! Je croque les mecs dans la vraie vie et, si je suis prise, je le ferai également à l'écran. Et en plus je serai payée pour ça ! C'est pas génial ? !

Devant tant d'enthousiasme, j'éclate de rire, et Nikka en fait autant. Je suis plutôt d'accord avec ce qu'elle vient de dire, Andrew en est la preuve vivante. Depuis sa rupture, ma coloc enchaîne les coups d'un soir, et je suis presque sûre que le canon à ses côtés sera chez nous demain au petit déjeuner.

Les consommations étant servies, je prends le plateau que Roxanne me tend et retourne travailler.

Alors que les Nyx enflamment le Roxy ce soir, les commandes s'enchaînent. Dès que j'ai une minute de répit, je retrouve Nikka et le blond sexy pour bavarder avec eux, tout en jetant un œil à la scène de temps en temps, afin de profiter du concert malgré tout.

À la fin du concert, le groupe s'installe à sa table habituelle et, contrairement aux autres soirs, c'est moi qui me retrouve à les servir, puisque je gère la section d'Elena.

Je leur apporte les quatre bières qu'ils ont commandées, non sans les observer du coin de l'œil. C'est drôle, quand je les vois tous les quatre, charismatiques et pleins de talent, j'ai du mal à comprendre qu'ils ne soient toujours pas représentés par une maison de disques. C'est incompréhensible, car leur musique est super, ils sont bien meilleurs que certains groupes de rock que j'ai pu entendre.

Mary-Kate, qui ne m'a pas lâchée du regard depuis que je les sers, me sourit et me remercie chaleureusement, avant de s'emparer de sa bière, aussitôt imitée par Naël et le brun à la casquette.

— Tu viens boire une bière avec nous, jolie Juliet ?

Ses grands yeux gris s'accrochent aux miens, cependant je secoue la tête et lui désigne mon plateau.

— J'aimerais bien mais, comme tu vois, j'ai d'autres obligations.

— Tu ne bosses pas toute la soirée, si ?

— Eh bien, jusqu'à la fermeture. Peut-être une autre fois.

— Ouais… Ou peut-être que tu pourrais venir chez moi après ton service.

Je souris, amusée par sa tentative de me foutre dans son lit.

— Oh ! Oh ! Mais qu'est-ce que t'as frangine ? Ça te démange ? T'as des fourmis dans la chatte ou quoi ?

Agacée par la remarque de son frère, la jolie blonde se tourne vers lui pour lui coller une claque derrière la tête.

— Ta gueule, Naël !

Je réprime un rire tandis que les jumeaux se balancent des vannes, jusqu'à ce que le frère de Mary-Kate pose ses yeux sur moi.

— Juliet, ma sœur a clairement envie de te sauter, au cas où tu n'aurais pas remarqué !

D'humeur taquine, je presse mon plateau contre ma poitrine et décide d'entrer dans leur jeu :

— En même temps… Qui ne rêverait pas de s'envoyer en l'air avec la bassiste super sexy des Nyx ?

Un énorme sourire aux lèvres, Mary-Kate me fait un clin d'œil avant de coller son majeur sous le nez de son frère.

— T'as entendu, crétin ? Tout le monde veut se glisser dans mon lit, même Juliet !

Cette fois, je ne peux me retenir de rire. Et, même si Romeo semble faire la gueule depuis que je l'ai vu monter sur scène, la bonne humeur des autres fait plaisir à voir.

— Je suis désolée, j'aimerais rester avec vous, mais je dois reprendre mon service. Si jamais vous avez besoin d'autre chose, faites-moi signe !

Alors que je leur tourne le dos pour retourner au bar, je peux entendre Mary-Kate balancer une remarque sur mes fesses, qui apparemment lui plaisent bien. Je secoue la tête tout en me pinçant les lèvres. Cette fille est un vrai phénomène et elle n'a pas sa langue dans sa poche.

D'une certaine façon, elle me fait un peu penser à Yuuma, l'un de mes amis à l'école d'art. La bassiste des Nyx me plaît énormément et j'ai hâte de pouvoir la connaître davantage. Elle et les autres membres du groupe.

En refermant la porte de mon casier, je pousse un long soupir, épuisée par cette soirée. M'occuper des deux sections a été un vrai bordel, et je dois avouer que la seule chose dont je rêve maintenant, c'est de prendre une bonne douche brûlante et de retrouver mon lit.

Mon carton de peinture dans les bras, je quitte les vestiaires et me dirige vers la sortie, pressée de rentrer chez moi. Par chance, Grant, notre agent de sécurité, est là et il m'ouvre la porte en me souhaitant une bonne nuit. Je le remercie et traverse le parking faiblement éclairé par les néons roses du Roxy.

Au bout de quelques pas, je fronce les sourcils. Quelqu'un s'approche dans ma direction. D'où je suis, je n'arrive pas à voir son visage et, même si je ne suis pas du genre trouillarde, traîner sur un parking sombre à plus de 2 heures du matin ne me rassure pas vraiment.

Sourcils froncés, je tente de réfléchir vite. Voyons, de quoi je dispose pour me défendre en cas de besoin ? La seule option qui me vient en tête, c'est d'utiliser l'une de mes bombes pour asperger l'agresseur, quitte à lui repeindre le visage en bleu. Mais cette idée quitte mon esprit quand je reconnais Romeo.

Les mains dans les poches de son jean, le visage à moitié caché par sa capuche, il s'arrête devant moi. Je laisse échapper un soupir de soulagement.

— Qu'est-ce que tu fous là ? Tu m'as fait peur, idiot !

— On a un deal.

— Un deal ?

— Ouais, un deal. Tu te souviens ? Mon bandana contre ton petit cul sexy.

Plantée devant lui, je me mords les lèvres avant d'éclater de rire, ce qui ne semble pas lui plaire.

— Attends ? T'es sérieux ? je demande.

— Évidemment. Sache que je ne rigole pas avec ce genre de chose.

— T'es mignon, mais j'suis trop crevée pour m'envoyer en l'air ce soir. Mais, puisque t'es là et qu'apparemment tu ne peux plus te passer de moi, tu peux toujours me ramener chez moi.

Alors qu'il est sur le point de me répondre, son téléphone se met à sonner. Romeo le sort et, tandis qu'il lit le texto qu'il vient de recevoir, un petit sourire vient étirer ses lèvres.

— On dirait bien que tu vas devoir rentrer à pied. J'ai un truc plus intéressant à faire.

Son regard à nouveau rivé au mien, il range son téléphone et, sans se départir de son sourire, me tourne le dos pour s'éloigner. Vexée d'être plantée au milieu du parking, alors que, dans notre petit jeu, je pensais clairement avoir la main, je lui crie :

— Hey ! Tu vas vraiment me laisser en plan ici ? Sérieux ?!

Il se contente de hocher la tête avant de grimper dans sa foutue voiture. Puis, il quitte le parking du Roxy, me laissant toute seule.

13

Juliet

Un verre de lait dans les mains, je m'assois en tailleur dans mon canapé, face aux grandes baies vitrées du loft, et bâille sans retenue. Ma nuit a été plutôt courte, et mes horribles cernes attestent de mon manque de sommeil.

Je bâille à nouveau, puis porte mon verre à mes lèvres lorsque Nikka débarque dans la pièce en chantonnant, vêtue d'une simple culotte et d'un débardeur imprimé de donuts colorés.

Sourire aux lèvres, ma coloc me fait un petit signe de la main. En guise de réponse, je grogne un « salut » pas vraiment amical.

Quelques minutes plus tard, elle réapparaît dans le salon avec une tasse de café fumant et, après s'être installée à côté de moi, elle m'ébouriffe les cheveux, déclenchant un nouveau grognement.

— Outch ! J'en connais une qui s'est levée du pied gauche.

Je proteste.

— Pas du tout ! Je n'ai pas beaucoup dormi, c'est tout.

— Ouais, bah… T'as quand même l'air de mauvaise humeur. Ça va être sympa, aujourd'hui.

Je lève les yeux au ciel, et Nikka sourit.

— Allez ! Fais pas cette tête, je plaisante.

— Mmm… Et toi ? C'est ton jouet d'hier soir qui te met de si bonne humeur ? D'ailleurs, il est où ?

— Andrew n'est pas mon jouet. Et il n'a pas dormi ici pour info.

— Mouais…

— Et toi ? T'es rentrée tard. T'avais rencard après le boulot ?

— Non. J'ai juste fini tard.

— Donc… Tu n'étais pas avec lui ?

Je fronce les sourcils, pas sûre de savoir de qui elle parle. Nikka prononce alors le prénom de Romeo en grimaçant.

— Non, je n'étais pas avec Romeo, lui dis-je. Je suis rentrée tard parce que j'ai fini tard.

— OK. Ecoute… Hier, on n'a pas eu le temps de finir notre conversation. Mais, Juliet, il faut que tu fasses attention avec lui. Je le connais depuis longtemps, et tu devrais vraiment rester loin de ce mec.

— Pourquoi ? Parce qu'il saute sur tout ce qui bouge, qu'il est sexy, talentueux et que son regard est aussi sombre que lui ?

— J'aurais envie de dire oui, ce sont de bonnes raisons, mais ce n'est pas uniquement ça. Ce mec est accro à la cocaïne, et sa copine s'est tiré une balle dans la tête parce qu'ils étaient tous les deux complètement drogués !

Sous le choc, je me retrouve projetée quelques années en arrière. Ses lèvres étaient bleues… Un bleu polaire… Mais ce n'était pas le froid, non. C'était bien pire que ça.

Si Romeo est ce genre de personne, alors oui, Nikka a raison de vouloir me tenir à distance de lui.

Le regard perdu, mes doigts se resserrent autour du verre, et j'entends à peine les mises en garde que Nikka continue de proférer. J'aimerais lui promettre de ne pas m'approcher de lui. Lui dire que ce mec me fait peur et que je me tiendrai à distance. Mais ce n'est pas le cas.

Romeo m'attire à lui comme un aimant, et ce que Nikka ne sait pas, c'est qu'il n'y a pas si longtemps, moi aussi, j'étais comme lui.

Moi aussi, j'avais le nez poudré de cocaïne, mais je faisais également ami-ami avec l'héroïne.

Toutes les deux, elles m'ont enlevé la personne à laquelle je tenais le plus. J'aurais pu sombrer davantage, me noyer pour ne plus arriver à remonter à la surface, mais ça n'a pas été le cas. Non, pour atténuer ma peine, j'ai remplacé mes seringues par des pinceaux et j'ai exprimé ma colère et ma tristesse sur des toiles. C'est pour ça que j'ai quitté Londres. En sortant de cure, j'ai décidé de fuir mon passé, mes démons, et de mettre tout ça derrière moi.

Pourtant, c'est si facile de revenir en arrière. De fermer les yeux et de tendre le bras.

La voix de Nikka me sort brusquement de mes sombres pensées, si bien que je sursaute et manque de renverser mon verre de lait sur moi.

— T'es une chouette fille, Juliet, et je n'ai vraiment pas envie qu'il t'arrive la même chose. Tu n'es peut-être pas Shelby mais, crois-moi, je sais combien il est facile de se laisser entraîner par son côté bad boy torturé.

Je soupire, me penche pour poser délicatement mon verre sur la table basse, puis je me tourne vers mon amie.

— Je ne vais pas finir comme cette fille, Nikka. Elle devait sûrement être cinglée pour se tirer une balle dans le crâne. Et je ne suis pas cinglée. Je ne me drogue pas. C'est juste que, Romeo et moi, on a commencé un jeu que je ne veux pas perdre.

— Un jeu ? Quelle sorte de jeu ?

— Un truc de séduction tordu.

— Je vois. En gros tu l'allumes et tu le laisses prendre feu sans pour autant lui donner ce qu'il veut.

— Oui, c'est exactement ça. Ce mec est beaucoup trop habitué à ce que les filles enlèvent leur culotte et écartent les cuisses juste parce qu'il a posé les yeux sur elles.

— C'est Romeo Blake, Juliet !

— Oui… Bah… Hier soir, je me suis fait avoir à mon propre jeu. Hors de question que je perde.

Ses grands yeux noisette plongés dans les miens, ma coloc secoue la tête, dépitée de me voir aller dans cette direction.

— Fais attention à toi, c'est tout ce que je te demande. Jouer avec le feu, c'est amusant parfois, mais tu risques de te brûler si tu joues trop longtemps. Ne tombe pas amoureuse de lui, Juliet, ou tu risques de le regretter amèrement.

— Quoi ? Oh ! non ! Je ne vais pas tomber amoureuse de lui !

— Mmm… Tu sais aussi bien que moi qu'on finit toujours par aimer le mauvais gars, Juliet…

Un sourire aux lèvres, je me redresse d'un seul coup pour lui claquer un bisou sonore sur la joue.

— Pas cette fois, Nikka ! Pas cette fois !

— Mouais… Je te préviens, si tu me fais un remake des amants maudits, je te plante moi-même la dague dans la poitrine !

J'éclate de rire, et ma coloc se met à râler en m'assurant qu'elle ne plaisante pas.

— Bon ! Ce n'est pas tout, mais j'ai cours ce matin, dis-je en me levant. On se voit plus tard !

Mon énorme pochette à dessin sous le bras, je sors de ma salle de cours accompagné de Yuuma, un mec de ma classe. J'ai sympathisé avec lui dès mon arrivée dans cette école et, depuis, nous sommes devenus proches.

D'origine japonaise, plutôt grand, élancé, les cheveux d'une jolie couleur cuivrée, coupés très courts sur les côtés, avec une longue mèche qui lui frôle le nez, des yeux noisette grâce aux lentilles qu'il porte à longueur de temps, des traits enfantins… Yuuma semble faire l'unanimité auprès de la gent féminine comme masculine.

Il passe son bras autour de mon épaule et m'attire à lui pour éviter deux filles absorbées par leur téléphone, qui sont à deux doigts de me rentrer dedans. Je râle.

— Mon Dieu que ce cours était ennuyeux !

— Tu plaisantes, Ju' ? J'ai trouvé ce cours génial !

— Tu dis ça parce que Kinaï Ka est sexy.

— Oui, c'est vrai qu'il est sexy, mais je trouve aussi que c'est un artiste talentueux.

— Ah ! Parce que, pour toi, un mec qui peint sur des feuilles de salade, c'est du grand art ?

— Évidemment ! Ce mec se sert de tout et n'importe quoi pour faire une toile. Il est fascinant.

— Mmm… Je ne vois rien de fascinant là-dedans. Si j'avais su, je serais restée couchée. J'ai passé une nuit de merde.

— Je suis sûr que, s'il avait peint avec sa bite, tu aurais été fascinée, toi aussi, et les feuilles de salade t'auraient carrément moins dérangée.

— En voilà une idée de génie, Yuuma. On devrait lui en toucher deux mots pour sa prochaine intervention.

— Tu sais quoi ? Je valide ça à cent pour cent !

— Tu m'étonnes !

J'éclate de rire, et Yuuma en fait autant. Tous les deux, on se voit rarement en dehors des cours, puisqu'il travaille dans une galerie d'art à Manhattan et que mes horaires au Roxy et le temps que je consacre à mes toiles me laissent peu de liberté. Mais, chaque fois qu'on est ensemble, nos journées sont remplies de fous rires.

— Au fait, ma boss organise une expo la semaine prochaine et elle cherche un autre artiste à présenter.

— Ah oui ? Pourquoi tu n'exposes pas, toi ?

— Premièrement, je n'ai pas ton talent et, deuxièmement, je n'ai aucune toile à montrer, contrairement à toi.

— Tu parles. Je n'ai rien de valable.

— C'est ça ! Arrête tes conneries ! Je sais très bien que tu as plusieurs tableaux et en plus, je suis sûr qu'ils plairont à Erika.

Pas convaincue, je grimace et hausse les épaules, mais Yuuma me bouscule amicalement.

—Ju', tu devrais vraiment venir déposer tes toiles à la galerie. Qui sait ? Imagine que tes œuvres plaisent !

— OK, OK… Tu as dit que c'était quand, déjà ?

— L'expo est la semaine prochaine mais, si tu pouvais passer avant, ce serait super.

— D'accord, je peux sûrement essayer de venir vendredi, juste avant d'aller bosser au Roxy.

Yuuma me sourit, et je lui propose un café avant notre prochain cours, ce qu'il accepte avec grand plaisir. Son bras à nouveau autour de mes épaules, nous quittons le bâtiment des Arts pour aller chez Mona, notre café favori.

Installés à notre table habituelle, près de la grande fenêtre qui donne sur la façade de l'école, Yuuma vide la moitié du sucrier dans son thé et, comme toujours, je lui fais remarquer sa consommation exagérée de sucre. Et, bien sûr, il en rajoute juste pour le plaisir de me voir grimacer.

Je fais tourner mon verre de lait aromatisé au caramel entre mes doigts tout en l'écoutant me parler de Marley, son mec depuis bientôt deux ans.

— Et donc, il part vivre à Londres dans quelques jours, m'annonce-t-il.

— Londres ? Qu'est-ce qu'il va foutre à Londres ?

— C'est pour le boulot. Du coup, on va essayer la relation

longue distance. Mais je ne suis pas convaincu. Ce truc, c'est de la grosse connerie.

— Il va y rester longtemps ?

— Je n'en sais rien mais, si ça dure trop, je pense le rejoindre. D'ailleurs, tu ne m'avais pas dit que tu venais de Londres, toi ?

— Mmm…

— Il n'y avait pas d'école d'art, là-bas ? New York, ce n'est quand même pas la porte à côté.

Mes doigts se resserrent autour de mon verre et, tout en baissant les yeux, je laisse échapper un long soupir.

— Si, bien sûr. Mais j'avais besoin de changer d'air. Et New York me paraissait une bonne idée.

— Tu es ici depuis quoi… deux ans maintenant, non ?

— Quelque chose comme ça, oui.

— Et tu n'es pas retournée là-bas depuis que tu es ici ?

— Non. Je n'ai plus personne à Londres. Pas de famille, pas d'ami, alors pourquoi y retourner ?

Sa tasse au bord des lèvres, Yuuma me fixe d'un air triste. Pour le rassurer, je lui offre un petit sourire. Quand j'ai quitté Londres, je n'ai pas regardé en arrière, puisque la seule personne qui faisait vraiment partie de ma vie avait mis fin à la sienne.

— Tu sais, je me rends compte qu'on ne parle jamais de toi. De ta vie d'avant.

— C'est parce qu'il n'y a rien à dire. Ma vie n'est pas super intéressante, tu le sais.

— T'es une artiste Juliet, tu as forcément un tas de choses à dire. La preuve, tes toiles racontent toutes une histoire.

Je me mords l'intérieur de la joue et hausse les épaules en guise de réponse. Yuuma a raison, mes peintures racontent un tas de choses, mais l'avantage, avec la peinture, c'est qu'on a beau tendre l'oreille elle ne trahit jamais les secrets.

— Bon… Et sinon, j'ai entendu dire qu'un nouveau groupe jouait au Roxy, enchaîne-t-il. Il paraît qu'ils sont bons.

— Tu parles des Nyx ?

— Ouais, il me semble que c'est ça. C'est ma sœur qui m'a parlé d'eux. Je crois que le chanteur lui a tapé dans l'œil.

Pas vraiment surprise, je lui souris. Yuuma lève un sourcil, intrigué.

— Alors, c'est vrai ? Il est canon ?

— Non seulement il est canon, mais en plus c'est un super coup.

Pris par surprise, il s'étouffe à moitié avec sa gorgée de café. Lorsqu'il a repris son souffle, il me fixe, les yeux ronds comme des billes.

— QUOI ? Tu viens de dire quoi là ? !

— Que le leader des Nyx était canon, pourquoi ?

— Te fous pas de moi ! Tu as aussi dit que c'était un super coup. Tu t'es fait le chanteur ? Sérieusement ?

Un sourire plaqué sur le visage, je hoche la tête, et Yuuma, qui ne veut pas perdre une miette de cette histoire, me supplie de tout lui raconter.

— Avec Nikka, on est allées fêter mon anniversaire au bar et…

— Anniversaire auquel je n'ai pas été invité.

— C'est vrai mais, à la base, je ne voulais pas le fêter, c'est elle qui a organisé ce plan au dernier moment. Moi, je n'aime pas fêter mon anniversaire. Pourquoi célébrer un jour qui te rappelle que le temps passe et que tu t'approches de la fin ?

— Mouais. Vu comme ça, c'est sûr que ça ne donne pas envie. Sérieux, t'es vraiment négative comme meuf.

— Je suis une artiste torturée, que veux-tu !

Ses yeux noisette rivés aux miens, il secoue la tête avant de marmonner un truc incompréhensible, ce qui m'arrache un sourire.

— Bon ! Tu veux connaître les détails de ma nuit torride avec Romeo ou pas ?

— Romeo ? Ce mec s'appelle Romeo ? s'exclame-t-il.

Je confirme d'un hochement de tête.

— Je n'y crois pas ! Romeo ! Ô Romeo ! Prends-moi et baise-moi toute la nuit s'il le faut !

Devant son air théâtral, je ne peux me retenir de rire. Je ris tellement que le couple assis à la table d'à côté se retourne vers nous.

— T'es vraiment con ! Mais c'est exactement ce qu'il a fait.

— Donc toi, Juliet James, tu t'es tapé le chanteur des Nyx ! Quand je vais raconter ça à ma sœur, elle va te détester, c'est sûr !

— Ce n'était pas du tout prévu, à la base. Et puis, une chose en entraînant une autre, je me suis…

— … tu t'es retrouvée avec ses mains sur ton cul ?

— Et sa langue dans ma bouche, et je garde le mystère sur la suite !

— Chérie, à partir du moment où il t'a enlevé ton string, y a plus de mystère. Vous nous avez rejoué Romeo et Juliette façon porno.

Cette fois, je me pince les lèvres pour me retenir de rire. Cet imbécile cherche vraiment à attirer l'attention de tout le café sur nous. Mais, s'il fallait résumer cette soirée en un mot, Yuuma a trouvé celui qu'il faut.

— OK ! dit-il. Je veux absolument voir à quoi ressemble ce mec ! Quand est-ce que le groupe joue ?

— Les Nyx sont au Roxy tous les week-ends.

— Je vois. Il me semble que je n'ai rien de prévu.

— Tu sais quoi ? J'apporte mes toiles à la galerie vendredi et on passe la soirée ensemble là-bas.

— Ça marche !

Excité à l'idée de voir à quoi ressemble Romeo, il sourit à pleines dents avant de disparaître derrière son énorme tasse de thé.

Mon regard se pose alors sur sa montre, et je bondis de ma chaise.

— Bordel ! On va être en retard !

Sans lui laisser le temps de finir sa boisson, je l'attrape par le bras et l'entraîne dehors, direction l'atelier de sculpture.

14

Romeo

Réveillé en sursaut, je me redresse d'un seul coup. En sueur, complètement trempée et le souffle court. Je me frotte le visage dans l'espoir d'effacer les traces de ce foutu cauchemar. Je déteste que ces images soient bloquées dans mon esprit nuit et jour. Je voudrais les faire disparaître, les effacer une bonne fois pour toutes, mais impossible. J'ai bien essayé, mais ça ne dure qu'un temps.

Elles reviennent s'accrocher à moi. Plus sombres et plus réelles à chaque fois.

La tête entre les mains, j'inspire et expire profondément en essayant de reprendre mes esprits. Mais rien à faire, le visage de Shelby est encore bien trop présent.

À chaque instant.

J'ai besoin d'air, besoin d'aide pour me la sortir de la tête. Et le seul truc qui me soulage, c'est ma bonne copine l'héroïne, alors je me lève pour aller récupérer le sachet, qui doit sûrement traîner quelque part dans le salon, dans le bordel qui s'empile sur ma table basse.

Je plisse les yeux et grogne, aveuglé par la lumière du soleil. Je ne sais pas vraiment quelle heure il est, ni quel jour nous sommes. Je suis paumé, complètement. J'ai la tête en vrac, la gerbe, et mon corps tout entier me fait mal. J'ai l'impression de m'être pris une raclée pendant mon sommeil. De m'être fait piétiner.

Impossible de me souvenir de ma putain de soirée.

Debout au milieu du salon, je choppe la bouteille de whisky à moitié vide qui traîne sur la table basse et en bois une gorgée. Je grimace, l'alcool me brûle et ce n'est pas terrible comme petit dej'. Mais c'est là, à portée de main.

Je renifle et repose la bouteille avant de me laisser tomber lourdement dans mon canapé. Je soupire, fronce les sourcils et balaie la table du regard à la recherche de cette foutue dose.

Quelques minutes plus tard, j'enfonce la seringue dans mon bras tout en serrant le lien en caoutchouc avec mes dents. Une fois la dose injectée, je me relaxe, et une drôle de sensation s'empare de moi.

Cette sensation, ce truc qui s'écoule dans mes veines. Ça fait un bien fou.

Un bien fou… C'est drôle de dire ça parce qu'elle pourrait voler ma vie d'un seul coup. Mais ce n'est pas le cas. Parfois, je me demande pourquoi elle me laisse vivre alors même que je ne suis personne et que je n'ai jamais rien fait de bien dans ma vie.

Romeo… Pourquoi suis-je Romeo ?

Ma mère devait bien se douter que je finirai comme lui, en me filant un prénom pareil. Lui, ce personnage adulé, créé par Shakespeare. Moi aussi je suis brisé par la vie, par l'amour, et empoisonné par cet élixir qui coule dans mes veines.

Et puis, les chiens ne font pas des chats, ma mère aussi est comme ça. *Était* comme ça ?

Peu importe, c'est à cause d'elle que j'suis dans cet état. C'est elle qui m'a refilé son addiction à toutes ces merdes. Putain, tu parles d'une mère. Heureusement que la musique m'a aidé quand j'étais gosse. Sauf qu'aujourd'hui ma vie est tellement merdique

que m'accrocher à elle n'est pas suffisant. J'ai besoin de plus pour éloigner les fantômes.

Les yeux fermés, je pousse un long soupir et, lorsque j'ouvre à nouveau les yeux, j'entends la porte de mon appartement claquer. Je n'ai pas besoin de me retourner pour savoir qui vient d'entrer, car les lourdes bottes de Seven frappent le sol tandis qu'il avance dans ma direction.

— Salut mec, j'ai appelé sur ton téléphone, mais tu ne réponds pas, connard ! Qu'est-ce que tu…

Debout, face à moi, Seven s'arrête net quand il m'aperçoit. Et, à voir sa tête, je suis bon pour m'en prendre plein la gueule.

— Romy ! Bordel, mais qu'est-ce que tu fous ? !

— Ça ne se voit pas ? J'me défonce, pourquoi ?

— Si, ça se voit. T'as l'air complètement stone. Mec, tu dois arrêter de prendre ces merdes !

— Non ! Pas tant qu'elle est dans ma tête, je te l'ai déjà dit ! Elle me rend cinglé !

— Qui ça ?

Je soupire à nouveau et pointe du doigt le mur qui portait l'écriture de Shelby il y a encore quelques heures. En voyant l'état dans lequel il se trouve, Seven jure entre ses dents.

Cette nuit, j'ai pété un plomb. Littéralement. Je ne sais plus combien de rails je me suis enfilés ni combien de verres de whisky j'ai bus avant d'exploser de rage, mais mon mur blanc est recouvert de peinture rouge foncé.

La seule chose dont je me souvienne, c'est d'avoir balancé un seau de peinture sur le mur dans un élan de colère, pour ensuite rester planté devant à regarder le rouge dégouliner jusqu'à recouvrir une partie du sol. À ce moment-là, je me suis senti bien, mais ça n'a duré qu'un temps parce que tout ce rouge m'a fait penser à du sang.

Brillante idée…

— Mec ! Mais qu'est-ce que t'as branlé ? !

— Je voulais la faire sortir de ma putain de tête ! Elle me rendait dingue !

— Romy… C'est toi qui la gardes enfermée dans ta tête. Si Shelby te rend cinglé, c'est parce que tu ne fais rien pour l'oublier.

— Si ! Je me défonce. Y a que comme ça qu'elle me lâche.

— C'est pas la solution et tu le sais très bien !

— Ah ouais ? T'as une meilleure idée, toi ?

— Ouais. La musique, Romy ! C'est de ça que t'as besoin et pas de toutes ces conneries ! Tu as voulu reformer les Nyx, alors qu'est-ce que tu attends, mec ? Ça fait des jours que tu bosses sur une chanson et tu n'as toujours pas fini !

— T'es marrant, toi ! Pour écrire, j'ai besoin d'être tout seul dans ma tête. Et, là, on ne peut pas dire que ce soit le cas.

— OK. Bah, tu sais quoi ? On va commencer par te rafraîchir les idées !

Sans me laisser le temps de réagir, il m'attrape le bras et me tire hors du canapé. Je proteste, l'envoie chier, mais Seven n'a pas l'air prêt à me lâcher. Ses mains plaquées sur mes épaules, il me pousse jusqu'à la salle de bains avant de me coller sous l'eau froide de la douche. Je crie au contact de l'eau glacée

— Putain ! Seven, bordel ! Arrête, merde !

— Tu en as besoin pour te rafraîchir les idées, mec ! Sors-toi l'autre cinglée du cerveau ! Moi, je t'attends dans le salon.

Mâchoires serrées, je lui lance un regard mauvais et, une fois qu'il a quitté la salle de bains, je me passe les mains sur le visage en jurant.

— Connard ! Emmerdeur ! Branleur !

Une bière fraîche dans chaque main, je m'avance vers Seven qui, installé sur mon canapé, gratte les cordes de ma guitare. Je dépose les bières sur la table basse. Il a dû prendre le temps de ranger avec soin, car plus rien ne traîne dessus. Pas de résidus de poudre, pas de clope laissée à l'abandon.

Nous entamons nos bières et, après quelques gorgées, je désigne ma guitare du menton.

— C'est nouveau ? T'as bossé sur un son ?

— Ouais. Pose ton cul et écoute ça !

Je hoche la tête et me laisse tomber dans mon vieux canapé, tandis qu'il se lève. Il réaccorde ma Fender, et je l'écoute me jouer un riff de son nouveau morceau.

Guitare en main, il bouge la tête au rythme du tempo et gratte furieusement les cordes. Son riff est rapide et je suis plutôt fan de sa composition. Une fois sa démo finie, un putain de sourire étire mes lèvres.

— Mec, ce truc déchire à mort ! T'es dessus depuis quand ?

— Quelques jours, répond-il, enthousiaste. Peut-être qu'on devrait y mettre les paroles de ta dernière chanson. Tu sais, le truc que tu as commencé à griffonner il y a quelques jours. Je suis sûr que ça déchirait grave !

— T'as raison, c'est une putain d'idée, mais pour ça il faudrait que j'arrive à la terminer.

— Ouais, bah… Commence par sortir de cet appartement. Il fout le cafard cet endroit, pas étonnant que t'arrives pas à composer.

— Mmm… On est quel jour ? On joue ce soir ?

— Vendredi. Bien sûr qu'on joue, abruti !

— Ça va, détends-toi, j'suis en vrac, mec.

— Raison de plus pour aller au Roxy ! Laisse tomber la coke pour ce soir et chope-toi une meuf qui te mettra la tête à l'envers.

Ce n'est pas ce qui manque là-bas ! Elles baissent toutes leurs petites culottes pour Romeo Blake.

En entendant Seven dire ça, je pense instantanément à Juliet. Sexy et sauvage, exactement ce qu'il me faut, mais depuis le soir où je l'ai laissée en plan sur le parking, je ne l'ai pas revue.

— T'as raison. Et j'ai exactement la meuf qu'il faut pour ça…

Sourcils froncés, mon pote me fixe en attendant que je lui révèle l'identité de cette fille, mais je me contente de lui sourire et lui demande de rejouer son morceau. Il hoche la tête et, après avoir passé la sangle de ma guitare autour de son cou, il se met à pincer les cordes.

J'ai le regard perdu dans le vide, et les mots flottent dans mon esprit, s'accordant à la perfection avec le morceau de Seven. Il avait raison. Seven a toujours raison quand il s'agit de mes chansons.

From the depths of my soul, I am defiled
My nightmares haunt me, day and night
Alone, broken, without real identity
Ghost, prisoner in the midst of this chaos.[1]

1 Du plus profond de mon âme, je suis souillé.
Mes cauchemars me hantent, jour et nuit.
Seul, brisé, sans réelle identité
Fantôme, prisonnier au milieu de ce chaos.

15

Juliet

Bras croisés, j'observe silencieusement Erika, la propriétaire de la galerie dans laquelle travaille Yuuma. Elle détaille mes toiles depuis plus de vingt minutes. Pour le moment, elle n'a encore rien dit, elle s'est contentée de hocher la tête de temps en temps, d'un air satisfait.

Nerveuse à l'idée de montrer mes peintures à une inconnue, je mordille le bout de mon pouce, comme si ce simple geste allait me calmer. Contrairement aux apparences, je suis loin d'être sûre de moi, surtout en ce qui concerne mes peintures.

À mes côtés, Yuuma passe son bras autour de mes épaules pour me rassurer et, au moment où je m'apprête à lui chuchoter quelque chose, sa boss se tourne vers nous en frappant dans ses mains, ce qui nous fait sursauter.

— Parfait ! Juliet, tu as un talent incroyable ! s'exclame-t-elle. Je ne sais pas d'où te vient cette profondeur, cette noirceur que tu mets dans tes tableaux, mais je suis vraiment sous le charme.

Bon sang, je suis soulagée ! J'ai beau ne pas la connaître, l'avis d'une professionnelle compte forcément pour moi.

— Merci beaucoup, Erika, dis-je, émue. Je suis vraiment contente que mes toiles vous plaisent.

— Tu es d'accord pour toutes me les laisser ? J'ai un ami qui serait sûrement intéressé par ton travail. Et puis, je suis sûre que tu seras l'artiste la plus appréciée pendant l'expo.

— Oui, c'est d'accord, je vous laisse mes toiles.

— Génial ! Merci beaucoup.

— C'est moi qui vous remercie, Erika.

Ses lèvres rose fuchsia s'étirent et ses grands yeux bleus, cachés derrière des lunettes rétro, me sourient. La trentaine, plutôt grande, des cheveux noir ébène coiffés en chignon banane, la taille fine, Erika est une très jolie femme. Elle ressemble à une pin-up des années 1950, exactement comme celles que l'on peut trouver sur de vieilles affiches vintage.

Le bras de Yuuma toujours autour de mon cou, je la remercie à nouveau. Après avoir rempli quelques papiers administratifs, je quitte la galerie en rappelant à mon ami qu'on se retrouve au Roxy plus tard dans la soirée.

Mes cheveux relevés en un chignon bordélique, je range mes affaires dans mon casier avant d'aller prendre mon service. On est vendredi soir et, cette fois encore, je vais devoir m'occuper de deux sections. Elena est à nouveau arrêtée et, même si Roxanne ne fait pas de commentaires quant à son absence depuis plusieurs jours, j'ai entendu Kim et Gemma dire qu'elle serait tombée enceinte et que cette nouvelle ne l'enchante pas vraiment.

En dehors de Roxanne, je parle très peu aux autres serveuses. Ce n'est pas que je ne les aime pas, mais je n'ai pas d'affinité avec elles. Et puis, à force d'essuyer mes refus de sortir avec elles, les filles ont abandonné l'idée de m'intégrer à leur groupe, ce qui me va parfaitement.

Lorsque je me dirige vers le bar, Roxanne m'attend déjà. Pour le moment, le Roxy est assez calme, mais d'ici une bonne heure, lorsque les Nyx seront sur scène, le nombre de clients va littéralement exploser. Roxanne dit que le bar a retrouvé la fréquentation d'avant leur départ, si ce n'est plus.

À quelques pas du comptoir se tient Nikka, vêtue elle aussi du T-shirt du staff. Curieuse, je me dépêche de la rejoindre, et elle me saute dessus dès qu'elle m'aperçoit :

— Oh Juliet ! Devine quoi ! Je bosse ici ce soir !

— Tu bosses ici ? Sérieux ?

— Oui ! Comme je ne danse plus au club et qu'Elena n'est…

— Attends, tu ne danses plus au Crystal ? Depuis quand ?

— Non, confirme-t-elle. Je ne t'ai rien dit ?

— Non, je m'en souviendrais.

— Désolée, dit-elle en haussant les épaules. Je croyais t'en avoir parlé. Avec toute cette histoire de casting, j'ai dû oublier. J'ai arrêté de danser au Crystal il y a trois jours.

— OK…

— Donc, me voilà ! Je vais bosser ici ce soir, comme ça tu n'auras pas à t'occuper des deux sections. Moins de boulot pour toi !

Surexcitée, Nikka se met à sautiller sur place.

— Ça tombe bien que tu sois là, Yuuma vient pour le concert.

— Super ! Ça fait super longtemps que je ne l'ai pas vu.

— Je sais, il m'a dit la même chose.

— C'est cool ! Je sens que cette soirée va être géniale !

— Mouais… On verra.

— Hey, les filles ! Si vous pouviez bouger vos petits culs et aller bosser au lieu de discuter, ça serait parfait !

Penchée sur le comptoir, Roxanne nous fixe en plissant les yeux. Alors, je pose les mains sur les épaules de ma coloc et la pousse vers le bar.

Mon plateau chargé de boissons, je me dirige vers les clients qui attendent leurs commandes. Alors que je suis à une table de mecs, le groupe monte sur scène, sous les cris et les ovations du public.

Sa basse en main, Mary-Kate balaye la salle du regard et, lorsque ses yeux gris se posent sur moi, un sourire vient étirer ses lèvres. Je souris à mon tour et lève la main pour la saluer, mais, au même moment, Romeo se tourne et croit que c'est à lui que je fais signe. Au bord de la scène, vêtu de noir, comme à son habitude, il fixe sur moi son regard intense.

M'efforçant de le soutenir, je me mords l'intérieur de la joue et replace une mèche échappée de mon chignon.

Quelque chose semble alors attirer son attention, car ses sourcils se froncent et son regard se durcit. Je me frotte le bout du nez et, en voyant le tissu noir à mon poignet, je comprends.

Ce n'est pas moi qu'il détaille de cette façon, mais son bandana.

En partant du loft tout à l'heure, j'ai pris le bandana de Romeo pour le lui rendre. Je le fais tourner autour de mon poignet pour lui montrer que je sais ce qu'il regarde, puis je termine de prendre la commande des six mecs assis devant moi.

À la fin du premier set, les Nyx échangent baguettes, micros, guitare et basse contre des bières, et s'installent à leur table habituelle. Ce soir, c'est donc Nikka qui s'occupe d'eux et, apparemment, ce changement de personnel n'enchante pas Mary-Kate, qui ne manque pas d'exprimer sa déception à ma coloc à chacun de ses passages.

Les coudes sur le comptoir, j'attends que Roxanne prépare les cocktails que l'une de mes tables a commandés quand Nikka se plante à côté de moi en soupirant :

—Tu m'expliques le truc entre MK et toi ?

— Le truc entre Mary-Kate et moi ? C'est-à-dire ?

— Je n'en sais rien, mais il y a un truc ! Elle n'arrête pas de me demander d'échanger nos sections. Sérieux ! Elle ne sait pas que, ton truc à toi, c'est les queues ?

J'explose de rire, ce qui lui fait froncer les sourcils.

— Attends ! Il s'est passé quelque chose entre vous et tu ne m'as rien dit ?

— Quoi ? Bien sûr que non ! J'ai juste sous-entendu un soir que j'étais intéressée par elle, juste pour faire chier son frère.

— Juliet ! MK ne blague pas, elle !

— Oui, je sais ! Mais, sur le coup, j'ai trouvé ça marrant.

Cette fois, c'est elle qui explose de rire en me traitant de cinglée. Au moment où je m'apprête à ajouter une connerie, je suis interrompue par Yuuma. Content de revoir Nikka pour la première fois depuis des semaines, il me bouscule et se jette sur elle. Je les laisse à leurs bruyantes retrouvailles et saisis le plateau que Roxanne me tend.

— Je vais déposer ça et je reviens, dis-je à mes amis.

— Dépêche-toi Juliet ! me lance Yuuma. Je veux voir à quoi ressemble ce fameux Romeo !

En entendant son prénom, ma coloc se fige. Je hoche la tête avant de filer vers mes clients. À coup sûr, Nikka va me tomber dessus plus tard. Elle doit penser que Yuuma est venu uniquement parce que je lui ai parlé de notre rock star.

Les Nyx montent à nouveau sur scène, et je profite d'une courte pause pour les écouter jouer, adossée au comptoir. Yuuma me rejoint, enthousiaste :

— Pour une fois, je donne raison à ma frangine, dit-il. Ce mec est torride ! Quand je pense que tu te l'es tapé, t'es une sacrée veinarde !

Sans détacher mes yeux de la scène, je souris.

— Bon, on est d'accord pour dire que ce mec est canon, reprend-il. Mais, niveau cul, ça donne quoi, Juliet ?

— Romeo baise aussi bien qu'il chante, je lui réponds.

— Bordel ! C'est bon, je suis amoureux !

J'explose de rire, alors que Nikka nous rejoint. Elle croise les bras et fronce le nez.

— On peut savoir ce qui vous fait rire comme ça ? demande-t-elle.

— J'étais en train de dire à Juliet que c'était une veinarde de s'être fait sauter par le chanteur des Nyx. Du coup, je lui demandais s'il était aussi doué au pieu que sur scène.

— Je vois. Et qu'est-ce que t'as répondu, Ju' ?

— La vérité, dis-je.

— Cette coquine a dit qu'il était aussi doué avec sa queue qu'avec son micro, rapporte Yuuma.

Visiblement agacée, Nikka me lance un regard noir. Dès qu'il s'agit de Romeo, elle se change en mère poule et me matraque d'avertissements pour me tenir éloignée de lui.

— Mmm… Évidemment. Bref, je vous laisse, j'ai une table à servir ! lâche-t-elle, avant de nous tourner le dos.

Assis sur son tabouret, Yuuma fronce légèrement les sourcils et désigne ma coloc de son cocktail.

— Y en a une qui est un peu amère, remarque-t-il. Quelque chose me dit qu'elle n'a pas aimé se faire larguer par le chanteur des Nyx.

Je sursaute.

— Quoi ? Nikka n'est pas sortie avec Romeo.

— T'en es sûre ?

Ma lèvre inférieure coincée entre mes dents, je fixe ma coloc qui se trouve désormais à l'autre bout du bar. Tandis qu'elle sert ses clients, elle jette des regards discrets vers la scène.

— Yuuma ? dis-je en me tournant vers mon ami. Tu penses vraiment qu'il s'est passé un truc entre eux ?

— Disons que ça ne m'étonnerait pas. Vu la façon dont elle a réagi, je dirais que oui…

— Je suis sûre que non, Nikka déteste Romeo ! Elle m'a mise en garde contre lui plusieurs fois, à cause de son attitude et de ses addictions.

— Oh ! Oh ! Notre rock star est un mauvais gars. Mon Dieu, je l'aime encore plus, ajoute-t-il avec enthousiasme. Hey ! Tu veux me faire plaisir ? La prochaine fois que tu t'envoies en l'air avec lui, prends sa queue en photo pour moi.

— Dans tes rêves ! Il n'y aura pas de prochaine fois.

— C'est ça ! Pas sûr que ta petite culotte soit d'accord avec toi ! Écoute ! Je l'entends déjà hurler son prénom : « Ô Romeo ! Romeo ! Arrache-moi avec les dents, s'il le faut ! »

Lèvres pincées, je tente de me retenir de rire, mais cet imbécile débite tout un tas d'autres conneries, ce qui ne me facilite pas la tâche.

— Bordel ! Il fait vraiment chaud ici, lâche-t-il en soupirant.

— Si tu arrêtais de parler de cul, tu ne serais pas dans cet état, Yuuma.

— Désolé, Juliet, mais je te rappelle que mon mec est à Londres et que le sexe au téléphone n'a rien d'extraordinaire, contrairement à ce qu'on dit.

— Pauvre chéri.

— Je sais ! C'est horrible n'est-ce pas ? Bon, vu que t'es en pause, tu m'accompagnes dehors prendre l'air ?

— Avec plaisir.

Appuyée contre une voiture garée dans le parking, j'attends le retour de Yuuma, qui s'est éloigné pour prendre l'appel de son mec. Le nez dans mon téléphone, je sursaute lorsqu'une voix rauque et familière me surprend :

— T'es assise sur ma caisse.

Je relève la tête et croise le regard sombre de Romeo, qui se tient devant moi, clope aux lèvres.

— Vraiment ? Désolée, dis-je. Je n'ai pas dû voir le panneau « place de parking réservé au connard ». Sinon, j'aurais tout de suite su que c'était la tienne.

— Très drôle.

D'humeur taquine, je souris tandis qu'il ne me quitte pas des yeux. Sa clope coincée entre son pouce et son index, il tire une grande taffe avant de laisser la fumée s'échapper de ses lèvres. Puis, d'un geste vif, il la jette à quelques mètres de nous.

Ma pause étant sur le point de se terminer, je me redresse et range mon portable sans lui dire un mot. Lorsque je passe à côté de lui, Romeo m'agrippe le bras.

Ses doigts enroulés autour de mon poignet, il me colle contre sa voiture. Son regard est plongé dans le mien. Il se presse davantage contre moi, appuyant son corps ferme et musclé pour m'empêcher de partir.

— Je crois que t'as un truc qui m'appartient, murmure-t-il.

— Ah oui ?

—Mon bandana.

— Mmm… Exact. Mais il me va tellement mieux à moi que, du coup, je pensais le garder. Tu en dis quoi ?

— Je n'ai pas envie de jouer, Juliet.

— Vraiment ? Pourtant, c'est toi qui as commencé, avec ton histoire de deal, il me semble. C'était quoi déjà ? Ah oui, ton bandana contre du sexe, tu te rappelles ?

Son regard noisette planté dans le mien, Romeo agrippe mes

cheveux d'un coup et penche ma tête sur le côté. Ses lèvres sont tout près de mon oreille. Doucement, il me chuchote :

— Tu ne sais pas qui tu as en face de toi. Je ne suis pas un ange, Juliet. Crois-moi.

À ces mots, je sens les frissons parcourir mon corps et, au fur et à mesure que sa voix rauque et sexy caresse ma peau, les battements de mon corps s'accélèrent. Romeo a tort. C'est un ange, et pas n'importe lequel. C'est un ange noir aux ailes couvertes de poudre blanche.

Devant son air ténébreux, je me mordille la lèvre inférieure. Et, sans détourner le regard, malgré la noirceur qui se dégage du sien, je hausse légèrement les épaules.

— L'ange ou le démon, peu importe, tant que dans le jeu il y a de l'action.

Romeo serre les dents et une lueur sauvage embrase son regard.

— Juliet… Juliet… Je ne sais pas ce que tu as en tête, mais je n'ai jamais aimé les jeux avec des règles.

— Ça tombe bien. Aucune règle. Juste du sexe. Deal ?

Le sourire plein de défi, je tends mon poignet vers lui et, sans détacher ses yeux des miens, il dénoue le bandana.

— Deal.

16

Romeo

L'ange ou le démon, peu importe, tant que dans le jeu il y a de l'action.

Les mots que Juliet a prononcés sur le parking du Roxy tournent en boucle dans ma tête. Je ne sais pas si elle en a conscience, mais je ne suis pas un mec pour elle. Nikka a raison de vouloir me tenir à distance. Mais c'est plus fort que moi. Depuis que j'ai posé les yeux sur Juliet, je suis attiré par elle comme un drogué en manque.

Jusqu'à présent, Juliet est la seule personne qui ait réussi à chasser les voix dans ma tête, sans même en avoir conscience.

Appuyé contre le bar qui sépare ma cuisine de mon salon, je l'observe. Bière à la main, elle fixe le mur qui autrefois portait les paroles de ma chanson.

Depuis qu'on a quitté le Roxy, elle n'a pas dit grand-chose. En général, elle a toujours un truc à dire. Sur le parking, pendant sa pause, elle n'avait pas sa langue dans sa poche. Mais, depuis qu'on est arrivés chez moi, elle s'est murée dans le silence, ce qui ne lui ressemble pas.

Affalé sur le comptoir, Minuit se met à ronronner lorsque mes doigts tatoués viennent caresser le bout de ses oreilles.

— Je n'arrive pas à savoir si j'aime ou si je déteste.

Surpris d'entendre enfin le son de sa voix, je hausse un sourcil. Juliet se tourne vers moi, et son regard océan vient s'accrocher au mien alors qu'elle se mordille l'intérieur de la joue.

— De quoi tu parles ? je lui demande, intrigué.

— De ton mur. C'est surprenant, la façon dont tu as recouvert ta chanson.

— J'ai juste balancé un seau de peinture dessus, rien d'artistique là-dedans.

— Pour toi, oui. Mais, pour moi, ce n'est pas juste une tache de peinture, insiste-t-elle.

— Pourtant c'est le cas. Je n'ai pas réfléchi, j'étais bourré et complètement défoncé.

— Je vois… Et tu comptes laisser ça comme ça ?

— Ouais, je suis musicien, pas peintre. Bref ! On est ici pour parler peinture ou pour baiser ?

Amusée, elle plisse le nez.

— Tu as raison, on n'est pas là pour parler peinture.

Elle termine sa bière avant de la poser sur la table basse, puis, sans ajouter un mot, elle fait passer ton T-shirt par-dessus sa tête.

Juliet est là, à quelques mètres de moi, dans sa jupe en jean délavé et son soutien-gorge en dentelle noire. Elle laisse tomber son T-shirt sur le sol, tout en me défiant du regard.

Alors, sans attendre une seconde de plus, je fais passer le mien par-dessus ma tête et m'en débarrasse à mon tour.

Juliet s'approche de moi, lentement, et mes yeux explorent son corps couvert d'encre multicolore. La première fois qu'on s'est envoyés en l'air, elle avait gardé sa robe. Ce soir, cette rose épineuse, aussi belle que sauvage, a décidé de semer ses vêtements un peu partout dans mon appartement.

Ses yeux océan toujours rivés aux miens, elle libère ses cheveux, jusque-là relevés en un chignon à moitié défait. Elle me sourit et s'arrête juste devant moi.

Sur le point de dire quelque chose, je m'en empêche quand je la vois passer ses mains sous sa jupe pour descendre lentement sa culotte en dentelle noire le long de ses magnifiques jambes tatouées.

Je hausse un sourcil, et un sourire étire aussitôt ses lèvres. Abandonnant sa culotte sur le sol de mon salon, Juliet vient plaquer sa bouche sur la mienne, si vite que je recule d'un pas. Elle m'embrasse sauvagement, me mord les lèvres pour ensuite apaiser la morsure en les caressant avec sa langue.

Juliet n'est pas un ange…

Sans détacher ses lèvres des miennes, elle pose ses mains sur mon torse pour me forcer à reculer jusqu'à ce que mes jambes heurtent le canapé. D'un mouvement sec, elle me pousse brusquement, et je me retrouve allongé sur le cuir usé. Sa lèvre inférieure coincée entre ses dents, elle laisse son regard bleu glisser lascivement sur mon torse. Sans plus attendre, je lui attrape le poignet pour l'attirer à moi. Elle se met à rire, perd l'équilibre et me tombe dessus.

Non, Juliet n'est pas un ange.

Avec son visage tout près du mien, je peux sentir son souffle chaud effleurer mes lèvres. Elle est là, à moitié nue, collée à moi, et sa peau est douce sous mes doigts. C'en est trop. J'ai envie d'elle, et ce depuis qu'elle a posé son petit cul dans ma caisse. Alors, sans lui laisser le temps de faire ou de dire quoi que ce soit, je nous fais basculer du canapé.

Surprise, elle pousse un petit cri lorsque son dos touche le sol et que je me retrouve au-dessus d'elle. Mes mains à plat sur le parquet de chaque côté de sa tête, je la fixe comme si ses yeux détenaient tous les secrets de l'univers.

Juliet n'est pas un ange, non, c'est une putain d'enchanteresse.

Cette meuf, c'est ma came. Trop tard pour elle. Comme l'héroïne, je ne vais plus pouvoir me passer d'elle.

— Romeo… Romeo…, susurre-t-elle. Arrête de me fixer comme ça, ou je vais finir par croire que tu tombes amoureux.

J'éclate de rire et secoue la tête.

— Dans tes rêves Juliet. L'amour c'est pour les faibles. Pour les enfants.

— Vraiment ? Alors pourquoi tu me fixes autant ?

— Je me demandais simplement si j'allais te prendre en levrette ou non. Alors ? Tu vois de l'amour là-dedans ?

— Sale con !

Juliet éclate de rire à son tour, plonge sa main dans mes cheveux et tire mon visage à elle. Puis, sans aucune forme de douceur, elle capture mes lèvres. Son baiser est sauvage, animal, et, tandis que sa bouche aspire ma langue avec une lenteur sensuelle, ses jambes viennent s'enrouler autour de mes hanches. En une fraction de seconde, je me retrouve dos au sol, une petite blonde assise à califourchon sur moi.

— Hey ! je proteste. C'est moi qui…

Juliet écrase sa bouche sur la mienne pour me faire comprendre de la fermer. Pressée de passer à l'action, elle déboutonne mon jean pour le faire glisser le long de mes hanches. Une fois ma queue dressée entre nous, elle claque des doigts et tend sa main pour montrer qu'elle a besoin de quelque chose.

Je fronce les sourcils. Juliet me traite d'abruti, avant de préciser qu'elle veut une capote. Toujours allongé sur le dos, je lui désigne mon pantalon.

Le petit carré argenté entre les dents, Juliet déchire l'emballage et, la capote en place, elle vient se positionner sur moi. Au moment où mon sexe entre en elle, elle laisse échapper un long gémissement de plaisir avant de se mettre à bouger le bassin. Je serre les dents et agrippe ses hanches. Pourtant, quelque chose en moi me dit que je ne devrais pas, que je ne dois pas baiser avec elle, au risque de devenir dépendant. Mais je ne la repousse pas.

Juliet, c'est ma came.

Ses ongles plantés dans la peau de mon torse, elle se cambre un peu plus en arrière. Je perds la tête, mon rythme cardiaque s'accélère. Des cris d'extase s'échappent de ses lèvres et résonnent dans la pièce.

Cette fois, c'est moi qui attrape ses cheveux pour attirer son visage près du mien. Juliet gémit à nouveau et, tout en m'embrassant sauvagement, elle se met à onduler plus vite des hanches.

Je grogne et serre le poing plus fort. Je ne sais pas si c'est à cause de la drogue ou si c'est sa façon de bouger, mais je suis déjà sur le point de jouir en elle.

— Romeo…

Je serre les dents et, tout en agrippant ses hanches assez fort pour lui arracher un gémissement de douleur mêlé de plaisir, j'accélère la cadence de mes coups de reins juste avant de me laisser aller complètement.

À bout de souffle, je pose mon front contre sa poitrine, mais Juliet fourre ses doigts dans mes cheveux pour me faire relever la tête. Son regard turquoise plongé dans le mien, elle se met à sourire.

— Je confirme. Tu baises aussi bien que tu chantes.

Je fronce les sourcils et, sur ces mots, elle me claque un rapide baiser sur les lèvres et se relève. Une fois debout, elle réajuste sa jupe et, au moment où elle se tourne, je bloque sur le tatouage qui recouvre une partie de son dos.

Tout comme moi, Juliet a une énorme paire d'ailes d'ange noires qui vont de ses omoplates jusqu'à sa chute de reins. La seule différence avec la mienne, c'est que mon aile droite est brisée.

Alors que je fixe ses ailes argentées, Juliet traverse le salon pour récupérer ses affaires qui traînent sur le sol. Ses fringues en mains, elle se dirige vers la salle de bains.

Allongé sur le sol, je soupire longuement, me passe les mains sur le visage. Une fois la capote enlevée, je remonte mon boxer et mon jean et me lève.

Quelques minutes plus tard, je suis assis sur le rebord de ma fenêtre, une clope au bout des lèvres, Minuit près de moi. Appuyé contre le mur en briques, le regard fixé sur la rue, je laisse la fumée s'échapper de mes lèvres. Au moment où mon petit pote miaule et escalade la fenêtre pour pénétrer dans l'appartement, je comprends que Juliet n'est pas loin.

Je crois que la blonde sexy qui traîne dans mon appartement l'a envoûté, lui aussi. Habituellement, ce chat déteste les gens. En dehors de Seven et moi, il n'aime personne, mais faut croire que Juliet lui plaît, parce qu'il se met à ronronner quand elle s'approche de lui.

Ma clope terminée, je la balance d'une pichenette et rentre dans le salon. Juliet, qui serre Minuit contre elle, lève les yeux vers moi, et je suis encore une fois frappé par leur couleur.

— Je crois que Minuit m'aime bien, dit-elle.

— Ouais, c'est plutôt étonnant, d'habitude il n'aime personne.

— Ce n'est pas qu'il n'aime personne, il est simplement sauvage. Un peu comme toi.

— Je ne suis pas sauvage.

Juliet hausse un sourcil. Je soupire et me passe la main dans les cheveux sans détacher mon regard du sien.

— Je ne suis pas sauvage, je n'aime pas m'attacher aux gens. C'est une perte de temps, c'est tout.

— Tu dis ça à cause de Shelby ?

Surpris qu'elle connaisse son existence, j'ouvre des yeux ronds comme des putain de billes.

— Nikka m'a raconté ce qui s'est passé.

Cette conne a ouvert sa grande gueule !

— Nikka aurait dû la fermer, mais je suppose que, si elle t'a dit ça, c'était pour t'éviter de t'approcher de moi. Pourtant t'es là. Pourquoi ?

— Je ne sais pas. Je… je suis là, c'est tout.

Juliet approche Minuit de son visage et, après avoir frotté le bout de son nez contre celui du chat, elle le pose sur le sol et esquisse un sourire.

— Bon… C'était sympa, mais je vais rentrer, dit-elle, visiblement pressée de partir. On remet ça quand tu veux.

— Deal !

Juliet hoche la tête, me tourne le dos et traverse mon salon pour quitter mon appartement. Quand la porte se referme derrière elle, je fourre la main dans la poche arrière de mon jean pour sortir mon paquet de clopes. Après en avoir glissé une entre mes lèvres, j'enjambe à nouveau la fenêtre pour me poser dans la cage d'escalier.

Assis sur l'une des vieilles marches métalliques, j'allume ma cigarette et tire une taffe à m'en éclater les poumons. Puis, le regard perdu dans le vide, je recrache la fumée.

Je ne sais pas trop si c'est une bonne chose de laisser Juliet et ses ailes argentées entrer dans ma vie, même partiellement. Mais, tout le temps où elle était ici, mes fantômes sont restés loin de moi et je n'ai pas ressenti le manque.

Pas besoin d'héroïne ni de cocaïne quand la seule came dont j'ai eu besoin ce soir s'est trouvée être blonde, sexy et couverte de tatouages.

17

Juliet

Un pinceau coincé entre les lèvres, je m'éloigne de ma toile pour mieux l'observer. On est au beau milieu de la nuit et la lune baigne ma chambre d'une douce lumière.

Comme je n'arrivais pas à dormir, j'ai eu envie de peindre. Peindre pour chasser certains souvenirs qui parfois refont surface. Et ce soir, après avoir quitté l'appartement de Romeo, plusieurs d'entre eux se sont agrippés à moi. Romeo est mauvais et il le sait. Pourtant, il ne fait rien pour m'empêcher de venir jusqu'à lui. Et plus il me paraît sombre et brisé, plus j'ai envie de m'en approcher.

À croire que toutes les âmes brisées m'attirent à elles comme des aimants.

C'était comme ça avec Aïden. Plus il sombrait, plus je m'accrochais. Sauf qu'il a fini par toucher le fond et qu'il m'a entraînée avec lui. Je suis tombée amoureuse de ce mec totalement paumé, de son côté bad boy, de son blouson en cuir noir usé. Aïden trempait dans des trucs pas nets et, étant moi aussi un enfant de la rue et des foyers, j'avais ce besoin d'être auprès de lui. Alors je l'ai suivi et j'ai fait tout ce qu'il me demandait.

Orphelins de l'ombre. Errants dans les rues de Londres.

J'étais jeune, trop peut-être. Pas facile d'avancer dans la vie quand on n'a aucun modèle, aucun repère. Quand on ne sait pas qui on est, ni de qui on tient nos traits de caractère. J'ai grandi sans famille, sans figure maternelle ni paternelle. Et, quand j'étais gamine, mon souhait le plus cher c'était d'avoir un grand frère.

Et Aïden a débarqué. Lui, sa grande gueule et ses boots défoncés. Il m'a prise sous son aile, m'a offert une famille, du moins ce qui s'en rapprochait le plus. Ses amis, tous orphelins, avaient trouvé la seule et unique chose capable de les faire rêver. Rêver à une autre vie que celle à laquelle on était condamnés. Et, petit à petit, je suis tombée amoureuse. De lui, mais aussi du reste.

Orphelins de l'ombre, aux ailes naissantes, couvertes de poudre blanche.

À force de vivre enfermés dans nos délires et nos rêves inventés à longueur de journée, on a été rattrapés par la réalité. Elle lui a volé sa vie, elle me l'a enlevé, le laissant avec les lèvres bleutées.

Les yeux braqués sur les lettres noires qui forment le mot « Orphan », je soupire longuement. Si je n'avais pas l'art dans ma vie, j'aurais sûrement fini comme lui.

Les lèvres teintées de bleu et le corps sans vie.

Mon pinceau à nouveau sur la toile, je me mords les lèvres et trace les contours de chacune des lettres en blanc, afin de créer un halo lumineux, puis je peaufine quelques détails avant de me reculer pour observer à nouveau l'ensemble.

Satisfaite de mon œuvre, je hoche la tête. Tout en coinçant mon pinceau entre mes dents, j'attrape mon tableau pour le déplacer, quand un bruit dans l'escalier de la mezzanine attire mon attention.

Pieds nus, vêtue uniquement d'un T-shirt aux couleurs des Lakers – son équipe de basket favorite – qui lui couvre le haut des cuisses, Nikka avance vers moi, un verre de lait dans une main et une tasse fumante dans l'autre. Surprise de la voir dans ma chambre à une heure pareille, je l'interroge du regard.

— Je n'arrive pas à dormir, dit-elle. Tiens, c'est pour toi.

Nikka me tend le verre de lait, et je la remercie avant de le boire à petites gorgées.

— C'est ta nouvelle toile ? Elle est… sympa. Est-ce qu'un jour tu peindras en couleur ? Je veux dire est-ce que tu peindras autre chose que ces trucs déprimants ?

— Je ne sais pas. Peut-être. Pour le moment, je ne vois pas la vie autrement.

Nikka souffle sur sa boisson et, après avoir bu quelques gorgées, elle avance jusqu'à mon lit pour s'y installer.

— Au fait Ju', tu étais passée où ce soir ? Tu as quitté le Roxy avant moi et je pensais te voir au loft, mais tu n'y étais pas.

Ne sachant pas quoi lui répondre, je termine mon verre et le pose sur la petite table en bois où se trouve tout mon matériel de peinture. Puis je m'avance jusqu'au lit pour m'y installer. Assise en tailleur, sa tasse entre les mains, Nikka m'observe en attendant ma réponse.

— J'étais chez Romeo, lui dis-je.

— Donc, tu continues à le voir ?

— Oui. Je sais que tu es contre, mais c'est juste physique entre nous. Il n'y a rien d'autre.

— Mmm… Tu fais comme tu veux, Juliet. Je t'ai mise en garde, maintenant, c'est toi qui vois.

Le cordon de mon short en coton gris enroulé autour de mon index, je hoche la tête en guise de réponse. Même si ça ne lui plaît pas, cette fois, ma coloc se contente de garder le silence.

Un blanc s'installe entre nous. Je n'aime pas ça, alors je saute sur l'occasion d'en savoir plus sur leur relation. Depuis que Yuuma a dit que, selon lui, Romeo et Nikka avaient un passé commun, j'avoue être curieuse.

J'inspire et me lance :

— Nikka, j'ai un truc à te demander, mais j'aimerais que tu sois honnête avec moi.

— Mmm… D'accord.

— Yuuma dit que, Romeo et toi, vous avez été ensemble. Est-ce que c'est vrai ? Il pense que c'est le cas à cause de ta réaction au Roxy.

Ses grands yeux chocolat rivés aux miens, elle laisse échapper un long soupir qui en dit déjà beaucoup.

— Yuuma a raison, admet-elle. Romeo et moi, on est plus ou moins sortis ensemble, il y a quelques années. C'était avant qu'il tombe raide dingue de cette folle à lier.

— Shelby ?

— Oui. C'était une danseuse du Crystal, elle aussi. À l'époque, Romeo venait là-bas avec le groupe pour me voir danser. Un jour, Shelby lui a fait tourner la tête, et il m'a laissée tomber pour elle. Avant de rencontrer cette fille, Romeo était déjà paumé. Faut dire qu'il n'a pas eu une enfance hyper joyeuse.

— Ah oui ? Quelle est son histoire ?

— Juliet, je ne suis pas sûre que ce soit à moi de te raconter tout ça, objecte-t-elle.

— Tu sais aussi bien que moi que ce n'est pas lui qui va me parler de sa vie. On ne peut pas dire qu'on soit amis, on s'envoie seulement en l'air de temps en temps.

Nikka grimace légèrement, puis finit par hocher la tête.

—Son père est mort quand il était gamin, des suites d'une maladie, je crois. Et après ça, sa mère a commencé à prendre des médocs pour la dépression. Elle a pris des trucs de plus en plus forts, pour finir complètement droguée. Elle ne s'occupait pas de lui, Romeo a grandi dans un univers pas super joyeux pour un gamin de son âge. Et puis, au fil des années, c'est lui qui a commencé à se droguer, à force de traîner avec les mauvaises personnes. Ensuite, il a rencontré les jumeaux et Seven, et ils ont monté le groupe. Romeo avait arrêté, du moins il avait réduit sa consommation.

— Alors... quand tu étais avec lui, il était déjà comme ça ?

— Il fumait des joints, il prenait d'autres trucs, oui, mais quand lui et Shelby se sont mis ensemble, elle l'a rendu accro à tout un tas de merdes. Cette fille était cinglée, elle passait sa vie défoncée à la coke. Un jour, elle s'est tiré une balle en voulant jouer à un jeu débile. Je n'ai jamais compris comment Romeo avait pu tomber amoureux d'elle. Ils étaient tellement différents...

Le regard de Nikka se voile de tristesse. Elle cache alors son émotion derrière sa tasse et en boit le contenu. Sans la quitter des yeux, je me mets à mordiller l'intérieur de ma joue. Son récit me plonge dans mes propres souvenirs.

Je voudrais lui dire que, moi, je comprends Romeo, je comprends qu'il soit tombé amoureux de cette fille, parce que je suis comme lui. Du moins, à une époque, j'ai été comme lui. Je suis tombée amoureuse d'Aïden et, tout comme Romeo, j'ai été entraînée et attirée par cet univers. J'ai aimé le côté impulsif et complètement fou d'Aïden. Les sensations que la drogue me procurait. Mais, par-dessus tout, j'aimais le semblant de vie qu'on s'était créé tous les deux.

— Tu sais, poursuit-elle, j'étais vraiment amoureuse de lui. Mais Romeo, lui, c'est cette conne qu'il aimait. En même temps, on dit que l'amour, ça ne se commande pas, que ça ne s'explique pas. Enfin bref, c'est facile de tomber amoureuse de lui, Juliet, mais, aimer Romeo c'est forcément souffrir. C'est pour ça que je t'ai mise en garde contre lui.

Je veux en avoir le cœur net.

— Est-ce que c'est uniquement pour ça ? Ou parce que malgré tout tu tiens encore à lui, et savoir qu'on se voit tous les deux te fait du mal ? Parce que, si c'est le cas, je ne veux pas que…

— Quoi ? Non !

Nikka agite une main devant moi pour me faire taire, comme si ce que je venais de dire n'avait aucun sens.

— Romeo et moi, c'est du passé, m'affirme-t-elle. Je ne ressens plus rien pour lui. On n'est même plus vraiment amis.

— Sûre ?

— À cent pour cent. Mais ça ne veut pas dire que ça m'enchante de te voir avec.

— Avec Romeo, c'est vraiment que du sexe et, crois-moi, je n'ai aucune envie de m'attacher. Lui et moi, on s'amuse. C'est cool, mais ça s'arrête là.

— On finit toujours par s'attacher, Ju'…

— Je ferai en sorte que non.

Nikka m'offre un faible sourire avant de se cacher à nouveau derrière sa tasse. Si seulement elle savait que je n'ai aucune envie de revivre la même chose qu'avec Aïden. Je ne sais pas pourquoi je ne lui ai jamais parlé de lui, de ce qui nous est arrivé. Peut-être que j'avais peur d'être jugée, peur qu'elle me regarde différemment. Je ne sais pas trop. Quoi qu'il en soit, Aïden et son souvenir sont enfermés dans une petite boîte que j'ai pris soin de cacher au plus profond de moi.

Même si parfois Romeo me fait un peu penser à lui, je m'assure de garder mes distances. Je prends soin de me protéger de ce que je pourrais ressentir pour lui.

Sortant de la torpeur de mes souvenirs, je soupire, les repousse et me lève du lit.

— Assez parlé de moi ! dis-je fermement. Tu en es où pour ton casting ? Et Andrew ? Est-ce que tu l'as revu ?

— Eh bien… Je dois auditionner une nouvelle fois pour le rôle, je suis en compétition avec une autre fille. Et, pour ce qui est d'Andrew, disons que pour le moment on n'a pas vraiment eu le temps de se voir.

— Ne t'inquiète pas pour le rôle, Nikka, je suis sûre que tu vas écraser cette fille. Quant au canon blond, je suis persuadée que vous rattraperez le temps perdu lors du tournage.

Ses grands yeux plongés dans les miens, elle me sourit avant de froncer les sourcils.

— À propos du tournage : si je suis prise pour le rôle, je vais devoir quitter New York quelque temps. Une grande partie de la première saison sera tournée sur l'île de Nassau.

— Nassau ?

— Oui, je serai une pirate vampire, tu as oublié ?

— Non. Mais quel est le rapport avec cette île ?

— Juliet… Nassau était l'île de Barbe-Noire.

— Oh ? Désolée, je n'y connais rien en pirate.

— Dans ce cas, ça te donnera une bonne raison de regarder la série. Après ça, tu seras incollable !

— Mmm…

Amusée, Nikka se met à rire et j'en fais autant.

— Plus sérieusement, reprend-elle, tu vas devoir te trouver une coloc provisoire pendant mon absence. Tu ne pourras jamais payer le loyer toute seule.

Je me mords la joue, quand l'évidence me frappe :

— Je peux proposer à Yuuma de s'installer ici. Son mec est à Londres pour le boulot, et il se retrouve tout seul dans un immense appartement.

— C'est une bonne idée ! dit Nikka, avant de se lever. Je devrais me coucher, il est plus de 3 heures.

Je hoche la tête et, après m'avoir claqué un bisou sur la joue, Nikka regagne le salon. À nouveau seule, je jette un œil à ma peinture, bien décidée à la finir ce soir. Mon pinceau en main, je me mords la lèvre et approche la pointe sur ma toile.

18

Juliet

Une coupe de champagne aux lèvres, j'observe avec attention le tableau qui se trouve sous mes yeux. Cette œuvre aussi originale que fascinante me captive tellement que je n'ai pas réussi à détourner le regard depuis plusieurs minutes.

— Intéressant, n'est-ce pas ?

Je sursaute et manque de renverser mon champagne sur ma robe. Grand, blond, des yeux bleu cristallin et la peau dorée, un mec se tient près de moi. Il a tout du look surfeur californien, dans un costard hors de prix.

Son regard bleu rivé au mien, il me sourit.

— Heu… Oui, très, je lui réponds. J'aime beaucoup cette peinture.

— Ravie qu'elle te plaise. Elle est de moi.

Je souris et ne manque pas de remarquer la façon dont il me mate. Son regard glisse sur moi comme un pinceau sur une toile.

— Tu es Juliet James, c'est bien ça ?

Surprise, je hausse un sourcil.

— C'est Erika qui m'a parlé de toi, précise-t-il.

— Oh. Tu es le gars qui tient une galerie à Londres, c'est ça ?

— Elijah. Oui, c'est bien moi.

Quand Erika m'a parlé d'un ami qui serait intéressé par mes

toiles, je dois avouer que je ne m'attendais pas à un homme aussi jeune. Ce mec doit avoir à peine trente ans, et il est loin du genre de gars que j'avais imaginé.

— Erika sait reconnaître les gens qui ont du talent, et toi, Juliet, tu as un sacré talent. Tu as une façon de peindre qui est intéressante.

— C'est gentil, merci. Et je te retourne le compliment. Cette œuvre est superbe.

— Merci.

Un sourire au coin des lèvres, Elijah se frotte le menton sans me quitter des yeux.

— Ton accent… tu n'es pas d'ici. Tu es anglaise, n'est-ce pas ?

— Effectivement. Je suis originaire de Londres.

— C'est bien ce qui me semblait.

— Toi en revanche tu n'es pas de là-bas. Pourtant tu y possèdes une galerie.

— Oui, je vis et travaille à Londres la plupart du temps, mais je suis originaire de Floride. Et là, je reviens d'Australie. J'y ai passé quelque temps.

Je souris à nouveau.

— Pour le surf et non pour la peinture, je suppose…

Cette fois, c'est lui qui me sourit. Et pas le petit sourire qu'on balance par politesse, non, un vrai sourire.

— C'est bien pour le surf que j'y suis allé. Il y a de super spots de glisse.

Je bois une longue gorgée de champagne sans détacher mes yeux des siens.

— Et cette expo, Juliet ? Tu en penses quoi ? me demande-t-il.

— Elle est géniale. J'ai vu quelques œuvres intéressantes, mais je dois dire que la tienne a su capter mon attention. Tu as exposé d'autres toiles ?

— Non. Seulement celle-ci. Erika a insisté pour que je lui passe l'une de mes dernières créa pour l'expo de ce soir, mais je ne suis pas ici en tant qu'artiste.

Je fronce légèrement les sourcils, ce qui semble l'amuser.

— En fait, je cherche de nouveaux artistes à exposer dans ma galerie. Comme je suis de passage à New York et qu'Erika a lancé cette soirée, j'en profite pour dénicher de nouveaux talents.

— Je vois. Et tu as trouvé ton bonheur ?

— Oui. L'artiste se trouve juste devant moi.

Mon cœur manque un battement.

— Moi ? !

— Oui, toi. J'aimerais beaucoup t'exposer, si tu es d'accord.

— Heu… Oui… Je… Je suppose que oui.

Amusé de me voir bégayer sous le coup de la surprise, Elijah se met à rire, ce qui finit par me détendre.

— Tu n'es pas obligée de décider maintenant, dit-il. Je dois rentrer en Angleterre d'ici quelques jours, mais je peux te laisser mon numéro.

— D'accord. Je vais y réfléchir.

Satisfait de ma réponse, il hoche la tête avant de s'excuser pour rejoindre une connaissance. Encore sous le choc de cette proposition, je souris bêtement en le regardant s'éloigner.

— Eh bah ? C'est quoi ce sourire de débile ? !

Je sursaute et me retourne, tombant nez à nez avec Yuuma qui me fixe d'un air curieux.

— Quoi ? Quel sourire ?

— Le sourire que tu avais il y a cinq secondes.

—Elijah, le pote d'Erika, vient de me proposer d'exposer mes toiles à Londres.

— Tu déconnes ! Sérieux ? C'est génial !

— Oui… Mais je ne suis pas…

— Oh putain ! Attends ! Il regarde par ici !

— Quoi ?

Excité comme une puce, Yuuma me tire par le bras pour me faire pivoter.

— Le mec — beau comme un dieu, au passage — regardait pile dans notre direction. T'es sûre qu'il n'y a que tes toiles qui l'intéressent chez toi ?

— Quoi ? De quoi tu parles ?

— Juliet, je crois que ce type n'en a pas uniquement après ton talent, mais aussi après ton petit cul.

— Tu délires, Yuuma.

— C'est ça…

Cette andouille jette un œil vers Elijah, puis reporte son attention sur moi.

— Crois-moi, ce mec est intéressé. Bordel, c'est dingue, mais t'as de la bière au bout des seins pour qu'ils soient tous accrochés à toi, ou quoi ?

J'éclate de rire avant de lui frapper l'épaule.

— Arrête tes conneries ! En plus, tu dis n'importe quoi.

— Juliet… Juliet… Romeo te bouffe dans la main, et quelque chose me dit que cet Elijah n'est pas loin d'en faire autant.

— Romeo ne me bouffe pas dans la main.

— Dans la main ou le vagin, peu importe !

Choquée, j'étouffe un rire et lui donne un autre coup dans l'épaule en lui ordonnant d'arrêter ses conneries, mais Yuuma se marre et secoue la tête.

— Bref ! On devrait y aller ou on va rater le concert. Et, moi, j'ai très, très, envie de voir Romeo se déhancher sur scène.

Je lève les yeux au ciel et, après avoir fini ma coupe de champagne, je la pose sur un plateau avant d'aller remercier Erika pour cette expo. Alors que je suis sur le point de quitter la galerie en compagnie de Yuuma, quelqu'un me retient par le bras. Le blond aux yeux clairs.

— Tu te sauves déjà ? demande-t-il en me relâchant.

— Oui, j'ai promis à mon ami de l'accompagner à un concert. Est-ce que tu... Ça te dirait de venir avec nous ? C'est dans un bar, pas très loin d'ici.

— Ça aurait été avec plaisir, mais je dois rester. Mais peut-être qu'on pourrait aller prendre un verre avant mon départ ? Laisse-moi ton numéro, je t'appelle dans la semaine.

J'acquiesce et lui donne mon numéro de téléphone, qu'il prend soin de noter dans son portable. Puis je lui souhaite une bonne soirée avant de suivre l'imbécile qui me tire par la manche.

Quelques minutes plus tard, Yuuma et moi sommes assis à l'arrière d'un taxi, direction le Roxy. En temps normal, le vendredi, je suis de service, mais Roxanne m'a gentiment laissé ma soirée pour que je puisse aller à l'expo.

La tête appuyée contre la vitre, je regarde les voitures défiler, perdue dans mes pensées. La proposition d'Elijah tourne en boucle dans ma tête. J'ai beau ne pas aimer l'idée de devoir retourner à Londres, je suis quand même obligée d'avouer qu'il s'agit d'une super opportunité. D'après Erika, malgré son jeune âge, ce mec est ultra connu dans le milieu, et tous les artistes qui sont passés par chez lui ont vu leur carrière décoller.

Depuis que j'ai commencé à peindre et à m'intéresser à l'art, je rêve d'être une artiste reconnue. Elijah m'offre cette chance alors, malgré mes réticences, je dois prendre le temps de réfléchir à tout ça. Après tout, rien ne me retient ici.

Sauf peut-être mes souvenirs... Ceux que j'ai cherché à fuir en allant à New York.

19

Romeo

Les mains dans les poches de ma veste en jean, je traverse le parking en direction du Roxy. À voir le nombre de caisses garées ici, le bar est à coup sûr déjà blindé.

Posté à côté de l'entrée, Grant me salue lorsque j'entre dans le bar. De loin, j'aperçois Roxanne qui me fait signe depuis son comptoir. Je la salue également, tout en marchant vers la table du groupe.

Cette semaine, je n'ai pas beaucoup mis les pieds ici. Depuis ma dernière soirée avec Juliet, il y a quelques jours, je me suis remis à écrire. Avec Seven, on a préféré bosser sur mes chansons plutôt que de venir boire une bière avec les autres.

Alors que je traverse la salle pour rejoindre mes potes, je cherche Juliet des yeux, sans vraiment savoir pourquoi. Ce n'est pas comme si c'était ma meuf. Pourtant, mon putain de cerveau semble vouloir absolument savoir où elle se trouve. Je fouille le bar du regard, mais ne la vois nulle part. On est vendredi soir, elle est censée travailler, pourtant. Je fronce les sourcils et observe à nouveau la salle, mais rien. Juliet n'est pas ici.

Bordel, j'aimerais savoir pourquoi ça me fait autant chier qu'elle ne soit pas là. Qu'est-ce que j'en ai à foutre, sérieux ?

Arrivé à notre table, je renifle tout en me frottant le nez, et me laisse tomber lourdement sur une chaise. Seven relève la tête de son écran de téléphone.

— Ça va, mec ?

— Ça roule.

— T'étais passé où ?

— J'avais quelqu'un à voir.

— Quelqu'un à voir ? Je vois.

Seven m'observe en fronçant les sourcils et je sais exactement à quoi il pense. Pourquoi lui dire que j'étais avec mon dealer, alors qu'il le sait déjà ?

— Où est MK ? je demande, pour changer de sujet.

— D'après son texto, elle est en train de larguer Lucy.

Je plisse les yeux et grimace. Seven éclate de rire.

— C'est sa copine. Enfin, sa copine du moment.

— Depuis quand MK sort avec une meuf ?

— Depuis genre quelques mois. Elles sont ensemble un jour sur deux. Ça dépend de l'humeur de Mary-Kate en fait.

— Pourquoi je suis pas au courant de ça, moi ?

— Si t'écoutais quand on te parle, tu le saurais, abruti !

Comme seule réponse, je lève mon majeur et lui offre un sourire forcé.

— Bref ! Alors c'est qui cette meuf ?

— C'est sa voisine de palier.

— OK. Et pourquoi elle veut la larguer ?

— Qu'est-ce que j'en sais ? Tu connais MK.

Je hoche la tête. Quand quelque chose ne lui plaît pas, cette chieuse sait nous le faire savoir. Ou alors, elle fait en sorte d'écarter le problème et, apparemment, cette Lucy est un problème.

Affalé sur ma chaise, je chope la bière qui m'attend sagement sur la table et en prends quelques gorgées.

Naël, qui jusque-là échangeait son ADN avec la métisse installée sur ses genoux, lui demande alors de bouger son cul, visiblement lassé d'elle. Vexée, elle se relève d'un seul coup, l'envoie chier et s'éloigne en faisant claquer ses hauts talons.

Un putain de sourire sur le visage, Naël hausse les épaules avant de prendre sa bière et de la lever vers nous.

— Aux groupies ! Et à cette meuf qui m'a filé une gaule de malade, mais qui fait des chichis pour enlever sa culotte !

Amusé par sa connerie, Seven éclate de rire. Je l'imite et cogne ma bière contre celle de Naël. Après l'avoir à moitié vidée, je la repose et aperçois alors notre bassiste en compagnie de la fameuse Lucy.

— Seven ? Je croyais que MK était censée larguer sa meuf !

— Bah... Ouais. C'est ce qu'elle a dit dans son texto, pourquoi ?

D'un signe du menton, je lui désigne notre bassiste. Sa bière en suspens, il plisse les yeux avant de se mettre à rire.

— Eh ben... Faut croire que Lucy avait des arguments convaincants !

— On dirait. À mon avis, MK se fait mener par le bout de la chatte.

Mes potes explosent de rire.

— Elle peut me mener par le bout de la bite si elle veut, dit Naël. Lucy est super bonne. Perso, si elle n'était pas lesbienne, je me la serais faite.

Seven, qui n'a pas détaché ses yeux des filles, hoche la tête en souriant.

— J'suis d'accord, MK se chope toujours des canons, putain ! Parfois, elles sont même plus hot que les miennes. C'est dégueulasse !

Je lève les yeux ciel, ces deux abrutis me font toujours marrer. Mary-Kate, qui approche de notre table, plisse les yeux et nous fait un doigt d'honneur en comprenant qu'on est en train de se foutre de sa gueule. Cette nana, c'est un peu notre mascotte. Et si elle paraît toute fragile et timide au premier abord, à partir du moment où elle ouvre la bouche, on se dit qu'on aurait dû réfléchir à deux fois avant de l'énerver.

— Le premier qui l'ouvre pour dire une connerie, je lui fous mon poing dans la gueule !

Devant son air menaçant, je tente de cacher mon sourire en me grattant le nez, ce qui semble amuser sa meuf qui se tient à moitié cachée derrière elle. Tu m'étonnes qu'elle sourie, elle a mis le grappin sur la bassiste des Nyx.

— Salut, frangine ! lance Naël. On est content de te voir, nous aussi.

— C'est ça… Bande d'abrutis !

— Naël, mec, laisse la tranquille sinon elle va encore faire sa diva au moment de monter sur scène.

— Va te faire foutre, Romeo ! La diva, ici, c'est toi !

Je lui souris et MK me fout son majeur sous le nez, puis elle s'installe à notre table. Lucy, toujours à ses côtés, lui glisse un mot à l'oreille avant de s'éloigner en direction du bar, nous offrant par la même occasion une vue sur son petit cul.

— Heu… Je croyais que tu devais la larguer ? C'est ce que tu avais écrit dans ton message, non ?

— Ouais. Bah… comme tu vois, j'ai changé d'avis, Seven.

— Mmm… On ne te demande pas ce qu'elle a fait pour y parvenir !

— Non. Tu risquerais d'être jaloux !

Seven lève les yeux au ciel, avant de pencher la tête en arrière pour terminer sa bière, puis il la fait claquer sur la table.

— Bon ! Maintenant que tout le monde est là, on va enfin pouvoir monter sur scène.

D'accord avec cette idée, je me frotte le nez et me lève de ma chaise pour suivre les autres.

— C'est parti ! Les meufs, accrochez-vous à vos strings, les Nyx montent sur scène !

Saoulée par les conneries de son frère, MK lui donne une grande claque sur l'arrière du crâne, et celui-ci la fusille du regard. Chaque fois que cet imbécile sort une connerie de ce genre, elle le frappe. Ces deux-là s'entendent comme chien et chat mais, s'ils ne faisaient pas partie des Nyx, le groupe ne serait pas ce qu'il est aujourd'hui.

Quelques minutes plus tard, tout le monde est en place et, micro en main, je salue les clients du bar avant de me mettre à chanter. Pour le concert de ce soir, on a décidé de jouer notre nouveau set. Au cours de la semaine, avec Seven, on a finalisé deux de mes dernières chansons alors, après les avoir fait écouter aux jumeaux, on a décidé de les ajouter à notre setlist pour la soirée.

Le regard braqué sur une petite meuf qui se trémousse sous mes yeux, je lui fais un clin d'œil. Sa lèvre coincée entre ses dents, elle me fixe avec insistance et je n'ai pas besoin de lire dans les pensées pour connaître ses envies. Son regard dit clairement : « baise-moi ».

Blonde, des yeux gris hypnotiques, une bouche pulpeuse et un corps de fou, cette meuf est tout à fait le genre que j'aime avoir sous la main pour un coup rapide. Et à voir comment elle me dévisage depuis le début de ma chanson, elle ne serait pas contre m'avoir entre ses cuisses après le concert.

Les doigts serrés autour de mon micro, je ferme les yeux et chante le dernier couplet de ma chanson. Il est dur, il parle de Shelby, et le chanter me replonge instantanément dans mes souvenirs, mais cette chanson déchire et le public semble l'apprécier.

Dernière phrase, dernier mot et j'ouvre à nouveau les yeux. Une vague de cris enthousiastes s'élève dans la salle. Je tourne la tête vers Seven qui se tient à côté de moi, le manche de sa guitare dans la main. Il me sourit de toutes ses dents comme pour me faire comprendre qu'il avait raison.

Chanter *Destroy me* ce soir ne m'emballait pas, au départ, mais mon pote a insisté en m'assurant que cette chanson était une véritable tuerie et que nos fans allaient l'adorer. Il avait raison, comme toujours.

L'air surexcité, mon pote me tend son poing, et je le cogne avec le mien avant de reporter mon attention sur nos fans. Alors que je pense tomber nez à nez avec la blonde aux yeux gris, je plonge dans un océan turquoise que je ne connais que trop bien.

Juliet est là, face à moi, habillée de noir. Ses grands yeux me bouffent du regard, et je ne manque pas de faire la même chose. Ce soir, Juliet ferait vriller n'importe quel mec. La robe qu'elle porte est minuscule et elle met en valeur ses jambes tatouées, sans parler de son décolleté qui nous offre une vue imprenable sur ses seins, mais aussi sur les roses noires qui recouvrent le haut de sa poitrine.

Alors que je n'arrive pas à détacher mes yeux d'elle, un mec aux cheveux orange chelou vient enrouler son bras autour de ses épaules avant de l'entraîner avec lui. Je serre les dents, et Juliet s'éloigne, se faufilant à travers la foule.

— Hey ! Tu dors ou quoi ?

Je cligne des yeux et tourne la tête. Seven me fixe bizarrement.

— Quoi ? Non, je ne dors pas.

— Alors qu'est-ce que tu mates comme ça ?

— Rien du tout.

— Mmm… Tu viens on va se prendre une bière. Il paraît que Lucy a payé sa tournée.

— Ouais.

Mon pote esquisse un sourire et me tourne le dos pour descendre de la scène. Alors, après avoir glissé une main dans mes cheveux pour les balayer en arrière, je fourre les mains dans les poches de mon jean et quitte la scène à mon tour.

Le dos plaqué contre la porte des chiottes, je grogne et attrape les cheveux de la petite blonde aux yeux gris qui se trouve à genoux devant moi. Tout à l'heure, après le concert, j'étais posé avec le groupe quand elle a débarqué à notre table. Sa bouche près de mon oreille, elle m'a proposé de la suivre et, bien sûr, je n'ai pas refusé.

J'avais besoin de me changer les idées. De sortir cette envie tordue d'aller dégager le mec qui se trouve avec Juliet ce soir. Depuis qu'elle a croisé mon regard sur scène, je ne sais pas pourquoi, mais j'ai envie d'être avec elle. De la traîner jusqu'à ma caisse pour qu'on s'envoie en l'air.

Parce que Juliet me fait penser à autre chose. Parce qu'elle fait fuir mes démons et que j'aime quand elle ne dit pas non.

Les cheveux de la blonde enroulés autour de mon poing, je grogne son prénom tant je suis à deux doigts de prendre mon putain de pied. Sa langue fait des merveilles. Je grogne à nouveau, et elle éloigne son visage de ma queue pour me fusiller du regard.

Gris. Pas bleu. Pourquoi est-ce que je suis autant déçu ?

— Moi c'est Olivia, pas Juliet !

— Et alors ? On s'en fout.

— Heu, non, on s'en fout pas ! J'suis là, à genoux devant toi, tu pourrais au moins te rappeler mon prénom, crétin !

Agacé, je serre les dents et me rhabille. Pourquoi elle me casse les couilles, cette conne ? Elle devrait s'estimer heureuse d'avoir eu ma queue dans sa bouche mais, au lieu de ça, elle me prend la tête pour un prénom à la con.

— Et c'est qui, Juliet ? !

Je souffle rageusement et la repousse sur le côté, alors qu'elle continue à parler. Elle me casse la tête, je préférais vraiment quand elle fermait sa gueule. La main dans la poche arrière de mon jean, je sors mon paquet de clopes et saisis le petit sachet de poudre qui y est caché, puis j'ouvre la porte des chiottes pour sortir.

La blonde, qui m'a emboîté le pas, me parle encore, mais je ne l'écoute pas. Non. Tout ce que je veux c'est prendre ce foutu rail et me barrer. Penché sur le meuble où se trouve le lavabo, je déverse la poudre. Puis, bouchant ma narine droite en appuyant dessus, j'approche mon visage et sniffe la ligne d'un seul coup. Je ferme les yeux, penche la tête en arrière et renifle. C'est dingue, cette merde me fait un bien fou.

— Attends, mais tu fais quoi là ! couine-t-elle.

— Ça ne se voit pas ?

Choquée, elle ouvre la bouche pour répliquer, mais la porte des chiottes s'ouvre, et Juliet entre dans la pièce. Elle me fixe quelques secondes, puis son regard se pose sur la blonde.

Les yeux océan de Juliet replongent ensuite dans les miens, et elle secoue la tête en s'approchant. Tout près de moi, elle approche ses doigts de mon visage et essuie le dessous de mon nez, comme si elle n'était pas surprise.

— Juste un conseil, évite de faire ça ici. Roxanne ne veut pas de drogue dans son bar.

Sur ces mots, elle me tourne le dos pour se barrer, mais je lui agrippe le bras et la force à se retourner.

— C'est tout ? Tu balances ça et tu te casses ?

— Ouais. T'as l'air déjà bien occupé.

Je fronce les sourcils, et Juliet me désigne la blonde qui me suçait dans les chiottes du bar il y a encore quelques minutes. À croire que, quand Juliet se trouve dans les parages, mon cerveau déjà endommagé disjoncte totalement. J'avais carrément oublié qu'elle se trouvait là.

— Bonne soirée, Romeo, et pense à t'essuyer le nez la prochaine fois.

Juliet me tourne une nouvelle fois le dos, mais j'agrippe son bras encore une fois.

— Attends !

— Romeo… Si tu me proposes un plan à trois avec cette fille, je vomis !

Devant son air dégoûté, je sens mes lèvres s'étirer en un sourire.

— Et si je te propose une autre sorte de plan à trois ?

— Une autre sorte de plan de trois ? C'est-à-dire ?

— Toi, moi et ma Nova.

Cette fois, c'est elle qui sourit. Et pas un petit sourire, un putain de sourire qui dévoile une ligne de dents parfaitement blanches.

— Ça marche.

Pour ne pas lui laisser le temps de revenir sur sa décision, je lui attrape la main et l'entraîne avec moi, laissant en plan la blonde dont je n'arrive pas à retenir le prénom.

20

Juliet

Pieds nus sur le paquet du salon, je me déhanche en faisant remonter ma robe le long de mes cuisses pour me rhabiller, avant de récupérer mes Converse. Sur le point d'ouvrir la porte d'entrée, je m'arrête lorsque Romeo m'appelle depuis la fenêtre du salon.

Curieuse, je me tourne vers lui. Il recrache la fumée qu'il retenait et enjambe la fenêtre pour rentrer. Une main sur la nuque, il me fixe tout en restant planté au milieu de la pièce.

— Tu t'en vas déjà ? demande-t-il.

— Heu… Oui, comme à chaque fois.

— Tu… Tu ne voudrais pas rester un peu ?

Surprise, je hausse un sourcil.

— Tu veux que je reste ?

— Ouais. À moins que t'aies un autre truc de prévu.

Mes dents plantées dans ma lèvre inférieure, je secoue la tête. Habituellement, quand on a fini de s'envoyer en l'air, je me rhabille en vitesse et me casse, mais pas ce soir. Non, ce soir, Romeo me propose de rester.

Qu'est-ce qu'il veut au juste ?

— Cool, dit-il. Tu veux une bière ?

Cette fois, j'acquiesce, et Romeo me sourit avant de se diriger vers la cuisine. Je repose mon sac et m'installe sur le canapé. Assise en tailleur, je tends la main vers Minuit qui débarque dans le salon en miaulant. Il me grimpe dessus et s'installe sur moi en réclamant des caresses.

Alors que je gratte la tête de cette adorable boule de poils, j'observe le mur rouge qui se trouve devant moi. Sous la couche de peinture fraîche, il porte encore les souvenirs de la fille dont Romeo était amoureux. Cette fille qui a apparemment laissé des cicatrices profondes chez lui.

Il n'a pas besoin de le dire, je l'ai assez côtoyé pour le voir. Romeo est étouffé par la douleur, le manque et les regrets. Ses chansons sont faites de textes sombres, chargées de désespoir. Ce soir encore, lorsqu'il était sur scène, j'ai ressenti sa colère et sa tristesse à travers son chant.

Le problème, c'est qu'il semble prendre la drogue pour un remède. Mais ça n'en est pas un, loin de là, et je sais de quoi je parle. Prendre ce genre de merde nous fait aller encore plus mal. Sur le moment, on se sent mieux, c'est vrai. On a l'impression de pouvoir s'en sortir, mais ça ne dure qu'un court instant et, lorsque le voile se dissipe, la douleur est plus grande encore.

Les yeux rivés sur le mur, je soupire longuement. Aïden était comme ça, lui aussi, et je n'ai pas su l'aider. Au contraire, j'ai sombré avec lui. Mais, de nous deux, je suis la seule à être encore en vie.

Je me pince les lèvres et chasse mes souvenirs de Londres, puis j'approche mon visage du nez de Minuit pour lui faire un câlin.

— Je crois que mon chat t'aime encore plus que moi.

Je relève la tête et souris. Romeo vient de me rejoindre.

— Je rêve ! Tu viens de dire que tu m'aimais ?

— Hein ? Quoi ? !

— Tu as dit : « je crois que mon chat t'aime encore plus que moi ».

— J'me suis mal exprimé, rectifie-t-il, je voulais dire que Minuit donne l'impression de t'aimer plus qu'il ne m'aime, moi. Sérieusement, Juliet… moi, t'aimer ? Dans tes rêves ! La seule chose que j'aime chez toi c'est ton petit cul, c'est tout. Ah ! Et ta jolie bouche aussi !

— Enfoiré !

Amusée, je souris et lui arrache une bière des mains.

— Et entre nous, Juliet, celui de nous deux qui a le plus de chance de tomber amoureux de l'autre, c'est toi.

À ces mots, je manque de m'étouffer.

— Là, c'est toi qui prends tes rêves pour la réalité ! Si je suis là, c'est uniquement pour le sexe. Rien d'autre. Sérieusement Romeo, tu penses vraiment que j'ai une tête à t'aimer ? !

Planté devant moi, le beau brun fronce les sourcils, et son regard s'assombrit.

Oups… Je crois que je viens de vexer notre rock star.

— Je te trouve bien sûre de toi, dit-il, sceptique.

— Évidemment que je suis sûre de moi. Tu n'es pas ce qu'on appelle un mec fiable. Tu sautes sur tout ce qui bouge, tu te drogues et en plus t'es un rockeur. On ne peut pas dire que tu sois l'homme idéal.

C'est tout le contraire… Et j'essaie de m'en convaincre.

— Je me drogue pas, je prends de la coke de temps en temps. Je ne saute pas sur tout ce qui bouge, je te saute, toi, c'est différent.

— Mmm…

— Quoi ? C'est vrai, la preuve, c'est encore toi qui as fini chez moi ce soir et pas l'autre meuf.

— Oui, mais parce que j'ai accepté ta proposition débile de plan à trois avec ta caisse et que je n'avais personne d'autre sous la main.

Son regard noisette cerclé de doré fixé sur moi, Romeo fronce les sourcils avant de se passer une main sur la nuque.

— Pourtant t'avais un mec collé au cul toute la soirée.

— Quoi ? Quel mec ?

— Le gars avec une couleur de cheveux chelou. Un Chinois.

— Yuuma ? C'est un pote, et il n'est pas chinois mais japonais.

— Mouais… C'est pareil, il mange avec des baguettes.

— T'es con ! Attends… Est-ce que t'es jaloux ?

— Quoi ? Tu délires ! Jamais de la vie.

— Donc si je m'envoie en l'air avec un autre mec, tu t'en fous ?

Romeo me fixe silencieusement.

Quoi ? Il hésite ? J'insiste.

— Alors ?.

— Ouais, bien sûr que je m'en tape ! T'es pas ma meuf. Qu'est-ce que j'en ai à foutre que tu baises avec un autre mec ! Tu peux même t'en taper cinquante d'un coup, si tu veux !

Outch !

Je fronce les sourcils et me pince les lèvres. Cette fois, c'est moi que cet abruti vient de vexer. Je me suis fait prendre à mon propre jeu. En plus, cette question était débile parce que je connaissais déjà la réponse. Le problème, c'est qu'au fond de moi j'espérais qu'il répondrait oui. Que, oui, l'idée de me voir avec un autre mec le gonfle, mais faut croire que je peux me fourrer le doigt dans l'œil.

Au fond, si sa réponse me déçoit autant, c'est pour une seule et unique raison. Que je le veuille ou non, je deviens accro à ce mec, et ma seule défense, c'est de jouer l'indifférence.

Le regard rivé au sol, j'approche ma bouteille pour en boire une gorgée, mais Minuit s'étire d'un seul coup et renverse ma bière sur ma robe. Je pousse un petit cri de surprise et me lève d'un bond du canapé en pestant contre lui.

Je soupire, énervée d'avoir sali ma robe, mais aussi à cause de ce que Romeo vient de dire. Je suis trempée et cet imbécile se tient devant moi, un sourire agaçant au coin des lèvres. Toute collante, je pose ma bière sur la table avant d'exploser :

— Ton chat est un abruti ! Regarde dans quel état je suis !

— Je ne dirais pas ça. Je dirais plutôt que Minuit adore te voir à poil, lui aussi.

— Très drôle.

Énervée, je lui lance un regard noir.

— Attends, je vais te passer un T-shirt.

— Merci, mais ça ira. Je vais rentrer. De toute façon je suis crevée, j'ai cours demain matin.

Romeo soupire tout en balayant ses cheveux en arrière pour dégager les quelques mèches qui lui barrent le front.

— Comme tu veux. Mais tu pues la bière, on va te prendre pour une alcoolique si tu sors comme ça dans la rue.

Je baisse les yeux sur ma robe et grimace en constatant qu'il a raison. Mais, au fond, je m'en fiche, je n'ai qu'une envie, c'est me barrer d'ici.

— Je reviens, ne bouge pas, dit-il.

Romeo pose sa bouteille et s'éloigne vers sa chambre. Du moins je suppose, puisque je n'y ai jamais mis les pieds. On s'envoie toujours en l'air dans le salon ou dans la cuisine, mais jamais dans sa chambre, comme si cette pièce renfermait un tas de secrets. Comme si jamais personne ne devait y mettre les pieds en dehors de lui.

Quelques secondes plus tard, il réapparaît, un T-shirt noir dans les mains. Je me dépêche d'enlever ma robe et attrape le T-shirt qu'il me tend. Par chance, il est trop grand pour moi et m'arrive à mi-cuisse.

— Il te va beaucoup mieux qu'à moi. T'es plutôt sexy là-dedans.

Ses yeux dorés se baladent lentement sur mon corps. Romeo me bouffe du regard et je déteste ça. Je déteste ne plus arriver à garder le contrôle sur la situation. Là, si je ne veux pas flancher, je dois prendre mes affaires et m'en aller. Romeo m'a blessée et, ça, ça n'aurait pas dû arriver.

Après tout, ce n'est qu'un jeu entre nous. Un jeu tordu que je n'aurai pas dû démarrer.

— Mmm… Bon… J'y vais. On se voit plus tard.

Prête à rentrer chez moi, pour de bon cette fois, je remercie Romeo pour le T-shirt et m'empresse de récupérer mes affaires. Alors que je suis sur le point de sortir, il me retient par le bras et me tourne vers lui d'un geste si rapide que je perds l'équilibre et me retrouve plaquée contre son torse.

Je ferme les yeux et me mords la lèvre inférieure de nervosité. Sous mes doigts, je peux sentir les battements de son cœur. Il bat de façon rapide et irrégulière, exactement comme le mien en ce moment même. Je relève la tête et, en une fraction de seconde, ses mains recouvrent mes joues et sa langue se retrouve dans ma bouche.

Son baiser est intense et animal. Encore plus sauvage que ceux que nous avons échangés tout à l'heure. Je me sens toute bizarre, mon corps est parcouru de frissons et, dans mon ventre, une nuée de papillons déploie ses ailes.

Putain, c'est quoi ce bordel !

— T'es sûre que tu ne veux pas rester ?

La voix rauque de Romeo vient de me faire frissonner de nouveau. J'essaie de reprendre mon sang-froid en me détachant de lui, puis je hoche la tête, mais ses doigts se glissent alors sous le T-shirt noir pour venir caresser la peau de mes cuisses. Mon corps est un sale traître, il se laisse amadouer par les caresses de ce rockeur alors que ma tête me hurle de fuir.

Romeo vient clairement de dire qu'il se fiche de ce que je peux faire avec d'autres mecs. Alors pourquoi suis-je encore accrochée à lui de cette façon ? Il faut que je me casse de cet appart, et vite.

Romeo est mauvais. Rappelle-le-toi Juliet.

Bien décidée à sortir d'ici, je le repousse et prétexte une nouvelle fois d'avoir cours demain matin, puis je sors de son appartement. Une fois dehors, je m'appuie contre le mur de son immeuble et laisse échapper un long soupir. Je suis faible, j'arrive à me faire piéger à mon propre jeu.

Séductrice en carton. Je craque pour Romeo alors que je sais pertinemment qu'il ne faut pas. Romeo est mauvais. Sombre et dangereux.

Je ferme les yeux et serre les dents. On m'avait pourtant mise en garde contre lui et, moi, je fais comme toutes ces filles, je me laisse envoûter par le leader des Nyx.

Ressaisis-toi Juliet ! Bordel ! Ressaisis-toi !

J'inspire un grand coup et me répète en boucle que Romeo est mauvais et qu'il n'est pas bon pour moi. Mais, au souvenir de son baiser, je pose mes doigts sur le bout de mes lèvres. Elles sont brûlantes et portent sûrement encore le goût de celles de Romeo. Je suis foutue, je souris comme une débile et mon imbécile de cœur semble avoir perdu les pédales.

Putain, mais qu'est-ce qui m'arrive ?

21

Romeo

C'est quoi cette connerie ?

Depuis qu'elle a quitté l'appartement, je n'ai pas bougé d'un pouce. Je suis planté là, comme un con, à fixer cette foutue porte. Juliet est partie et, depuis, tout est bizarre. Mon corps réagit de façon étrange et je déteste ça.

Cette fille, c'est rien du tout, juste une distraction, alors pourquoi est-ce que j'ai l'impression que mon putain de cerveau vient de griller pour de bon ?

Je ferme les yeux et me pince l'arête du nez. Je dois absolument me sortir Juliet de la tête, je ne veux pas que cette meuf s'y installe de façon permanente comme Shelby. Je suis déjà taré, je n'ai pas envie de devenir complètement aliéné. Mais Juliet m'attire comme un foutu aimant, et ma seule défense, c'est de jouer le détachement. Même si j'aime ce jeu tordu auquel on s'adonne tous les deux depuis le début, force est de constater que je suis foutu. Je serre les dents et secoue la tête.

Putain. Je suis bon pour l'asile.

Bien décidé à faire le vide dans mon esprit, je retourne m'installer sur mon canapé et sors de dessous ma table basse la boîte qui contient mon nécessaire à défonce. Quelques minutes plus tard, je suis étalé dans mon canapé, prêt à m'injecter de l'héroïne, quand la porte de mon appartement s'ouvre.

— Romeo ?

Je fronce les sourcils et suspends mon geste lorsque la voix de Juliet résonne dans l'appartement. Ses baskets couinent sur le parquet à chaque pas qu'elle fait dans ma direction et, lorsqu'elle me voit, je peux lire de la surprise sur son visage.

Plantée devant moi, les yeux braqués sur ce que je tiens entre mes doigts, elle ne bouge pas d'un pouce. Je grogne :

— Qu'est-ce que tu fous là ?

— Je… J'ai oublié mon téléphone.

Juliet me fixe, mais son regard est différent de d'habitude. Il est sombre.

— Tu… Tu ne te drogues pas, hein ? demande-t-elle. Tu prends seulement de la coke ? C'est ce que tu as dit tout à l'heure… Pourtant, c'est de l'héroïne que tu es sur le point de t'injecter dans le bras, non ?

Je souris et me penche pour poser ma seringue sur la table basse.

— Connaisseuse ? Intéressant.

Juliet grimace et croise les bras en me regardant avec dégoût.

— Pourquoi tu fais ça ?

— Parce que j'suis une rock star, bébé.

— Romeo… Pourquoi tu fais ça ?

— Pour pas devenir cinglé. J'ai trop de trucs pourris dans la tête et le seul moyen de rester lucide, c'est ça.

— C'est n'importe quoi.

— Peut-être pour toi, mais pas pour moi.

— Pourquoi continuer à prendre cette merde alors qu'elle t'a pris Shelby ?

Je serre les dents. Pourquoi il faut qu'elle parle d'elle ? Si elle fait ça, si elle parle de Shelby alors elle sera à nouveau dans ma tête.

— Shelby s'est fait sauter la cervelle. Elle n'est pas morte d'une overdose que je sache !

— Ne joue pas sur les mots Romeo. Tu sais très bien ce que je veux dire !

— Ouais, je sais, ouais… Mais tu peux me dire ce que t'en as à foutre ? En quoi ça te concerne que je prenne ce genre de trucs, hein ? Dis-moi Juliet !

Lèvres pincées, elle me fixe, et ses grands yeux turquoise semblent soudain se remplir de larmes. Je fronce les sourcils et me frotte la nuque nerveusement, avant de lui dire :

— Je te l'ai déjà dit, je ne suis pas un ange. J'ai peut-être les ailes, ça n'empêche que je n'en suis pas un. Je me drogue, un peu trop d'après certains, je suis loin d'être fiable et loyal. Je me fous de tout et de tout le monde, j'ai même lâché mon groupe sans hésiter. Et, la plupart du temps, j'ai l'impression d'être complètement cingle parce que dans ma tête c'est un bordel monstre.

— Personne n'a dit que la vie était facile, Romeo, ni qu'elle était toujours belle. On a tous des problèmes, des fantômes auxquels on souhaite échapper. Et, contre ça, l'héroïne et toutes les autres merdes que tu prends ne t'aideront pas.

— Tu me fais marrer ! Qu'est-ce que t'en sais, hein ? Toi, belle Juliet aux multiples tatouages colorés et aux ailes argentées, dis-moi ?

— J'en sais bien plus que tu ne le crois. Tu ne me connais pas, Romeo ! Tu ne sais rien de moi !

— Toi non plus tu ne sais rien de moi, alors ne me juge pas

Le regard noir, Juliet fronce le nez de colère.

— Je ne te juge pas, abruti ! J'essaie de comprendre pourquoi je te retrouve sur le point de t'injecter le contenu de cette foutue seringue !

Saoulé, je me lève du canapé pour lui tenir tête.

— J'viens de te le dire, James ! Maintenant, prends ton téléphone et casse-toi !

Choquée de m'entendre lui parler comme ça, elle cligne des yeux avant de reculer d'un pas.

— Hors de question ! Une fois que j'aurais quitté ton appartement, tu vas finir ce que tu as commencé.

— Tu me fais chier ! Qu'est-ce qui te prend d'un coup ? Ça te suffit plus de te faire sauter, faut que tu joues les anges gardiens maintenant ?

— Je ne joue à rien du tout, simplement je ne peux pas te laisser faire ça.

— Mais t'es pas ma meuf, t'es juste un plan cul sympathique, alors barre-toi !

— Pourquoi tu me parles comme ça ? J'essaie de t'aider là !

Je serre les dents et expire bruyamment. Elle me fait chier, j'ai pas besoin d'aide. Je veux juste qu'elle se casse parce que, même si Juliet éloigne mes fantômes, elle me rend aussi cinglé, mais d'une tout autre manière. Et le seul moyen pour moi de ne pas devenir dingue, c'est de la repousser quitte à la blesser.

— Juliet… Juliet… Tu m'emmerdes. Casse-toi !

Voyant qu'elle ne bouge pas d'un pouce, je lui agrippe le bras violemment et la sors de mon appartement avant de lui claquer la porte au nez.

22

Juliet

Le coude planté sur la table, la joue écrasée contre mon poing, je suis perdue dans la contemplation de mon verre lorsque quelqu'un agite soudainement une main devant moi. Surprise, je cligne des yeux et lève la tête, croisant le regard bleu clair d'Elijah.

— J'ai l'impression que tu te fais chier, non ? me lance-t-il.

— Hein ?

— Ça fait un bout de temps que tu fixes ton verre, je suis si ennuyeux que ça ?

Je me redresse d'un seul coup en agitant les mains.

— Oh ! Non ! Pas du tout ! C'est juste que… J'ai un peu la tête ailleurs, ces derniers temps.

— Est-ce que ça aurait un rapport avec le mec qui se trouve au bar ?

— Le mec au bar ? Quel mec au…

— Le gars tout en noir qui n'arrête pas de regarder par ici.

Étonnée qu'il l'ait remarqué, je reste bouchée bée, avant de lui demander :

— Pourquoi tu dis ça ?

— Parce que tu as arrêté de m'écouter quand ce mec est

arrivé, répond-il calmement, et que tu as passé les dix dernières minutes à l'insulter.

— Ah… Heu…

— J'en déduis que oui. C'est quoi l'histoire ? Vous êtes sortis ensemble ?

— Non, on n'est pas sortis ensemble. On se voyait de temps en temps, c'est tout.

— OK… Mais ça ne justifie pas ta colère. Qu'est-ce qu'il a bien pu te faire ? Tu n'as pas l'air d'être le genre de fille qu'on énerve facilement, donc c'est qu'il a dû te faire un sale coup.

Au souvenir de cette soirée où Romeo m'a foutue à la porte de chez lui, je serre les dents. Trois jours se sont écoulés depuis, pourtant, j'ai toujours les nerfs à vif. J'ai été blessée, plus que je ne l'aurais dû. Au fond, ça n'a rien de surprenant : je sais très bien pourquoi ce qu'il m'a craché au visage m'a fait autant de mal.

Ma tête a beau être rebelle, mon imbécile de cœur, lui, fait ce qui lui chante. Et, apparemment, ressentir des choses pour ce connard de Romeo fait partie de son programme.

Je soupire, dégoûtée de me mettre dans un état pareil pour lui.

— Je n'ai pas envie de parler de ce mec, il n'en vaut pas la peine, dis-je. Et puis… on est là pour passer la soirée ensemble, non ?

— Ouais, j'ai simplement l'impression qu'être ici avec moi ne t'emballe pas, remarque-t-il.

— Non, c'est faux ! Je suis désolée. Tu sais quoi ? Je vais nous chercher des bières et je te promets de ne plus être dans la lune.

Ses grands yeux plongés dans les miens, Elijah me sourit et hoche la tête.

— Parfait ! Ne bouge pas, je reviens.

Bien décidée à rattraper cette soirée, je me lève de ma chaise et me dirige vers le bar tout en me répétant qu'il faut que je me ressaisisse.

Ce soir, quand Elijah m'a appelée pour m'inviter à boire un verre, je n'ai pas hésité une seconde. J'avais grandement besoin de me changer les idées, mais passer la soirée au Roxy ne m'emballait pas vraiment. Alors, après quelques recherches, on a fini par atterrir ici, au Rainbow, un petit bar tranquille au sud de Brooklyn. Mais, manque de bol, Romeo et son groupe ont débarqué.

Ça fait un petit moment qu'ils sont ici. Moi qui pensais qu'ils ne quittaient jamais le Roxy, faut croire que je me suis trompée. Avec un karma merdique comme le mien, il a fallu qu'ils viennent dans ce foutu bar.

Alors que j'attends, la hanche appuyée contre le comptoir, que la barmaid prenne ma commande – tout en m'efforçant d'éviter de regarder dans la direction de Romeo –, une main se pose sur ma taille. Je hoquette de surprise et, en me retournant, je croise les yeux cristallins de Mary-Kate.

— Salut, jolie Juliet ! Qu'est-ce que ton petit cul sexy fait ici ?

Toujours aussi amusée par sa façon de me parler, je lui souris chaleureusement.

— Salut ! Eh bien, mes fesses sexy et moi, on est venues boire un verre. Et vous ? Vous n'êtes pas au Roxy ce soir ?

— Non, le mercredi soir en général on vient ici, histoire de changer.

J'ancre mon regard dans le sien pour résister à la tentation de me tourner vers les autres membres du groupe.

— Est-ce que tu veux te joindre à nous ? Je suis sûre que les mecs seront contents de te voir.

— Hum… Ça aurait été avec plaisir, mais je ne suis pas toute seule, désolée. Une autre fois ?

— Juliet… Juliet… Je vais finir par croire que tu ne veux pas traîner avec nous. Tu te défiles à chaque fois.

— C'est faux ! C'est juste que, ce soir, je suis avec un ami et l'autre fois, je travaillais.

— OK… Mais, la prochaine fois, pas d'excuses !

— Promis !

Un énorme sourire étire les lèvres de Mary-Kate et, pour me faire pardonner, je lui offre une bière lorsque la barmaid se décide enfin à prendre ma commande. Quelques minutes plus tard, je suis à nouveau assise avec Elijah.

— Désolée pour l'attente, la meuf du bar était débordée.

Elijah me fait un clin d'œil, puis il lève sa bière pour trinquer.

— Bon, tout à l'heure tu ne m'écoutais qu'à moitié, du coup je repose la question. Est-ce que tu as réfléchi à ma proposition pour Londres ?

Nerveuse, je me mords la lèvre inférieure.

— Ah… Oui… Londres… Eh bien, en toute honnêteté, je ne sais pas si je suis capable de remettre les pieds là-bas. On ne peut pas dire que les années que j'y ai passées aient été géniales. Je n'y ai pas de super souvenirs.

— D'accord, donc c'est non ?

— Ce n'est pas un non… Disons que je ne sais pas. C'est encore un peu tôt pour moi, pour prendre ce genre de décision. Et puis… Il y a mes amis, mon travail et mon école.

— Pourtant tu es faite pour Londres. Ton style, ta façon de peindre, tout chez toi me fait dire que c'est là-bas que tu devrais être, et non ici. Tu m'expliques ? Qu'est-ce que tu as fui pour atterrir New York ?

Agacée qu'il tente d'en savoir autant sur moi, je baisse les yeux et laisse échapper un long soupir en décollant nerveusement l'étiquette de ma bouteille.

— La vie… C'est la vie que j'ai fuie.

Elijah penche légèrement la tête sur le côté, pensant sûrement que je vais développer, mais je ne le fais pas. Au lieu de ça, je me cache derrière un sourire un peu forcé et détourne notre conversation sur lui et son voyage en Australie.

23

Romeo

J'ouvre les yeux, une horrible migraine me vrille le crâne. Je grimace et me lève en essayant de ne pas perdre l'équilibre. Je n'ai aucune idée de l'heure qu'il est, je n'ai pas mon portable à portée de main. Je plisse les yeux et jette un œil vers la fenêtre. Dehors, il fait nuit.

Encore ?

Impossible. J'ai pourtant l'impression d'avoir dormi plusieurs heures, il devrait faire jour. Je grimace à nouveau de douleur et cherche mon téléphone, sans parvenir à mettre la main dessus. Fait chier. Et cette migraine à la con qui me tue la tête. Je grogne, me lève du lit et, au même moment, j'entends mon téléphone s'écraser sur le sol.

Saoulé, je me baisse et le récupère alors qu'il se met à vibrer. L'écran m'indique qu'il y a plusieurs appels manqués, ainsi qu'une dizaine de messages venant de Seven et de Naël.

Les yeux plissés devant la luminosité de l'écran, j'essaie de lire les textos de mes potes. À en croire leurs messages, je fais le mort depuis hier soir.

Hier soir ?

Je regarde l'heure et me rends compte que j'ai dormi bien plus que je ne l'aurais cru. Nous ne sommes plus mercredi soir, comme je le pensais, mais vendredi soir, et il est plus de 20 heures.

C'est quoi ce délire ? J'aurais dormi pratiquement deux jours entiers ? Sérieusement ?

Je ferme les yeux et me pince l'arête du nez une nouvelle fois. J'ai tellement mal au crâne que je n'arrive pas à réfléchir. Comment peut-on déjà être vendredi ? Alors que je marmonne, perdu, je fourre mon téléphone dans la poche arrière de mon jean et sors de ma chambre, à moitié endormi.

En voyant l'état du salon, je soupire avec dégoût. Je n'ai aucun souvenir de ces deux derniers jours, mais cette pièce est dans un sale état. Plusieurs cadavres de bière jonchent la table basse, et une bouteille de whisky traîne sur le sol près du canapé. Alors que je m'apprête à ranger, un bout de tissu rouge attire mon attention.

C'est quoi ce truc qui traîne sur l'accoudoir du canapé ? Un string ?

Je soupire et me passe les mains sur le visage quand une bribe de souvenir me revient. Mercredi soir, avec le groupe, on est allé au Rainbow et elle était là. Juliet. Mais pas toute seule. Il y avait ce mec, cette espèce de surfeur blond à la con, avec qui elle riait. Ça m'a gonflé, à un point inimaginable. Comment Juliet peut-elle traîner avec ce mec ?

Putain, non. Comment peut-elle rire avec lui exactement comme il lui arrive de rire avec moi ?

Énervé de la voir en compagnie de ce mec, je l'ai interceptée au moment où elle sortait des toilettes, et elle m'a envoyé chier comme jamais. En même temps, à quoi je m'attendais ? Trois jours avant, je l'avais embrassée comme un fou pour ensuite la jeter de chez moi comme une moins que rien. Mais c'était nécessaire, il fallait que je la repousse, mon cerveau devient une putain de guimauve quand elle est là. C'est n'importe quoi.

Quand je suis avec elle, mes fantômes me laissent tranquille, mais d'autres trucs viennent me prendre la tête. Je n'ai pas envie d'être à nouveau dans cet état, de perdre la raison pour une meuf, c'est fini tout ça. Pourtant, mercredi au Rainbow, lorsque Juliet m'a littéralement envoyé me faire foutre, j'ai vrillé et j'ai ramené deux pétasses ici. J'avais besoin de passer mes nerfs et, en dehors de la drogue, le seul truc qui fonctionne c'est le sexe.

Ouais, et j'ai vraiment dû me mettre la tête à l'envers avec elles pour émerger seulement maintenant.

Complètement à l'ouest, je me dirige vers la salle de bains. Une bonne douche me fera du bien. Et puis, si je ne me bouge pas le cul, les autres vont me gonfler. Déjà que j'ai fait le mort, trop déchiré à l'alcool et au reste pour entendre mon foutu téléphone sonner.

Mon micro en main, j'essaie de me concentrer sur ce que je fais, mais je suis tellement défoncé que j'ai du mal à gérer. Juliet m'évite et ça me rend fou. Je déteste qu'on me tienne tête, alors, pour me calmer, je me suis fait quelques rails dans les chiottes du Roxy avant de monter sur scène.

Je ne comprends pas pourquoi elle me fait encore la gueule, et je vois bien à sa façon de me regarder qu'elle meurt d'envie de me parler. Peut-être même qu'elle a envie de se faire baiser. En tout cas, moi, je donnerais n'importe quoi pour me retrouver entre ses cuisses. Juliet ne me fait pas uniquement tourner la tête, elle chasse aussi les sombres souvenirs liés à Shelby. Et puis, le sexe avec elle, c'est puissant. Presque autant qu'un shoot d'héro.

Debout à mes côtés, MK me lance un regard noir tout en me désignant le micro du menton. Je souffle, me passe une main sur le visage pour chasser toutes ces conneries de mon esprit et, sans vraiment savoir comment, j'arrive à faire signe à Naël, et mon pote frappe ses baguettes pour lancer l'intro.

Quelques minutes plus tard, je suis agrippé à mon micro et je chante tout en flirtant outrageusement avec les filles devant la scène.

La petite rouquine aux yeux clairs qui se tient devant moi me bouffe du regard, et sa copine en fait autant, mais j'ai beau avoir ces deux meufs carrément prêtes à écarter les cuisses, la seule dont mon putain de corps semble vouloir, c'est Juliet.

Juliet dans la tête, Juliet dans le cœur, Juliet dans l'âme… Encore et encore…

Je n'arrive pas à comprendre. Je n'arrive pas à avaler l'idée qu'elle puisse me faire cet effet. Et j'ai beau m'éclater avec elle, tous les deux, c'est voué à l'échec. J'suis pas un mec pour elle, pas un mec fidèle. Je suis mauvais, les gens autour de moi souffrent, je n'ai rien à offrir.

Surtout pas d'amour. Ce mot me laisse un goût amer dans la bouche.

J'ai jamais demandé à être comme je suis, c'est la vie qui m'a façonné ainsi. Parfois, j'envie Seven, ou encore MK et Naël, leurs vies ont l'air tellement plus simples que la mienne. Peut-être que c'est ma faute aussi, parce que je n'arrive pas à vivre sans le souvenir de Shelby, je n'arrive pas à éloigner mon nez de la cocaïne et mes veines de cette foutue héroïne.

Je n'ai aucune volonté, aucune raison d'arrêter.

L'esprit embrumé, je termine ma chanson et poursuis laborieusement mon set. Une vingtaine de minutes plus tard, je pose ma guitare sur son socle et rejoins Seven qui m'attend au pied de la scène. Je balaie mes cheveux en arrière et croise son regard. Mon pote me fixe étrangement et je l'entends déjà me balancer un truc sur mon comportement de ce soir, alors, pour lui éviter de perdre son temps, je secoue la tête et agite une main. Je n'ai aucune envie de subir ses remarques mais, lorsque je lui passe devant, il agrippe mon bras.

— Romy, attends !

Je le coupe.

— Laisse tomber, Seven. Je sais ce que tu vas dire alors garde ta salive. Ouais, je suis défoncé, ouais, je tiens à peine debout, mais on s'en fout puisque j'ai tenu tout le concert sans m'effondrer.

— OK… Et pourquoi t'en as pris cette fois ? Ne me dis pas à cause de Shelby parce que c'est des conneries ! T'arrives plus à t'en passer, t'es accro. Merde, Romy, t'es devenu un putain de toxico !

— C'est mon problème ça, pas le tien.

— Non, mec ! T'es comme mon frère ! Ça me soûle de te voir dans cet état ! Tu te bousilles, et je devrais faire comme si de rien n'était ? Hors de question !

— Seven, si t'as peur que je vous plante comme l'autre fois, respire, parce que je n'ai pas l'intention de me casser. Le groupe c'est la seule chose qui me reste vraiment, j'en suis conscient.

— Ça tombe bien que tu dises ça, Blake, parce qu'il y a une meuf qui veut nous parler.

Surpris, je tourne la tête et tombe nez à nez avec MK. Les mains sur les hanches, elle nous fixe tous les deux en souriant comme une débile. Curieux, je penche la tête sur le côté et fronce légèrement les sourcils.

— C'est qui ? Et elle nous veut quoi ?

— Kendra… je sais plus quoi. Il paraît qu'elle bosse pour AURA.

— Attends, quoi ? AURA ? Comme le label de musique ?

— Exact, Seven !

Complètement paumé, je me passe une main sur le visage. Ces deux-là ont l'air de savoir de quoi ils parlent. Je soupire, puis me frotte le nez avant de m'adresser à notre bassiste :

— T'as pas répondu à ma question, MK. Elle nous veut quoi ?

— À ton avis, Romeo ? Elle a dû écouter notre démo et elle

est venue voir le concert. Il est évident qu'elle est là pour nous ! Merde, c'est dingue !

— Dingue ou pas, moi je veux savoir ce qu'elle nous veut ! Alors, bouge-toi, Romy !

Je hoche la tête et quitte la scène à la suite de MK et de Seven, qui sont complètement excités par cette nouvelle.

Les mains dans les poches de mon jean, je marche vers notre table pour rejoindre Naël, quand mon regard se pose sur une brune aux cheveux longs, tellement longs qu'ils lui arrivent au milieu du cul – qui est plutôt pas mal, d'ailleurs.

J'observe cette meuf perchée sur des talons vertigineux et habillée d'une robe noire moulante. À voir son style plutôt sobre et chic, je suppose qu'il s'agit de la fameuse Kendra. Effectivement, lorsqu'elle se tourne vers nous, sourire aux lèvres, MK et les autres la saluent avec empressement. Quant à moi, je marmonne un truc qui ressemble vaguement à un bonsoir.

Les lèvres rouges de Kendra s'étirent un peu plus lorsqu'elle pose ses yeux noisette sur moi. De dos, cette meuf était plutôt bandante, mais de face elle est carrément canon ; et elle a beau être habillée comme une femme d'affaires à la con, je ne lui donne pas plus de vingt-cinq ans.

— Génial, vous êtes tous là ! s'exclame-t-elle. J'avais hâte de faire votre connaissance.

— C'est sympa, mais t'es qui exactement ? je lui demande. Pourquoi tu veux nous parler ?

MK me fusille du regard, mais la meuf du label ne semble pas vexée.

—Toi, tu dois être Romeo, je me trompe ?

Les mains toujours enfoncées dans mes poches, je hoche la tête.

— Je m'appelle Kendra Ventura, dit-elle. Je travaille pour AURA, un label indépendant. On représente principalement des groupes de rock et je suis tombée sur votre démo qui, je dois l'avouer, est carrément démente.

—Tu… T'as aimé notre musique ? Alors tu t'es ici pour nous voir jouer ?

— C'est tout à fait ça… Seven ?

— Ouais. Seven Miller, je suis le guitariste du groupe.

Amusée de voir qu'elle a visé juste, elle sourit à nouveau et nous invite à nous asseoir autour de la table. Une fois installé, je croise les bras et l'écoute nous raconter tout un tas de conneries sur son label et sur les groupes qu'il représente.

— On adore ce que vous faites, et on aimerait vous représenter, conclut-elle.

— Vous voulez nous faire signer un contrat ?

— Oui, Mary-Kate. Le label aimerait vraiment vous avoir. Et, si vous êtes d'accord, on souhaiterait, après l'enregistrement de votre album, vous envoyer sur la tournée d'un groupe déjà connu du public. Il s'agit des Pinky Doll's, et vous feriez leur première partie.

Affalé sur ma chaise, je grimace.

— Les Pinky… Quoi ?

— Pinky Doll's ! Un groupe de cinq filles bourrées de talent. Leur chanteuse, Ruby, est incroyable, et on pourrait vous intégrer à leur tournée pour lancer votre album. Chez AURA, on est persuadé que vos deux groupes s'accorderont à la perfection, sur la route comme sur la scène.

— Je n'arrive pas à y croire ! T'es vraiment en train de nous parler album et tournée ? insiste MK.

— Oui. Je crois en vous et en votre musique. Et puis, Ruby a entendu vos chansons, et elle et les autres ont hâte de faire votre connaissance.

— OK ! C'est bien beau tout ça, mais la grande question c'est :

est-ce que ces meufs sont sexy ? Non, mais parce que, quitte à partir en tournée avec elles, autant qu'elles soient baisables !

Silencieux depuis qu'on a posé nos culs sur nos chaises, Naël l'ouvre enfin et, encore une fois, c'est pour sortir une connerie plus grosse que lui.

— Putain, mais ferme-la, abruti !

— Ne fais pas chier, MK ! C'est super important comme question !

Saoulée, Mary-Kate envoie une claque derrière le crâne de son frère, ce qui fait gueuler Naël. Tandis que ces deux-là se disputent, Kendra nous observe avec amusement.

— Donc… C'est une proposition sérieuse ?

— Oui, Seven. Et si vous êtes tous d'accord avec ça, je vous invite à passer me voir dans les bureaux d'AURA, mardi matin. Je vous ferai signer les contrats.

— Quoi ? Le matin, sérieux ! Mais…

MK coupe Seven en plaquant sa main sur sa bouche, avant de répondre avec énergie :

— Pas de problème, Kendra, je m'assurerai que ces idiots soient là.

Toute fière de jouer les chefs, MK sourit à la brune, ce qui me fait lever les yeux au ciel. À la voir, on dirait que cette meuf et son label sont la chance de notre vie.

— Bon, eh bien je vais vous laisser, j'ai été super contente de vous rencontrer, dit celle-ci en se levant. On se voit donc mardi matin à la première heure.

Cette fois, personne ne la contredit et on se contente de hocher la tête. Satisfaite, elle nous dépose sa carte sur la table, puis nous souhaite une bonne soirée avant de quitter le bar en faisant claquer ses hauts talons à semelles rouges.

— Bordel ! Je n'arrive pas à croire qu'on va signer un contrat chez AURA ! C'est du délire !

Face à l'explosion de joie de MK, je détourne le regard pour ne pas montrer mon agacement, et tombe sur Juliet. Je plisse les yeux et l'observe servir ses clients, profitant qu'elle ne me voit pas.

Ses longs cheveux blonds méchés sont relevés en un chignon légèrement décoiffé, et elle porte sa petite jupe en jean microscopique qui lui fait un cul de fou. Je me mords l'intérieur de la joue tout en gardant les yeux sur elle. Juliet sourit et se faufile à travers les tables tout en plaisantant avec les clients du bar.

Puis, comme si elle pouvait sentir mon regard sur elle, elle tourne la tête et ses yeux turquoise viennent se river aux miens. Mais ça ne dure qu'un court instant, car elle se détourne aussitôt et reprend son service sans m'accorder la moindre attention.

Je serre les dents de colère. Je déteste qu'elle me fasse la gueule. C'est débile et ça n'a aucun sens. Si je l'ai dégagée de chez moi, c'est uniquement parce que je n'aimais pas sa façon de me parler, comme si j'étais une pauvre âme désespérée qu'il fallait à tout prix sauver.

— Hey ? Qu'est-ce que tu mates comme ça ?

Surpris d'entendre la voix de MK près de mon oreille, je sursaute à moitié.

— Bon, balance ! Y'a un truc entre vous c'est ça ? insiste-t-elle.

— Un truc avec qui ?

— C'est ça, prends-moi pour une conne, Romeo. Tu sais exactement de qui je parle.

— Pourquoi tu veux qu'il y ait un truc avec elle ?

— Pour faire simple ? Tu n'arrêtes pas de la surveiller, tu fais la gueule depuis quelques jours, elle évite de traîner du côté de la scène et jeudi soir, au Rainbow, elle a refusé de venir à notre table. Tu as bien dû lui faire quelque chose !

— Je ne lui ai rien fait, je proteste. C'est elle qui refuse de se mêler de son cul.

— Je vois... Donc, tu admets qu'il y a bien un truc entre vous.

— Si baiser ensemble pour passer le temps ça compte pour toi comme un « truc entre nous », alors ouais, y a un truc entre elle et moi.

Le regard cristallin de MK me fixe sans rien dire.

— Arrête de faire ça, tu fais chier ! je râle.

— Que j'arrête de faire quoi ?

— Ça ! Ton truc ! Cette façon de fouiller avec tes yeux, comme t'es en train de le faire en ce moment même.

— Avoue, t'es dingue de cette meuf ! me lance-t-elle.

— Quoi ? Tu délires ! J'suis pas dingue d'elle. Juliet est sympa, on s'éclate, mais ça s'arrête là.

— Mmm… C'est ça. Alors comment tu expliques ton comportement chelou depuis quelques jours ?

Saoulé, je souffle et me passe les mains sur le visage avant de chercher Juliet du regard, quand je l'aperçois près du bar. Je garde le silence alors que je l'observe, ce qui doit agacer Mary-Kate, puisqu'elle me donne un coup d'épaule pour me faire réagir.

— Tu ne vas pas cracher le morceau, c'est ça ?

— Y'a rien à dire, je proteste. Tu peux arrêter de me gonfler, maintenant ? Trouve-toi une meuf à baiser et lâche-moi ! Tu sais quoi ? Tape-toi Juliet même, si ça peut t'occuper cinq minutes !

MK lève les yeux au ciel avant de fixer Juliet. Puis, elle pose une main sur mon épaule en la pressant légèrement et, sourire en coin, elle tourne la tête vers Seven et Naël :

— Hey, les gars, ça vous dit un after pour fêter notre contrat avec AURA ?

À en croire son sourire, MK a un truc derrière la tête.

— Ouais, carrément, moi ça me branche ! dit Seven.

—Moi aussi j'suis partant, frangine ! On fait ça où ?

— Bah… Chez Romeo ! lance MK, diabolique. Les after, c'est toujours chez lui !

Pas du tout emballé par cette idée, je les fusille tous du regard.

— C'est mort ! Je suis claqué, pas d'after chez moi !

— Ne fais pas ton connard, Blake ! Faut qu'on fête ça !

— Ouais, MK a raison !

— C'est mort, je répète. De toute façon je n'ai rien à boire.

— Aucun problème ! Mon frère et moi, on s'en charge. Seven et toi, vous avez qu'à nous attendre chez toi. On vous rejoint là-bas.

Je n'ai pas le temps de protester que les jumeaux se lèvent et sortent du bar. Je grogne, blasé, et Seven se lève à son tour en m'ordonnant de le suivre.

Fais chier !

24

Juliet

Mon plateau en main, je dépose les boissons du petit groupe de filles que je suis en train de servir et leur souhaite une bonne soirée.

Alors que je traverse la salle, je tourne machinalement la tête vers la scène, et mon regard croise celui de Romeo. C'est la troisième fois ce soir et, même si je mets toute la volonté du monde à l'éviter, je dois avouer que ces derniers jours ont été, comment dire… bizarres. Je crois que passer du temps ensemble, ne serait-ce que pour s'envoyer en l'air, ça me manque.

Non, ce n'est pas ça… C'est lui. C'est lui qui me manque.

Je ferme les yeux l'espace d'une seconde, et inspire longuement. Je suis une idiote un peu trop sûre de moi. Putain, mais c'est Nikka qui avait raison, on finit toujours par craquer pour le mauvais gars, c'est exactement ce que je fais. J'ai découvert que Romeo n'a pas seulement le nez poudré de cocaïne, mais que de l'héroïne coule dans ses veines, et malgré ça, je n'ai aucune envie de le fuir.

Bien au contraire.

Et ce soir, sur scène, en le voyant complètement défoncé, j'ai eu l'impression d'être revenue trois ans en arrière. Je ne sais même pas comment il a fait pour tenir debout ni pour chanter.

Pire encore, je ne sais pas comment les gens autour de lui font pour ne pas le remarquer.

Romeo n'était absolument pas dans son état normal.

L'autre soir, le voir avec cette seringue m'a fait penser à Aïden, et je me suis sentie mal. Je n'ai rien pu faire pour lui, alors, sur le moment, j'ai voulu aider Romeo. Seulement il n'a pas voulu de mon aide. Et, une fois la porte refermée, je l'ai supplié silencieusement de me laisser le sortir de là.

Romeo m'a repoussée, il m'a jetée de chez lui pour prendre cette connerie d'héroïne.

Encore une fois, dans ma tête, c'est le bordel. J'ai envie d'aller lui coller mon poing dans la figure pour m'avoir dégagée comme il l'a fait, mais j'ai aussi envie de le secouer de toutes mes forces pour lui faire comprendre que j'avais vraiment envie de l'aider, et que je n'étais pas là pour le juger. Après tout, comment je pourrais juger un mec pour ça en ayant moi-même été à sa place ?

Les yeux de Romeo sont toujours braqués sur moi, mais je détourne le regard et prends la direction du bar pour aller chercher une nouvelle commande.

Ma veste en jean dans les bras, je salue Roxane et le reste de l'équipe avant de pousser la porte du bar. Dehors, l'air est frais. Ça fait un bien fou après avoir passé autant de temps à l'intérieur, dans une chaleur infernale.

Le nez rivé sur le sol, je lève la tête et vois Mary-Kate arriver dans ma direction. Comme toujours cette fille est canon. Habillée d'un short en jean noir minuscule porté par-dessus un collant en résille, d'un T-shirt blanc découpé de façon qu'il lui arrive juste en dessous de la poitrine et d'une paire de Dr Martens noires, cette blonde aux yeux gris s'arrête à ma hauteur en souriant jusqu'aux oreilles.

— Hey ! Sexy Juliet ! Prête ?

— Oui, désolée pour le retard, on a fini un peu plus tard.

— Aucun problème. J'suis une rock star chérie, les retards, ça me connaît !

— Pas faux. Bon alors ? Où est-ce qu'on va ?

— Tu verras !

J'inspire longuement et hoche la tête. J'aimerais lui demander si Romeo sera là lui aussi, mais quelque chose me dit que je n'ai pas besoin de poser la question. La réponse est oui. Toute contente de m'embarquer dans sa soirée, la bassiste des Nyx me prend la main et m'entraîne à sa suite.

Tout à l'heure, après le concert, Mary-Kate a quitté le bar avec son frère et, juste avant de passer la porte, elle m'a proposé d'aller à une fête après le travail. J'ai été forcée d'accepter, car je le lui avais promis.

Arrivée devant une jeep de couleur rouge, elle sourit et me confie que cette voiture appartient à Seven et qu'il la lui a prêtée pour qu'elle vienne me chercher au Roxy. Une fois installée, Mary-Kate démarre, et on quitte le parking.

— Je suis super contente que tu aies accepté de venir.

— Eh bien… J'ai épuisé mon stock de refus, il me semble.

— C'est vrai. Et ça me fait plaisir que tu aies dit oui ! On ne se connaît pas très bien et c'est l'occasion de passer la soirée ensemble.

— Oui, c'est vrai. Je ne traîne pas avec le groupe, en dehors de Romeo.

— Mmm… À ce propos, j'aimerais savoir…

Curieuse, je hausse un sourcil, et Mary-Kate détourne ses yeux de la route un court instant pour les plonger dans les miens.

— Romeo et toi. Y a un truc, non ?

— Un truc ? Qu'est-ce que tu entends par « un truc » ?

Le nez à nouveau sur la route, elle se met à tapoter le volant du bout des pouces.

— C'est simple, en dehors de l'autre cinglé de Shelby, je n'ai jamais vu Blake porter autant d'intérêt à une meuf, m'explique-t-elle. Surtout si cette fille a déjà atterri dans son lit. Alors, je me disais que…

Je la coupe.

— Alors, rien du tout. On n'est pas vraiment amis, on ne couche plus ensemble depuis quelques jours et on ne s'est pas parlé depuis qu'il m'a foutue à la porte de chez lui.

— Quoi ! Pourquoi il a fait ça ?

— Je crois que ton pote n'aime pas qu'on soit trop proche de lui. Ni qu'on puisse envisager de l'aider.

— Mmm… Je vois, tu as voulu jouer les anges salvateurs.

— Quelque chose comme ça oui.

— Mauvaise idée. Ma belle, Romeo est, comment dire… Personne ne peut le sauver. Ce mec est beaucoup trop abîmé physiquement et émotionnellement. On a déjà essayé, crois-moi, mais depuis Shelby, c'est pire. La preuve, il a planté le groupe sans se retourner.

— Alors, c'est vrai ? Il aimait vraiment cette fille alors qu'elle était folle ?

— Malheureusement, oui. Romeo était dingue d'elle et, Seven et moi, on détestait cette idée. Cette fille était magnifique, mais beaucoup trop cinglée. Elle s'est quand même tiré une balle dans la tête parce qu'elle trouvait ça amusant de jouer avec une arme.

— Tu sais ce qu'on dit ? L'amour, ça ne s'explique pas. Ça nous tombe dessus, point final.

— Ouais. En parlant d'amour, c'était qui le mec avec toi au Rainbow l'autre soir ?

Amusée par ce changement de sujet soudain, je souris et Marie-Kate me lance un regard curieux.

— C'était un ami, lui dis-je simplement.

— Un ami ? Vraiment ?

— Oui. Pourquoi ?

— Je me renseigne, c'est tout.

— Mary-Kate… Tu sais que je n'aime pas les filles, pas vrai ?

— Évidemment ! Mais tu joues le jeu et ça me plaît beaucoup, surtout quand ça fait enrager mon frère.

La jolie blonde me balance un clin d'œil, ce qui m'arrache un sourire. Mais celui-ci s'efface instantanément lorsque la voiture s'arrête et que je reconnais l'endroit.

— Pourquoi on s'arrête ici ? Tu vis dans le même immeuble que Romeo ?

— Eh bien… Pas tout à fait. Disons que la fête à laquelle je t'emmène se trouve chez lui. Allez, viens !

— Attends ! Quoi ? !

Alors qu'elle évite soigneusement de me répondre, Mary-Kate descend de voiture, claque la portière et me fait signe de la rejoindre. Agacée, je souffle et sors de la jeep à mon tour.

— Hey ! je lui crie. La fête se trouve chez Romeo ? !

— Ouais… Une nana d'un label de musique est venue nous voir jouer au Roxy ce soir et elle nous a proposé un contrat. Alors on a décidé de fêter ça, et on a l'habitude de faire toutes nos soirées chez Romeo, alors…

— Alors tu t'es dit que ça serait cool de m'y inviter !

Un air de chiot triste sur le visage, Mary-Kate hoche la tête, ce qui me fait lever les yeux au ciel.

— Juliet, si je t'avais dit où on allait, tu aurais dit non.

— Évidemment que j'aurais dit non ! Je te rappelle que

Romeo m'a foutue à la porte de chez lui. Comment tu crois qu'il va m'accueillir quand il va me voir avec toi ?

— Eh bien… Quelque chose me dit qu'il sera content de te voir, qu'il le montre ou non.

— Et s'il me fout encore dehors ?

— Ça n'arrivera pas !

Sceptique, je me mords l'intérieur de la joue, et la bassiste des Nyx me répète encore une fois de ne pas m'en faire, avant d'entremêler ses doigts aux miens pour m'attirer à l'intérieur du bâtiment.

— Au fait, j'ai bien entendu ? Il y a vraiment quelqu'un qui vous a proposé un contrat ?

— Ouais ! C'est pas un truc de dingue ? ! J'arrive toujours pas à y croire !

— C'est clair que c'est dingue !

— Tu vois ! Une bonne raison de faire la fête !

Loin d'être aussi enthousiaste qu'elle, je grimace et grimpe l'escalier en essayant de suivre le rythme qu'elle m'impose. Quelques secondes plus tard, on se retrouve devant la porte de Romeo. Par chance, lorsqu'on frappe, c'est Seven qui vient nous ouvrir.

En me voyant avec Marie-Kate, il sourit et nous invite à entrer. De tous les membres du groupe, il semble être le plus posé, mais aussi le plus réservé.

— C'est drôle de te voir ici, blondinette, dit-il.

— Oui, disons que je n'ai pas vraiment eu le choix.

— Est-ce que Romeo sait que t'es là ?

Je hausse les épaules et Mary-Kate, qui a toujours ses doigts entrelacés aux miens, lui répond que, non, Romeo ne sait rien, avant de m'entraîner jusqu'au salon.

Naël, affalé sur le canapé, nous salue vaguement tandis que Romeo arrive de la cuisine avec des bières. Il pose les yeux sur nous, puis sur nos mains.

Ses sourcils se froncent alors et, lorsqu'il croise mon regard, le sien est noir et froid. À en croire l'expression de son visage, me voir ici ne l'enchante pas.

— Je suis venue accompagnée, j'espère que ça ne dérange pas ! clame Mary-Kate.

Les yeux braqués sur nous, Romeo grogne un truc incompréhensible avant de nous tendre une bière à chacune. Aussitôt, Mary-Kate en profite pour porter un toast en l'honneur du contrat qu'ils sont sur le point de signer.

Pas vraiment à l'aise devant Romeo qui ne desserre pas les dents, je m'installe sur le canapé à côté de Naël. Il joue avec un genre de guitare en plastique aux touches colorées.

Ses doigts se déplacent rapidement sur le manche et, d'un coup, il se lève et se met à hurler.

— Pourquoi tu fais cette tronche ? me demande-t-il. Ne me dis pas que tu ne connais pas Guitar Hero ? !

Ma bouteille au bord des lèvres, je secoue la tête, et Naël écarquille les yeux

— Quoi ? ! C'est impossible ! s'exclame-t-il. Tout le monde connaît Guitar Hero !

— Non, pas le tout le monde. Moi je ne connais pas.

— Merde, Juliet, tu viens de perdre des points ! Tu déconnes !

— Des points ?

— Ouais, cinq points pour ton côté sexy, trois pour ton talent d'artiste, et deux pour ta repartie cinglante.

Je secoue la tête, amusée, et Naël me fait un clin d'œil avant de me proposer de jouer.

— Je ne suis pas sûre que ce soit une bonne idée. La musique et moi, ça fait deux.

— Ne dis pas de conneries, c'est simple, tu dois appuyer sur les touches qui s'affichent à l'écran pour répéter les notes.

— OK, mais je te préviens, ça risque d'être un massacre !

Le batteur des Nyx secoue la tête en souriant et, à l'aide de la guitare qui est directement liée à la télé de Romeo, il fait défiler un tas de chanson avant d'en sélectionner une. Puis il me tend l'instrument. Après avoir posé ma bière, je me lève, me positionne face à l'écran, et inspire un grand coup. Autant me lancer, en essayant de ne pas trop me ridiculiser.

Le jeu a à peine démarré que j'éclate de rire devant ma pitoyable performance, ce qui ne manque pas de faire marrer les membres des Nyx. Sauf Romeo.

Concentrée sur mon jeu, Mary-Kate m'encourage comme une folle depuis le canapé, mais ma concentration s'envole au moment où Romeo se met à parler :

— Dis-moi, MK, pourquoi t'es venue avec Juliet ? Ta meuf, elle est où ?

— C'est marrant que tu poses la question, Blake ! Figure-toi qu'on n'est plus ensemble.

— Ah ouais ? Et pour combien de temps ?

— Je n'en sais rien, Romeo. Pourquoi ? Tu veux te la faire ? Si c'est le cas, t'as mon feu vert.

Visiblement exaspéré par la réponse de sa pote, autant que par ma présence, Romeo lève son majeur, ce qui fait rire la jolie blonde. Pour l'énerver encore plus, elle se lève du canapé et vient se coller à moi.

— Perso, je n'ai pas besoin de Lucy puisque j'ai la jolie Juliet avec moi ce soir, claironne-t-elle.

Installé près de la fenêtre pour fumer sa clope, Seven se met à ricaner tout en secouant la tête. Si Romeo n'a pas compris que Mary-Kate se foutait de sa gueule, ce n'est pas le cas de leur pote.

Je n'aurais jamais dû mettre les pieds ici.

La guitare toujours en main, je grimace lorsque mon score apparaît à l'écran.

— Voilà, je le savais ! Je suis vraiment nulle !

— Mais non ! C'était cool pour une première.

Je souris à Naël pour le remercier de mentir, et Mary-Kate vient me prendre la guitare des mains. Ses grands yeux gris plongés dans les miens, elle attrape l'une de mes mèches avant de la faire glisser le long de son doigt.

— Chérie, je vais te montrer ce qu'est une vraie rock star ! C'était pas mal mais, ton truc à toi, c'est la peinture.

Après plusieurs parties de Guitar Hero, l'ambiance s'est sensiblement détendue. Mais, même si les Nyx – en dehors de Romeo – semblent apprécier ma compagnie, je ne me sens toujours pas à ma place ici. Plusieurs fois au cours de la soirée, j'ai annoncé que j'allais rentrer, mais chaque fois Mary-Kate m'en a dissuadée.

Assise sur le tapis du salon, je fixe le mur couleur rouge quand Romeo apparaît. Sans se départir de son regard sombre, il me tend une bière, mais je secoue la tête.

Je rêve, le mec ne m'a pas adressé un mot de la soirée, mais me bourrer la gueule ne lui pose aucun problème.

— OK, les gars ! C'est moi ou tout le monde dort, là ? On joue à un jeu pour pimenter un peu cette soirée ? !

— Un jeu ? Et à quoi tu penses ?

Aussi curieuse que Seven, je me tourne vers Mary-Kate. Celle-ci, qui a visiblement une idée derrière la tête, se met à sourire à pleines dents en brandissant sa bière vers nous.

— Et si on jouait à « j'ai jamais » ? propose-t-elle.

— Putain, sur le coup, j'ai cru que t'allais nous imposer le jeu de la bouteille, soupire Naël.

— Sérieusement ? Tu crois qu'on a quel âge ? On est plus au lycée, pour jouer à ce genre de connerie !

— Parce que tu crois que ce jeu est beaucoup plus mature ?

Amusée de voir les jumeaux se vanner à tour de rôle, je me pince les lèvres pour m'empêcher de rire.

— Mature, peut-être pas, mais beaucoup plus amusant ! Ne casse pas mon délire, frangin. Romeo, s'te plaît, va nous chercher de l'alcool un peu plus fort que de la bière.

Romeo revient quelques secondes plus tard et dépose une bouteille de tequila et cinq verres à shot sur la table du salon, avant de s'affaler sur le canapé aux côtés de Naël et Seven. Mary-Kate s'empresse de les remplir et de les pousser vers nous.

— OK ! crie-t-elle. Tout le monde connaît les règles ? Je les rappelle quand même : on commence par dire « j'ai jamais », puis on évoque une chose qu'on n'a jamais faite. Par exemple : j'ai jamais couché avec un mec. Si c'est vrai pour vous, vous ne buvez pas. Sinon, c'est que vous l'avez fait, donc vous buvez. C'est bon ? On peut commencer ?

Une fois que nous avons tous un shot à la main, Mary-Kate désigne Seven comme étant le premier à jouer, puis Naël, Romeo, moi et enfin elle. Pressé de commencer à jouer, Seven se racle la gorge.

— OK... Alors... J'ai jamais chanté sur scène.

Un énorme sourire au visage, il lève son verre en direction de Romeo qui, bien sûr, est le seul à boire. Vient ensuite le tour de Naël, qui plisse les yeux avant de marmonner :

— J'ai jamais... Qu'est-ce que j'ai jamais fait ? Ah ouais ! J'ai jamais fini à poil dans le coffre d'une voiture.

J'écarquille les yeux et fixe les membres des Nyx en attendant de voir lequel d'entre eux a pu se retrouver dans cette situation. À ma grande surprise, c'est Seven qui boit ! En voyant mon air troublé, il s'empresse de se justifier :

— J'étais bourré, et Naël et Romeo n'ont rien trouvé de plus intelligent à faire.

J'éclate de rire, et Seven fronce le nez, gêné d'avoir dû avouer un truc pareil.

— OK, mec, à toi.

Assise en tailleur sur le tapis, j'approche mon pouce de ma bouche et le mordille nerveusement. Malgré sa mauvaise humeur depuis le début de la soirée, Romeo semble se détendre. Peut-être que c'est l'alcool qui commence à agir sur lui. Quoi qu'il en soit, j'ai hâte de connaître son aveu.

— J'ai… J'ai jamais mis les pieds à Londres.

Son regard est braqué sur moi. Je sais qu'il a choisi de dire ça uniquement pour me faire boire. N'étant pas fan de tequila, je grimace et avale mon verre cul sec avant de le tendre à Mary-Kate pour qu'elle le remplisse à nouveau. Pour éviter qu'on me pose la moindre question, je sors le premier truc qui me passe par la tête.

— Je n'ai jamais embrassé de fille.

Je souris en voyant tous les membres des Nyx boire leurs shots quand Mary-Kate m'attrape brusquement le visage pour venir écraser ses lèvres sur les miennes.

25

Romeo

La bouche de MK est toujours scotchée sur celle de Juliet, et je sens mes lèvres s'étirer en un sourire. Je crois qu'en avouant un truc pareil Juliet était loin de se douter que cette folle allait se jeter sur elle.

— Finalement, j'aime bien ce jeu, admet Naël. Ma frangine avait raison, ça met du piment à cette soirée.

Plus du tout amusé, je fronce les sourcils en voyant qu'elles ne s'arrêtent pas. Je pensais qu'elles s'en tiendraient à un simple biscu, mais MK n'a pas l'air de cet avis. Non seulement elle l'embrasse comme elle embrasse ses meufs, mais en plus elle vient de glisser sa langue dans la bouche de Juliet, et celle-ci n'a pas l'air de vouloir la repousser.

Soudain, une étrange sensation gagne mon corps tout entier en voyant les filles s'échanger un baiser passionné sur le tapis du salon.

— Bordel, c'est chaud ici !

Je tourne la tête pour fusiller Naël du regard, et celui-ci hausse les épaules en souriant. Je n'aime pas que Juliet se laisse embrasser de cette façon, je ne sais pas pourquoi, mais ça me fout les nerfs. Saoulé, je soupire bruyamment tout en gardant les yeux fixés sur elles.

— C'est bon, je crois qu'on a compris, là !

— Blake ! Arrête mec, c'est cool.

— Ferme-la, toi !

Le regard noir, je serre les dents ce qui semble amuser Naël.

— Oh… J'en connais un qui est jaloux !

— Ta gueule ! Ne dis pas n'importe quoi !

Cet abruti se met à rire alors, de colère, je le frappe au visage avec le premier coussin qui me tombe sous la main.

Connard !

Seven, qui n'en a pas perdu une miette, se pince les lèvres avant de pouffer de rire.

— Mouais… Tu disais quoi l'autre jour, déjà ? Cette meuf, c'est personne ? Mmm… C'est ça…

— Ferme-la, toi aussi.

Sur le point de péter un câble, je me retiens lorsque MK, enfin satisfaite de son baiser avec Juliet, se décolle d'elle. Un putain de sourire aux lèvres, elle lui tend la main pour l'aider à se relever.

Le regard de Juliet croise le mien l'espace d'un court instant, et son sourire s'efface instantanément. Dégoûté, je me lève furieusement du canapé et traverse le salon d'un pas décidé. Les mains enfoncées dans les poches de mon jean, je fonce droit vers ma chambre et claque la porte de rage.

Je ne comprends pas pourquoi je réagis comme ça mais, putain, j'ai les nerfs d'avoir vu les filles s'emballer de cette façon. Ce n'est pas la première fois que des nanas font ça devant moi, mais le fait que ce soit Juliet me gêne plus que ça ne le devrait.

Putain, c'est quoi ces conneries ?

Planté au milieu de la pièce, je me passe nerveusement la main dans les cheveux, lorsque la porte s'ouvre. Je reconnais aussitôt ce parfum fleuri. Juliet s'approche de moi et pose sa petite main aux ongles vernis de noir sur mon avant-bras.

— Romeo ? Qu'est-ce qui…

— T'avais l'intention de t'envoyer en l'air avec elle sur le tapis du salon ou quoi ?

Au son de ma voix, Juliet sursaute. Je n'avais pas prévu de paraître aussi sec, mais je suis encore en train de me contrôler pour ne pas exploser.

— Attends ? Quoi ? !

— Ça t'a plu, je parie ! Embrasser MK comme si t'avais envie de te la faire !

— OK… On se calme ! Tu ne m'adresses pas la parole de la soirée et là tu pètes un câble ? C'est quoi le problème ?

— C'est toi le problème !

— Moi ?

— Ouais, c'est toi, putain !

— Tu m'expliques ? Parce que je ne comprends pas !

— Y a rien à comprendre. Tu… Tu…

— Je quoi, Romeo ?

Me sentir dans cet état chelou qui ne me ressemble pas me fout sur les nerfs. Je serre les dents et me pince l'arête du nez.

— Romeo ! Je quoi ?

— Rien, dégage ! Retourne dans le salon et fais-toi sauter par MK ! C'est pas comme si elle avait un pari à la con à gagner !

— Pardon ?

Je souris tandis que Juliet me fixe en fronçant les sourcils.

— Bah ouais, j'ai parié avec MK qu'elle n'arriverait pas à te sauter parce que je t'ai baisée en premier.

Plantée devant moi, Juliet ouvre la bouche pour dire quelque chose, mais elle se ravise.

— Si MK en a autant après ton p'tit cul, c'est uniquement parce qu'elle veut gagner. C'est tout. Qu'est-ce que tu croyais ?

— Je vois… Mais dis-moi une chose, Romeo. Qu'est-ce qui te

dérange le plus ? Perdre ton fric ou t'étouffer avec ta putain de jalousie parce que me voir avec elle te rend dingue ?

Cette fois, c'en est trop. Je plaque une main autour de sa gorge et la repousse contre la porte de ma chambre. Alors, j'approche mon visage tout près du sien.

— Tu te fais beaucoup trop de films, Juliet. T'es rien pour moi.

Un petit sourire aux lèvres, elle secoue la tête et me repousse sans ménagement.

— Tu n'es qu'un foutu menteur incapable d'assumer la vérité ! Parce que tu sais quoi ? C'est ça la vérité ! Tu crèves de jalousie et ça te fait chier !

— Ferme-la. J'suis pas jaloux. J'te baise quand je veux, c'est clair ?

— C'est ça… Dans tes rêves !

Juliet me tourne le dos pour ouvrir la porte de ma chambre, mais je me précipite sur elle pour la retenir. Ma main enroulée autour de son bras, je la tire vers moi.

— Hey ! Tu vas où là ? je crie.

— Figure-toi que j'ai envie de me faire sauter, mais pas par toi ! Je vais voir si Mary-Kate est partante et, vu sa façon de m'embrasser de tout à l'heure, je dirais qu'elle est chaude bouillante. Et puis, j'ai bien envie de lui faire gagner son pari si ça te fait perdre ton fric !

— Tu te crois drôle ?

— Peut-être bien.

— Tu me fais chier, putain !

— Non, Romeo ! C'est toi qui fais chier !

Je serre les dents et tente de calmer cette putain de sensation à la con qui prend possession de moi. Je ne comprends pas ce qui peut me foutre dans un état pareil. C'est bien la première fois que je ressens un truc comme ça. Même pour Shelby, je ne me suis jamais senti aussi perturbé.

Cette jalousie me rend complètement taré. Bordel, j'suis en train d'étouffer.

D'un mouvement brusque, je plaque à nouveau Juliet contre la porte de ma chambre et, au moment où son dos heurte le bois, je presse mon corps contre le sien. J'enroule mes doigts une nouvelle fois autour de sa gorge pour pencher sa tête sur le côté puis j'approche lentement mes lèvres de son oreille.

— Ne t'avise plus jamais de dire que tu veux te faire sauter par MK.

Juliet tourne la tête, et nos visages se retrouvent à quelques centimètres l'un de l'autre. Ils sont tellement proches que je peux sentir son souffle chaud sur mes lèvres.

— Je croyais que je pouvais baiser avec qui je voulais ? Attends, qu'est-ce que tu m'as dit déjà ? Ah oui ! Tu as dit : tu peux même t'en taper cinquante d'un coup si tu veux !

Je serre les dents une nouvelle fois. Cette fille me fout dans un état pas possible. Elle a le don de me mettre le cerveau à l'envers mais, par-dessus tout, elle aime jouer avec mes nerfs et mettre ma patience à rude épreuve.

— Tu me gonfles !

— Pourquoi ? Parce que je répète mot pour mot ce que tu m'as balancé l'autre jour ? C'est toi qui as dit que tu t'en foutais ! Mais ce n'est peut-être pas vrai après tout.

— Ferme-la ! Arrête de dire ça !

Avant qu'elle n'ajoute quoi que ce soit, je plaque mes lèvres contre les siennes pour l'empêcher de parler. Tandis que ma langue explore sa bouche, je glisse mes doigts dans ses cheveux. Mais Juliet me repousse de toutes ses forces, ce qui me fait reculer de plusieurs pas.

— Tu es complètement taré, bordel ! hurle-t-elle. Tu me fous dehors, tu m'évites, tu me balances des regards assassins, tu ne m'adresses pas la parole de la soirée et, maintenant, tu te jettes sur moi pour m'embrasser ! Y a quoi qui ne tourne pas rond chez toi Romeo ? !

Furieuse, elle me traite de connard et sort de ma chambre en claquant la porte. Tout seul comme un con au milieu de la pièce, je serre les poings. J'ai les nerfs, Juliet me rend dingue.

— Fait chier, putain !

Légèrement bourré, je me passe les mains sur le visage et me dirige vers ma table de nuit pour en sortir un reste de cocaïne. Alors que je suis sur le point de sniffer les deux rails que je viens de préparer, la porte de ma chambre s'ouvre à nouveau et la voix de Juliet résonne dans la pièce.

— Hey ! Une dernière chose, tu peux tout de suite oubli… Romeo ! Mais qu'est-ce que tu fous ?

Les yeux fermés, j'inspire longuement avant d'ouvrir à nouveau les yeux. Juliet est là, à quelques mètres de moi, et son regard océan fixe la poudre blanche qui est étalée sur ma boîte de CD. Alors que je suis sur le point de l'envoyer chier, elle se précipite vers moi et m'arrache la boîte des mains, ce qui fait voler ma cocaïne dans les airs.

Fou de rage, je frappe sa main, tellement fort que la boîte de CD vole à l'autre bout de la pièce, puis je lui hurle après.

— T'es sérieuse là ? C'est tout ce qui me restait, bordel ! Putain, mais t'es vraiment un poison ! Casse-toi ! Pourquoi t'es encore là ! T'étais pas censée retrouver MK ?

— Attends, quoi ? C'est moi le poison ? ! C'est plutôt la merde que tu allais te foutre dans le nez, ouais !

— Mais qu'est-ce que ça peut te foutre, putain ! C'est ma vie pas la tienne, j'te l'ai déjà dit ! Faut toujours que tu te pointes au mauvais moment !

Debout, les bras croisés contre elle, Juliet me fixe d'un air triste.

— C'est faux. J'arrive au bon moment et c'est la deuxième fois. Sauf que, cette fois, j'ai réussi.

— Réussi ? Réussi à faire quoi à part me donner envie de t'envoyer dans un mur. Tu sais combien ça coûte, espèce de tarée ?!

— Oui, Romeo, je sais combien coûte la cocaïne et je viens de t'empêcher de prendre cette merde.

Sans détacher son regard du mien, Juliet avance prudemment jusqu'à moi. Elle pose sa main sur mon avant-bras et reprend, plus doucement :

— Tu n'as pas besoin de prendre tout ça, Romeo. Tu crois que ça t'aide, mais c'est faux, crois-moi.

D'un geste brusque, je dégage sa main de mon bras.

— Arrête de me faire chier, Juliet. Tu ne sais pas de quoi tu parles. On ne vit pas dans le même monde !

— Bien sûr que si, je le sais ! J'ai été à ta place il n'y a pas si longtemps ! Moi aussi j'étais accro à toutes ces merdes ! Je te l'ai déjà dit, tu ne me connais pas et tu ne sais rien de moi.

— Wouah ! Le scoop du jour ! Juliet James était toxicomane ! Sérieux, qu'est-ce j'en ai à foutre ?!

— Tu n'écoutes pas ! Tu n'en fais qu'à ta tête. Pourquoi tu me repousses alors que je veux seulement t'aider ?

— J'ai pas besoin d'aide. Pourquoi est-ce tu fais ça ?! Pourquoi faut que tu…

Les nerfs à vif de me sentir aussi minable à cause de toutes ces émotions à la con qui me pourrissent la vie, je grogne et secoue la tête.

— Juliet, la drogue c'est la seule chose que j'ai. Quand dans ma tête c'est le bordel, y a que ça qui peut m'éviter de devenir cinglé. Si j'arrête tout ça, il me reste quoi ?

— Moi… Utilise-moi.

— Quoi ?

Ses grands yeux turquoise toujours rivés aux miens se mettent à briller, et Juliet vient poser sa main sur ma joue.

— Utilise-moi. Tu as dit que j'étais du poison, mais je peux aussi être le remède. Alors, utilise-moi. De la façon qui te plaira, mais choisis-moi plutôt que l'héroïne et tout le reste. Je peux t'aider, si tu veux bien me laisser faire.

— Juliet, jolie Juliet… Tu vas souffrir si tu restes. J'suis mauvais, personne n'en ressort indemne.

—Je suis prête à prendre le risque.

Sans me laisser le temps de répondre, elle se jette sur moi et, après avoir enroulé ses bras autour de mon cou, elle écrase sa bouche sur la mienne.

Ô belle Juliet. Tes ailes argentées viennent de m'envelopper pour me protéger, mais personne ne peut me sauver, pas même l'ange que tu es.

26

Romeo

Mon bras replié sur le visage, je grogne lorsque Minuit vient miauler près de mon oreille. Fait chier, je suis mort et ce petit enfoiré vient me casser la tête. Agacé, je le repousse en lui ordonnant de dégager, mais cette boule de poils revient à la charge et me saute dessus, m'écrasant le ventre au passage.

— Bordel ! Minuit, t'es con ou quoi ?

Content de lui, il miaule à nouveau. Je souffle et cherche mon portable en tâtonnant autour de moi. Je finis par le trouver sous mon oreiller. Je plisse les yeux, aveuglé par la luminosité de l'écran, et parviens enfin à déchiffrer l'heure.

4 heures.

Je râle, balance ma couette sur le côté, puis je sors du lit. Complètement épuisé, je me frotte le visage et enfile le jean qui traîne par terre, avant de suivre mon chat hors de la chambre.

Une fois dans la cuisine, je sors une bouteille de lait du frigo pour nourrir ce casse-pieds. Au moment où je m'apprête à remplir sa gamelle, mon regard est attiré par le mur du salon que j'ai repeint en rouge. La bouteille en suspens, je la pose sur le comptoir et m'approche.

Planté devant mon mur, je fixe l'énorme rose qui a été dessinée au marqueur noir par-dessus la peinture, avant de lire le texte qui l'accompagne :

MON CŒUR ME TRAHIT, MÊME SI J'AI PEUR LA NUIT, MOURIR DE JALOUSIE, C'EST MOURIR D'AMOUR AUSSI. NE ME PARLEZ PAS D'HONNEUR, C'EST PAR AMOUR QUE LES HOMMES MEURENT.

Les yeux braqués sur le texte, je secoue la tête en souriant. Si Juliet a balancé ce passage, ce n'est pas anodin, bien au contraire. C'est un foutu clin d'œil à ma petite crise de jalousie d'hier soir.

Je n'arrive toujours pas à expliquer pourquoi je me suis emballé comme ça. Pourquoi voir Juliet et MK s'embrasser m'a foutu les nerfs au point de perdre tout contrôle. Mais ce n'est pas tout, non seulement je me suis rendu compte que cette fille aux tatouages infinis me rendait dingue, mais j'ai accepté de me servir d'elle chaque fois que c'est nécessaire.

Remplacer l'héroïne et la cocaïne par Juliet. Peu importe la raison qui me pousse à le faire. Hier soir, j'avais besoin d'elle. Pas parce que Shelby était présente, mais parce que j'étais en manque. Alors, au moment où ses lèvres brûlantes se sont écrasées sur les miennes, j'ai soulevé Juliet pour la plaquer contre un mur avant de lui arracher ses vêtements.

Comme toujours, c'était le pied, et putain, ça m'avait manqué. Repousser Juliet n'était pas la meilleure idée qui soit, parce que cette fille a raison, elle est mon foutu remède.

Je soupire bruyamment et relis une nouvelle fois ce qu'elle a écrit. Ce texte, c'est un passage écrit par Shakespeare. Plus précisément un extrait de Roméo et Juliette. Je le sais parce que j'ai dû lire ce bouquin des centaines de fois quand j'étais gamin. Mon père adorait lire, c'était l'un de ses passe-temps favoris avec la musique. Après sa mort, ma mère a entreposé un carton rempli de bouquins qui lui appartenaient dans le garage, juste à côté de sa guitare.

Alors que mon regard glisse vers la rose, un post-it bleu collé à quelques centimètres du dessin attire mon attention. Je le décroche du mur et le lis.

Tu dormais, et je détestais voir ton mur dans cet état. Maintenant, il y a un morceau des amants maudits de Shakespeare chez toi. Dis… Tu crois en la réincarnation ? Après tout, ce n'est peut-être pas un hasard si tous les deux nous avons leurs prénoms. Quoi qu'il en soit, c'est bien mieux comme ça.

À plus tard rock star.

Juliet

Est-ce que je crois en ces conneries ? Absolument pas. Est-ce que le fait de porter tous les deux ces prénoms-là me paraît tellement gros que je pensais avoir plus de chance de crever d'une overdose que de tomber sur une meuf qui s'appelle Juliet ? Sans aucun doute. Mais voilà, elle est bel et bien réelle, elle s'appelle vraiment Juliet.

Je soupire longuement et me passe la main dans les cheveux pour les coiffer en arrière. Minuit, qui commence à s'impatienter, se met à miauler plus fort pour me faire comprendre qu'il a faim. Alors je râle et me dirige vers la cuisine pour lui filer à bouffer.

Quelques minutes plus tard, je suis affalé dans mon canapé, les yeux braqués sur la page blanche de mon carnet. Il est plus de 4 heures du matin et, maintenant que je suis plus ou moins réveillé, je ressens le besoin d'écrire. La pointe de mon stylo sur le papier, je me pince la lèvre, concentré sur les mots qui viennent noircir mon carnet.

Les mains dans les poches arrière de mon jean, je lève le nez et balaie du regard les grosses lettres argentées accrochées sur la devanture de l'immeuble qui forment le nom du Label. Il est 9 heures, autant dire l'aube pour Naël qui, depuis qu'il est sorti du van, n'arrête pas de râler :

— Sérieux, pourquoi on avait besoin de venir aussi tôt ? On n'enregistre pas ! On vient signer un contrat.

— Ferme-la Naël, on fait ce qu'on a à faire et on se barre. Tu pourras dormir tout le reste de la journée si ça te chante. Mais, en attendant, casse pas les couilles, mec, et ramène-toi.

Saoulé de l'entendre se plaindre, Seven lui lance un regard mauvais pour lui faire comprendre qu'il ne rigole pas, ce qui est plutôt marrant à voir. Seven étant plus frêle et plus jeune que Naël, le voir lui tenir tête me fait toujours autant sourire.

— Ouais, ouais, c'est bon.

MK, qui ne tient plus en place à l'idée de coller sa signature sur le bas d'une page, nous bouscule et entre dans l'immeuble en nous ordonnant de la suivre.

Quelques minutes plus tard, nous sommes assis dans des canapés hors de prix, au milieu d'un bureau spacieux et super classe. Alors qu'on attend la meuf qui nous a accostés au Roxy l'autre soir, j'observe la pièce avec intérêt tandis que les autres parlent du contrat.

Plutôt sobre et épuré, cet endroit pue le fric à plein nez. Tout est blanc laqué, propre et bien ordonné. Les quelques objets de déco ont dû coûter une petite fortune, et les tableaux exposés sur les murs n'ont clairement pas été réalisés par un artiste paumé au coin d'une rue de Brooklyn.

Captivé par l'un des tableaux, je finis par détacher mon regard de celui-ci pour reporter mon attention sur les autres. C'est à ce moment que la porte s'ouvre sur une jeune femme.

En nous voyant installés dans son bureau, Kendra sourit. Cette fois, ses cheveux sont tirés en un chignon strict et elle porte un tailleur-pantalon ultra moulant qui lui va aussi bien que la robe de l'autre soir. Un dossier serré contre sa poitrine, elle avance dans notre direction en faisant claquer ses hauts talons sur le sol carrelé.

— Merde ! C'est moi ou cette meuf est quand même super bandante ?

— Sérieux, Naël ? ! Tu peux te taire deux secondes ?

— Tu me fais chier, MK. Avec toi faut toujours que je ferme ma gueule. Je ne peux jamais rien dire.

— Si tu peux, mais seulement si c'est pour dire quelque chose d'intelligent.

— Oh bah ? On n'est pas près de l'entendre, alors !

— Va te faire foutre Seven !

— Ça va, je plaisante !

Le regard noir, Naël les envoie chier une nouvelle fois avant de s'affaler sur le canapé.

— Bonjour les Nyx ! Je suis très contente de vous voir ici et j'ai hâte de travailler avec vous.

— Nous aussi, Kendra, et je parle au nom de ces trois idiots.

— Je vois, c'est toi la porte-parole du groupe, Mary-Kate ?

— Disons que, pour aujourd'hui, je le suis.

— OK. Alors avant de se pencher sur le contrat, j'aimerais que vous me parliez, ou plutôt que tu me parles, un peu du groupe. Histoire de vous connaître un peu mieux.

Calé sur le canapé, je reste silencieux tandis que MK s'empresse de lui parler de nous. Elle lui explique notre rencontre, la formation du groupe, nos premières scènes au Roxy, sans oublier bien sûr de mentionner mon départ, puis mon miraculeux retour.

— Donc, si je comprends bien, vous avez toujours joué au Roxy.

— Oui, on est le groupe résident du bar.

— Vous avez l'air de beaucoup apprécier cet endroit, mais AURA peut vous offrir plus.

— C'est bien pour ça qu'on est là ! Le Roxy c'est sympa, c'est chez nous, mais comme vous venez de le dire, vous pouvez nous offrir plus et, nous, c'est exactement ce qu'on veut. Alors ? Il est où le contrat ?

Agacée par l'intervention soudaine de son frère, MK le fusille du regard avant de reporter son attention sur la brune.

— Le Roxy nous a aidés à faire connaître notre musique. Maintenant, Kendra, on veut que vous nous aidiez à nous faire connaître.

— Et c'est exactement ce que je veux pour le groupe, Mary-Kate. Vous avez un talent fou et vos chansons sont géniales.

— Super… Alors, on signe où ?

Un grand sourire aux lèvres, Kendra ramasse des feuilles qui traînaient sur son bureau et les dépose sur la table basse devant nous, avec un stylo.

— Je vous laisse quelques minutes pour le lire et, si vous êtes toujours partants, je vous explique le programme.

— Ça marche.

Kendra pose son regard sur moi quelques secondes avant de quitter son bureau pour nous laisser passer en revue le document.

Curieux de savoir ce que ce bout de papier contient, je me penche et en attrape un exemplaire pour y jeter un œil. Seven émerge à son tour du canapé afin de lire par-dessus mon épaule.

— D'après ce qui est écrit dans ce contrat, on s'engage à enregistrer deux albums et à faire trois tournées, dont une européenne, s'exclame MK. Européenne ! C'est du délire ! Je n'ai jamais quitté les États-Unis de ma vie !

Un exemplaire du contrat dans une main, Mary-Kate répète plusieurs fois que ce truc est dingue, ce qui nous fait sourire. Aucun de nous n'a mis un pied en dehors du pays, et voir qu'on en aura l'occasion d'ici quelque temps nous paraît irréaliste.

— Perso, j'y comprends rien à toutes ces conneries et, en plus, ça me gonfle de lire autant pages. Si vous êtes chauds pour signer, moi je vous suis.

— Naël, ces conneries, comme tu dis, c'est important.

— Ouais, bah… T'es en train de les lire, alors je n'ai pas besoin de me faire chier à le faire. T'aura qu'à me dire où je signe, frangine.

— Crétin !

— Naël n'a pas tout à fait tort, je ne vais pas passer trois heures à lire ce truc, on signe et c'est bouclé.

— S'il te plaît, Seven, fait taire Romeo. Bordel ! Y a que moi qui prends l'avenir du groupe au sérieux, ou quoi ?

Seven, qui est tout aussi raisonnable que MK quand il s'agit de prendre une décision pour le groupe, me jette un rapide coup d'œil et, voyant mon sourire en coin, il hausse les épaules et chope le stylo qui traîne sur la table avant de m'arracher le contrat des mains.

— MK… Du peu que j'ai lu, ça me paraît correct, je pense qu'on peut signer, dit-il. Kendra a vraiment l'air de vouloir nous aider.

D'accord avec l'idée de signer sans en lire davantage, j'encourage Seven à le faire. De la pointe du stylo, il gribouille son nom avant de faire glisser le papier vers moi pour que j'en fasse autant.

— Merde, les gars ! On va devenir des putain de rock stars !

Debout sur le canapé, Naël se met à sauter dessus en hurlant comme si ce truc ne valait pas une petite fortune. Puis il se jette sur le contrat pour le signer à son tour et le donne à sa sœur.

Le tas de feuilles sous son nez, elle approche le stylo et, sur le point de signer, elle s'arrête et lève la tête vers nous.

— Attendez les gars, imaginez qu'on n'ait pas…

— MK ! Arrête de réfléchir et signe bordel !

Hésitante, elle pousse un long soupir, puis elle hoche la tête et signe ce foutu document. Une dizaine de minutes plus tard, Kendra réapparaît et, en voyant le contrat signé par chaque membre des

Nyx, elle nous souhaite officiellement la bienvenue au sein de la maison de disques. Elle peut à présent nous expliquer le programme.

Kendra nous parle des séances d'enregistrements, des séances photos, de son job au sein du groupe. En gros, elle nous explique tout un tas de trucs que je n'écoute qu'à moitié, jusqu'à ce qu'elle mentionne le groupe de meufs de l'autre soir.

— Comme je disais, une fois l'album bouclé, vous partez en tournée pour faire la première partie des Pinky Doll's. Les filles sont hyper emballées et on a hâte de commencer le voyage avec vous.

— Quoi ? J'ai bien entendu ? On va partager un bus de tournée avec cinq meufs ? Putain ! Les mecs, Dieu existe !

— Ferme-la, Naël !

— Toi, ferme-la, MK ! Genre t'es pas chaude à l'idée de voir un défilé de chattes en permanence dans le bus ? !

— Sérieux Naël ! Tu ne peux pas rester sérieux une minute ?

Le regard noir, notre batteur lève son majeur et le colle sous le nez de sa sœur.

— Désolée Kendra, mon frère est un abruti qui a douze ans d'âge mental !

Lèvres pincées pour s'empêcher de rire, Kendra secoue la main.

— Eh bien, j'ai l'impression que l'ambiance est au rendez-vous, dans le groupe. Et, en parlant d'ambiance, les Pinky Doll's ont un concert la semaine prochaine au Madison Square Garden. Je vais vous obtenir des pass et, après le concert, je vous présenterai les filles.

Elle semble sur le point d'ajouter autre chose, mais son regard est attiré par la porte vitrée de son bureau.

— Je suis désolée, mais je vais devoir y aller. Je suis attendue pour une réunion. On se revoit lundi, au studio d'enregistrement. Je vous enverrai l'adresse.

Elle file notre exemplaire du contrat à MK, qui s'empresse de le ranger dans son sac à dos. Puis, après nous avoir raccompagnés jusqu'à la porte, Kendra nous souhaite une bonne journée.

Une fois dehors, une clope aux lèvres, j'en propose une à Seven puis je me tourne vers les jumeaux et leur demande :

— Qu'est-ce qu'on fout ? J'suis crevé, mais peut-être qu'on devrait se mettre d'accord sur les chansons qu'on va balancer sur l'album, non ?

— Mmm… Je suis d'accord avec Romeo. Et peut-être qu'il faut aussi qu'on lui trouve un nom à cet album. Quelqu'un a une idée ? Seven ? Naël ?

Sa cigarette pendue aux lèvres, Seven secoue la tête avant de recracher la fumée de sa clope.

— Non, aucune idée. En revanche, est-ce qu'on peut aller bouffer ? J'ai la dalle.

— Ouais ! Ça, c'est une putain d'idée ! Moi aussi je commence à avoir faim.

Je tire sur ma clope et valide leur idée, tandis que Mary-Kate plisse les yeux avant de désigner le trottoir d'en face.

— OK. Bougez-vous, on va manger !

27

Juliet

Assise à une table du café Mona, je raconte à Yuuma la soirée de vendredi que j'ai passée avec les Nyx. Cette soirée complètement dingue où j'ai embrassé Mary-Kate et où j'ai clairement dit à Romeo qu'il pouvait m'utiliser chaque fois qu'il ressentirait le besoin de se droguer.

— Attends ! Tu lui as dit quoi ? !

Les doigts resserrés autour de mon verre de lait, je grimace.

— Je lui ai dit qu'il pouvait m'utiliser. Que je pouvais être son remède. Putain, c'est trop cliché… Même si on s'est envoyés en l'air juste après, je me rends compte que c'était vraiment naze. Dieu merci, on était bourrés. En fait, j'ai juste sorti le premier truc qui m'est passé par la tête pour l'empêcher de prendre cette connerie de cocaïne.

— Mmm… Juliet, dis-moi un truc. Pourquoi est-ce que la vie de ce mec t'importe autant ? Tu le connais depuis quoi… quelques semaines. Qu'il se drogue ou pas, en quoi ça te concerne ?

— C'est juste que… Yuuma, Romeo me fait penser à Aïden. À défaut de l'avoir sauvé, lui, je veux être là pour Romeo.

— T'es amoureuse de lui ?

— Quoi ?

— Romeo. T'es amoureuse de lui, pas vrai ?

Pas sûre de vouloir lui répondre, je grimace à nouveau et hausse les épaules. Est-ce que je suis amoureuse de ce rockeur paumé et à la vie compliquée ? Je dirais que oui. Comment c'est arrivé ? Je n'en ai aucune idée.

— Je voudrais te dire que non, mais je crois bien que c'est trop tard.

— Bordel ! Si toi et ce mec vous êtes les réincarnations des amants maudits de Shakespeare, alors j'espère de tout cœur que votre fin ne sera pas aussi tragique.

— Ferme-la, Yuuma ! Pour ça, il faudrait que je m'enfonce une dague dans la poitrine. Où veux-tu que je trouve une dague ?

— Chérie, on est au XXIe siècle. Et, vu votre penchant à tous les deux pour les drogues, c'est une foutue seringue qu'on pourrait retrouver enfoncée dans ton bras.

— Ne dis pas n'importe quoi. Je n'ai pas touché à ces conneries depuis longtemps. Je suis clean.

— Je sais. Mais, comme tu l'as dit, Romeo te fait penser à Aïden. Et on sait tous les deux que tu faisais tout ce que ce mec te demandait de faire.

Agacée par cette conversation, je repousse mon verre et renverse la moitié du lait sur la table.

— Arrête ! J'suis plus cette fille !

Les mains levées, Yuuma secoue la tête et s'excuse en prétendant s'être mal exprimé. Énervée par la tournure que cette discussion a prise, je serre les dents, avant de répliquer :

— J'ai peut-être dit que Romeo me faisait penser à Aïden. J'ai peut-être dit à Romeo qu'il pouvait m'utiliser chaque fois que l'envie de se droguer devient trop forte pour lui. Mais je ne suis plus la même Juliet qu'à Londres. J'ai changé. Je ne suis plus cette fille complètement paumée.

— Je sais et je suis désolé, ce n'est pas ce que j'ai voulu dire.

— Si, Yuuma. Si, c'est exactement ce que tu as voulu dire.

— OK ! Mais tu ne peux pas m'en vouloir. T'es ma pote et même si j'étais d'accord à cent pour cent pour que t'envoies en l'air avec ce mec, il ne s'agit plus uniquement de cul. T'es tombée amoureuse de lui, et l'amour, ça fait faire des trucs débiles.

— Débile comme accepter de prendre un chien alors qu'on est allergique ?

— Quoi ? Hey ! On ne parle pas de moi, mais de toi ! En plus ça n'a rien à voir.

— Mouais…

Mon téléphone posé sur la table se met soudain à vibrer pour m'annoncer l'arrivée d'un message. Curieuse, je m'empresse de regarder son contenu.

— Je n'arrive pas à croire que tu viens de me prendre pour exemple, continue Yuuma. La situation est totalement différente

— Ouais… je suis désolée, mais je dois y aller. Nikka prend l'avion pour la Floride aujourd'hui. Son tournage commence dans quelques jours. Au fait, tu as réfléchi à ma proposition ?

— Ta proposition ? De quoi tu parles ?

— De notre coloc'. De toi qui viendrais emménager au loft à la place de Nikka.

—Tu ne m'as jamais parlé de ça !

— T'es sûr ?

— Ouais, je m'en souviendrais si c'était le cas.

Confuse, je fronce le nez et me lève.

— Bon… bah, je te le propose maintenant. Ça te dit de venir vivre au loft avec moi en attendant que tu rejoignes ton mec à Londres ? Je n'ai pas envie de me retrouver toute seule dans ce loft gigantesque.

— Je… Heu… Je vais y réfléchir.

— OK. Tiens-moi au courant.

Pressée par le temps, je lui claque un bisou sur la joue avant de sortir du café, direction le loft.

Plantée sur le trottoir devant notre immeuble, je me retiens de rire en voyant le chauffeur de taxi se battre avec les valises de Nikka. Faut dire que ma coloc a embarqué la quasi-totalité de ses vêtements alors qu'elle va passer les prochains mois à porter les costumes de son personnage.

Sa dernière valise calée dans le coffre, Nikka félicite ce pauvre chauffeur qui, déjà épuisé à l'idée de tout ressortir une fois à l'aéroport, lui offre quand même un sourire avant de prendre place derrière le volant. Prête à partir, Nikka se tourne vers moi, un sourire triste aux lèvres.

— Je n'arrive pas à croire que je vais quitter New York pour la Floride, dit-elle.

— Je suis super heureuse pour toi. Tu vas jouer dans une série, tu te rends compte ?

— Mon Dieu, oui. C'est incroyable et pourtant, même si j'ai hâte de commencer le tournage, tu vas terriblement me manquer.

— Toi aussi, tu vas me manquer. Ça va me faire bizarre de vivre sans toi.

— J'espère que Yuuma va accepter ta proposition de colocation.

— Moi aussi, vivre ici toute seule, ça craint.

— Je sais… Bon… Je dois y aller, je ne veux pas rater mon avion.

Je hoche la tête et m'avance vers elle pour la prendre dans mes bras.

— Amuse-toi bien Nikka, et fais attention à toi.

— Toi, fais attention à toi et… non rien, fais juste attention à toi.

— Promis.

Un dernier câlin, et Nikka me claque un bisou sonore sur la joue avant de monter en voiture. Les bras resserrés contre moi, je la regarde partir jusqu'à ce que le taxi disparaisse au coin de la rue.

Toute seule au milieu du trottoir, je pousse un long soupir, puis je passe la porte de l'immeuble pour rentrer chez moi. Alors que je grimpe les marches quatre à quatre, mon portable se met à sonner.

Une fois dans mon salon, je déverrouille mon écran et lis le contenu du texto. Je souris en lisant ce qu'a écrit Elijah, avant de lever les yeux au ciel. Je crois que Yuuma a raison et qu'il n'y a pas que mes toiles qui intéressent ce mec.

C'est vrai qu'il est canon, talentueux et notre amour pour l'art nous fait un sacré point en commun.

Mais… Il y a Romeo.

28

Romeo

Une bière en main, j'observe depuis notre table Juliet servir ses clients. Avec le départ de Nikka, et celui de l'autre serveuse qui n'est jamais revenue bosser, Juliet s'occupe de la section de la scène en plus de sa section habituelle.

Habillée d'un short en jean noir microscopique aux poches arrière déchirées, d'un T-shirt du staff noué sur le devant et de sa paire de Converse noires usées, elle est encore une fois super sexy. Et apparemment je ne suis pas le seul à la trouver à mon goût.

Non seulement la moitié des mecs présents ici ce soir bavent sur son cul, mais Seven n'a pas détaché ses yeux d'elle depuis plusieurs minutes. Tout comme moi, il observe chacun de ses faits et gestes, et ça commence à me gonfler.

Énervé, je repose bruyamment ma bière sur la table, ce qui attire l'attention de MK. Sourcils froncés, elle m'interroge du regard, mais je secoue la tête pour lui faire comprendre que tout va bien, puis je me lève.

Les mains fourrées dans les poches de mon jean, je traverse la salle pour rejoindre Juliet au bar. Son plateau posé sur le comptoir, elle dicte sa commande à Roxanne. À mon tour, je m'appuie contre le bar et demande à Roxanne de me servir une bière, avant de me tourner vers Juliet. Un petit sourire au coin des lèvres, elle plante ses grands yeux turquoise dans les miens.

— Salut, James, lui dis-je. Tu nous évites ce soir ?

— Salut. Pas mal le concert et, non, je ne vous évite pas, mais j'ai beaucoup de clients à servir.

— Tu fais quoi après ?

— Après quoi ?

— Après ton service.

Surprise par ma question, elle hausse un sourcil, avant de répondre :

— Heu… Eh bien, je n'ai rien de prévu. Comme tu le sais, Nikka est en Floride, donc après mon service je compte simplement rentrer au loft. Pourquoi ? Tu as un truc plus intéressant à proposer ?

— Peut-être bien.

Son magnifique regard toujours rivé au mien, elle sourit à nouveau.

— OK. Quand tu seras sûr, passe me voir à la fin du service. En attendant, voilà ta bière.

Saisissant la bouteille qu'elle me tend, je souris en secouant la tête.

— Allez, dégage ! lance-t-elle. Vous allez bientôt retourner sur scène.

— C'est fou ce que tu peux être charmante.

— Mmm… Et tu n'as encore rien vu, Romeo. Sois sage et je te montrerai peut-être à quel point je peux l'être vraiment.

Le regard plein de défi, Juliet me balance un clin d'œil avant de récupérer sa commande et de se diriger vers l'une de ses tables.

Je bois quelques gorgées de bière tout en retournant vers la table des Nyx. Alors que je suis sur le point de me laisser tomber sur ma chaise, Seven secoue la tête et me désigne la scène. Alors je termine ma bière en trois lampées et je rejoins mes potes pour le deuxième set.

Appuyé contre ma caisse, une clope aux lèvres, j'attends que Juliet ramène son petit cul sexy hors du Roxy.

Après notre deuxième set, elle est venue passer quelques minutes avec nous pour le plus grand plaisir de MK. Si cette relou ose s'amuser de ma réaction de l'autre fois, je ne manquerai pas de lui faire remarquer que, peu importe sa vanne pourrie, c'est toujours moi qui finis entre les cuisses de Juliet.

Et putain, ce soir ne fera pas exception.

Alors que je balance ma clope d'une pichenette, la porte du Roxy s'ouvre et Juliet apparaît. Lorsqu'elle m'aperçoit, ses lèvres s'étirent et, sans pouvoir contrôler quoi que ce soit, je lui souris également.

Putain, c'est quoi ce délire ?

Sa veste en jean posée nonchalamment par-dessus son épaule, elle avance vers moi sans me quitter des yeux. Arrivée devant ma caisse, elle se met à mordre sa lèvre de façon aguichante. Bordel, je ne sais pas trop quel genre de pouvoir elle a, mais Juliet arrive à rendre mon cerveau complètement hors service. Une vraie guimauve.

— Alors, Romeo ?

— Alors quoi ?

— Chez toi ou chez moi ?

— Nikka s'est barrée, ton loft est super grand, du coup on aura plein d'espace pour s'envoyer en l'air.

— Dingue ! J'adore ton romantisme.

— Oh ! T'en fais pas ! Ma queue va te montrer à quel point je peux l'être.

— Imbécile !

Je souris et joue des sourcils, ce qui lui fait lever les yeux au ciel. Les clés de ma Nova dans les mains, je m'écarte de ma caisse et ouvre ma portière.

— Bon, c'est décidé, on va chez toi, James.

Juliet prend place côté passager, et je démarre ma voiture, non sans avoir reluqué ses longues jambes tatouées.

Une vingtaine de minutes plus tard, je me retrouve avec le petit cul sexy de ma rose épineuse sous le nez, tandis qu'on grimpe l'escalier pour atteindre son loft. C'est la première fois que je fous les pieds ici. Même lorsque je sortais avec Nikka, je n'y suis jamais venu.

Arrivée sur le palier, Juliet fait coulisser l'énorme porte du loft et m'invite à entrer. Les mains fourrées dans mes poches, je découvre l'endroit où elle vit. Dire que le loft est grand est un putain d'euphémisme : cet endroit fait quatre fois mon appartement, c'est du délire.

Curieux de pouvoir enfin découvrir son antre, j'avance dans la pièce principale tout en observant avec attention, jusqu'au moment où mon regard est attiré par la fresque qui recouvre la totalité du mur de son salon. Effaré d'y voir les paroles d'une de mes chansons, je me tourne vers Juliet :

— C'est toi qui as peint ça ?

— Oui. Nikka voulait que les paroles soient sur le mur, et j'ai apporté ma touche artistique à l'ensemble.

— Je n'aurais jamais pensé voir ça ici.

— Pourquoi ? Parce que Nikka et toi vous avez été ensemble ?

Surpris de voir qu'elle est au courant de ça, je fronce les sourcils et secoue la tête.

— Non, parce que ce n'est pas une chanson joyeuse.

— Heu… Parce que t'as déjà écrit un truc joyeux, toi ?

— Touché !

Amusée, Juliet m'adresse un sourire, et je le lui rends. Sincèrement.

— Je te fais visiter ?

Je hoche la tête, et elle me fait signe de la suivre. Juliet me montre chaque pièce du loft avant de m'entraîner vers l'escalier qui mène à une mezzanine. Une fois en haut, je découvre son univers. Non seulement cet endroit lui sert de chambre, mais il lui sert également d'atelier. Plusieurs toiles sont entreposées contre le mur, près de son lit. Poussé par la curiosité, je m'avance vers elles pour mieux les observer.

— Ce n'est pas… Elles ne sont pas géniales. Certaines ne sont même pas finies, dit-elle avec précaution.

— Tu rigoles ? Elles sont superbes. Bon, OK, je n'y connais rien en art, mais je sais au moins un truc : t'as un réel talent pour la peinture.

Plantée au milieu de sa chambre, Juliet m'observe curieusement.

— Quoi ? Pourquoi tu me fixes comme ça ? je lui demande.

— Rien. C'est juste que… C'est bizarre de te voir ici, parler de mes peintures. D'habitude on s'envoie directement en l'air après avoir passé la porte d'entrée.

— On peut parler peinture à poil si ça te perturbe autant.

Juliet éclate de rire, mais j'enchaîne.

— D'ailleurs, ça me fait penser, t'as pas dit que tu serais charmante avec moi, ce soir ?

Les mains dans les poches arrière de son short, elle s'approche de moi sans me quitter des yeux. Tout près de mon visage, elle se met à mordiller sa lèvre nerveusement.

— Oui, j'ai dit ça. Mais il me semble que tu as dit que tu le serais aussi.

— Non, James, j'ai dit que ma queue pouvait l'être. Nuance.

Elle éclate de rire à ma repartie lourde et, soudain, je ressens encore ce truc dans ma poitrine. Ce truc, cette sensation étrange qui me dérange.

Je grimace et me frotte le bras nerveusement. Ça n'échappe pas au regard de Juliet, qui vient poser sa main sur mon avant-bras pour me stopper.

Ses grands yeux turquoise sont accrochés aux miens,et j'essaie de garder mon calme. De contenir ma soudaine envie de me taper un fixe parce que je n'arrive pas à gérer ce qu'elle me fait ressentir.

Bordel, cette meuf c'est un putain de paradoxe. Elle est mon poison et mon remède. Juliet me fait oublier mes souvenirs liés à Shelby, mais elle me rend également fou parce que, depuis quelque temps, je ressens quelque chose pour elle. Je n'arrive pas encore à me l'expliquer, mais plus je passe de temps en sa présence, plus cette foutue sensation monte en puissance.

La main toujours posée sur mon bras, elle me fixe tout en se pinçant toujours la lèvre du bout des dents.

— Romeo… L'autre soir, quand j'ai dit que… Enfin… Tu sais… Quand j'ai dit que tu pouvais m'utiliser, j'étais un peu bourrée, mais je le pensais vraiment.

Troublé, je secoue la tête.

— Foutue rose épineuse.

Juliet fronce les sourcils et, sans lui laisser le temps de réagir, j'attrape son visage pour venir écraser mes lèvres sur les siennes. J'ai besoin d'elle, maintenant. Besoin qu'elle m'aide à mettre de l'ordre dans ma tête, même si elle cause elle-même une partie du bordel.

Sa langue dans ma bouche vient danser avec la mienne, mais ce n'est pas suffisant. Je veux plus. Alors, sans aucune forme de douceur, je soulève son T-shirt pour le faire passer par-dessus sa tête, et je m'attaque ensuite à son short. Juliet a dit que je pouvais me servir d'elle pour étouffer mon manque, alors c'est exactement ce que je vais faire.

29

Romeo

Assis sur le rebord de ma fenêtre, guitare à la main, je pince les cordes en fredonnant les paroles de la nouvelle chanson que j'ai commencé à écrire. Ces derniers jours, les mots me viennent presque aussi facilement qu'avant et, si je suis honnête avec moi-même, je peux dire que Juliet en est la cause. Je ne sais pas qui est réellement cette fille mais, depuis qu'elle est entrée dans ma vie, les choses ne semblent plus pareilles. Quand je suis avec elle, je ne ressens pas le besoin de m'enfoncer une seringue dans le bras, parce que Juliet est à la fois mon remède et mon poison.

L'ange et le démon.

Si Shelby était aussi déglinguée que moi, Juliet, elle, est loin d'être comme nous. Et je crois qu'au fond c'est ce qui me plaît chez elle. Qu'elle soit saine d'esprit.

Je serre les dents. Le souvenir de Shelby vient assombrir mes pensées. Je m'empresse de les chasser pour continuer à jouer, quand la voix de Seven résonne soudain dans mon dos.

Surpris, je tourne la tête et le trouve planté au milieu de mon salon. Alors, je passe la fenêtre pour le rejoindre, pose ma guitare contre un mur, et lui tends mon poing pour le cogner contre le sien.

— Salut, mec, qu'est-ce que tu fous là ?

— On a rencard chez AURA, répond-il. Hier, tu m'as demandé de passer, t'as oublié ?

— Ouais. J'ai carrément zappé. J'ai grave la tête ailleurs ces derniers temps.

— Tu bossais sur un truc ? C'est nouveau ?

— Hum… Disons que c'est juste un truc vite fait qui me pourrit la tête depuis quelques jours.

Curieux d'en savoir plus, Seven me désigne le carnet que je tiens dans la main. Pas vraiment chaud à l'idée de lui faire lire ce début de chanson, je cherche un prétexte pour refuser mais, sans attendre, il m'arrache le carnet des mains pour lire les quelques lignes que j'ai gribouillées.

— C'est différent de ce que tu écris d'habitude. C'est moins… sombre, non ?

— Ouais. Comme tu dis, c'est différent.

— Et je suppose que la rose épineuse à laquelle tu fais allusion, c'est elle. Je me trompe ?

— Qui ça, elle ?

— Tu sais très bien de qui je parle, Romy.

Je serre les dents et récupère mon carnet. Je n'ai pas envie de parler de Juliet ou de ce truc chelou qu'il y a entre nous.

— On n'est pas censés aller chez AURA ?

— N'esquive pas la question, Romy. Qu'est-ce qu'il y a entre Juliet et toi ? Tu ne peux pas nier qu'il y a quelque chose ! Ta chanson parle pour toi.

Saoulé, je soupire et me passe la main sur le visage.

— Y a rien.

— Ouais, c'est ce que t'arrêtes pas de dire, mais je n'y crois pas une seconde.

— OK. Tu sais quoi ? Je sais pas ce qu'il y a entre nous. Je me sers d'elle, c'est tout.

— Tu te sers d'elle ? Ça veut dire quoi ?

— J'sais pas. C'est ma bouée de sauvetage. Quand je déraille, elle est là. Juliet est toujours là. Elle éloigne Shelby et toutes les autres conneries de mon esprit.

— Donc… Tu t'accroches à elle pour de mauvaises raisons.

— Je ne m'accroche à rien du tout. Je viens de te le dire, je me sers d'elle, c'est tout.

— Romy, Juliet n'est pas Shelby, reprend lentement Seven. Cette fille est différente, et elle ne mérite pas que tu la traites comme ça.

Je me sens sourire malgré moi.

— Qu'est-ce que ça peut te foutre, ce qu'on fait tous les deux ? T'as envie de te la faire aussi, c'est ça ? Je t'ai vu la mater au Roxy.

— Ne dis pas n'importe quoi. Je l'aime bien, c'est tout. Elle est sympa. Et puis, depuis qu'elle est là, t'es plus pareil. On dirait qu'elle te change.

— Qu'elle me change ?

J'éclate de rire. Seven va trop beaucoup trop loin dans son délire.

— Arrête de te faire des films, Seven. Cette meuf ne va pas me changer miraculeusement. Elle ne va pas me sauver ou j'sais pas quoi. Juliet, c'est mon plan cul régulier, point final. Une distraction, un moyen d'évacuer mes émotions.

— Elle te change déjà, c'est juste que tu ne le vois pas, insiste Seven. T'es accro, mec, tu ne l'assumes pas, c'est tout.

— Accro… C'est ça. Bon, si t'as fini avec tes conneries, on va peut-être y aller ?

— Ouais, on y va, ouais. Mais une dernière chose, Romy. Ouvre les yeux, et tu verras qui est réellement cette meuf. Tu ne trouves pas ça bizarre qu'elle s'appelle Juliet ? Tu ne trouves pas ça bizarre qu'elle apparaisse pile quand tu reviens à New York ?

— T'as pas l'air de connaître tes classiques, Seven, je réplique.

Pour info, Juliet n'a pas sauvé Romeo, elle a causé sa perte. Alors, fous-moi la paix.

Agacé, je secoue la tête, pose mon carnet près de ma guitare et m'apprête à partir.

— C'est toi qui ne connais pas tes classiques, Romy ! rétorque-t-il. C'est Romeo qui n'a pas su sauver Juliet. Et tu sais quoi ? J'ai l'impression que l'histoire va se répéter.

— Ferme-la, Seven ! Et ramène-toi ! Tu me gonfles avec tes conneries.

Mon pote soupire d'exaspération et fourre les mains dans ses poches avant de me suivre pour rejoindre les autres chez AURA.

Dans les locaux du label, je fixe les pass du concert des Pinky Doll's que Kendra vient de nous distribuer. Sourcils froncés, je lève les yeux vers elle.

— Y a-t-il un problème, Romeo ?

— Ouais. Tu m'as filé deux pass. Pourquoi ?

— Eh bien… Je me suis dit que vous aimeriez peut-être inviter vos copines ou une autre personne de votre choix. Mary-Kate en voulait un pour sa petite amie, alors j'ai pensé que c'était une bonne idée de vous en donner un en plus à chacun.

Je tourne la tête vers MK, qui hausse les épaules. OK. Donc elle et sexy Lucy, c'est reparti. Faut croire qu'elle a enfin admis qu'elle n'aurait jamais Juliet ; d'un autre côté, qu'est-ce qu'elle croyait ?

Je fronce à nouveau les sourcils devant les pass, puis je les fourre dans ma poche arrière de jean avant de remercier vaguement Kendra. Celle-ci saisit la tablette posée sur son bureau et nous invite à prendre place sur les canapés.

Tout en me mordillant l'intérieur de la joue, je m'installe aux côtés des jumeaux qui, une fois de plus, se chamaillent pour des conneries. Amusée, Kendra nous sourit avant de nous faire part de notre planning pour les semaines à venir. Si j'en crois le programme, je vais devoir passer plus de temps au studio derrière un micro qu'assis à une table du Roxy à siroter une bière.

— Romeo, Seven m'a dit que tu écrivais de nouvelles chansons. Est-ce que vous…

— Si ta question est « est-ce que vous allez les ajouter à l'album ? », alors la réponse est non.

— Heu… D'accord, pas de problème, je voulais juste savoir.

Agacé, je serre les dents et lance un sale regard à Seven. Pourquoi est-ce que ce connard a parlé de ça ? Je soupire et tire sur ma capuche pour qu'elle me cache un peu plus le visage. Kendra se racle la gorge nerveusement avant de poursuivre ses explications sur la planification des heures en studio.

Après vingt minutes de conneries concernant la tournée avec les Pinky Doll's, elle nous libère enfin.

Pressé de me casser de cet endroit, je pousse les portes du bâtiment et me dépêche de sortir une clope dans la rue, quand MK me tombe dessus.

— Ça serait trop te demander de faire un effort ? s'écrie-t-elle. Pourquoi faut toujours que tu sois désagréable ?

— Désagréable ? La faute à qui ? C'est Seven qui n'a pas pu s'empêcher d'ouvrir sa gueule à propos de mes chansons.

— Sérieusement, Romeo, c'est quoi le problème ? C'est ton taf d'écrire des chansons, alors pourquoi tu nous prends la tête comme ça ?

— Comme tu viens de le dire, MK, c'est moi qui écris les chansons du groupe alors fais pas chier. Si je dis qu'elles n'iront pas dans l'album alors elles n'iront pas. C'est clair ?

— Ce ne sont que des chansons, Romeo. Faut toujours que tu dramatises.

— Et toi, faut toujours que tu me casses les couilles.

— OK, stop ! C'est ma faute, je n'aurais pas dû en parler à Kendra.

Interposé entre nous deux, Seven nous fait reculer en écartant les bras. N'ayant aucune envie de continuer cette embrouille à la con, je recule en levant les mains et, après avoir mis suffisamment de distance entre MK et moi, je sors ma putain de clope de mon paquet.

— Bon. Vu qu'il y a encore une ambiance de merde, moi, je me casse, dit Naël. La meuf que j'ai pécho hier soir vient de m'envoyer une photo et elle m'attend sagement dans mon pieu.

Le nez sur son écran de téléphone, il nous salue vaguement avant de s'éloigner. Toujours énervée, MK nous balance qu'elle va retrouver Lucy. Ma cigarette aux lèvres, je secoue la tête et demande à Seven de me ramener chez moi. Puis, après avoir tiré une taffe, je change d'avis :

— Finalement, tu peux me jeter au Roxy ?

30

Juliet

Appuyée contre le mur du Roxy, je profite de ma pause pour prendre un peu l'air. Ce soir, les Nyx ne jouent pas et, en général, quand ils ne sont pas sur scène, le bar est plus calme. D'ici quelques jours, Roxanne va lancer une scène ouverte pour pallier l'absence du groupe. Elle espère attirer du monde afin que le bar ne perde pas trop en clientèle.

D'après ce qu'elle m'a raconté, c'est comme ça que les Nyx se sont formés, à l'origine. Puis, à force de les faire venir jouer ici, elle leur a proposé d'être le groupe résident du Roxy, ce qu'ils ont accepté à condition de pouvoir répéter au bar à n'importe quel moment.

Quand je pense que les Nyx vont quitter cet endroit pour traverser le pays en bus et jouer sur des scènes immenses, face à un public monstrueux, ça me fait tout drôle. Je ne suis pas super proche du groupe, mais je m'entends bien avec eux. Et puis, il y a Romeo.

Romeo Blake. L'ange déchu de Brooklyn.

Penser à son départ me donne le vertige. Il reste encore plusieurs semaines avant qu'il s'en aille, mais cette idée me fait ressentir quelque chose que je pensais ne plus jamais éprouver un jour. L'impression que les gens m'abandonnent tous, petit à petit. D'abord Nikka, pour son tournage, ensuite ce sera au tour de Yuuma, qui va quitter New York pour Londres afin de retrouver son mec. Et, pour finir, Romeo, qui part avec le groupe une fois leur album terminé.

Son départ ne devrait pas m'atteindre. Après tout, je ne suis qu'une simple distraction, un remède contre ses foutues addictions. Pourtant, ça m'atteint.

Je baisse la tête et soupire longuement. C'était mon idée, le laisser se servir de moi lorsqu'il déraille. Mais je regrette presque ce choix. Je suis devenue sa drogue de substitution et, chaque fois qu'il déchante, je lui sers de remède. C'est arrivé plusieurs fois cette semaine. Romeo appelle et, moi, j'accours.

Comment en suis-je arrivée là ? Je dirais que c'est à cause de l'amour. Ce foutu sentiment qui détruit bien des gens.

Chaque fois qu'il m'appelle, je ne peux m'empêcher de lui venir en aide. Romeo a planté ses ongles profondément dans ma peau, et plus je passe de temps avec lui, moins j'arrive à m'en défaire. Je pensais mon cœur gelé pour toujours, je me trompais. Il s'est réchauffé il y a quelques jours. Je le sens, juste derrière ma cage thoracique, il martèle comme s'il cherchait à en sortir.

Lèvres pincées, je baisse les yeux sur mes Converse quand deux voix familières attirent mon attention. Mon regard plonge alors dans celui de Romeo, qui marche vers moi, accompagné de Seven.

Toujours habillé de noir, capuche sur la tête, il avance sans me quitter des yeux et, à chaque pas qu'il fait, mon imbécile de cœur s'emballe dans ma poitrine. C'est n'importe quoi. Mon cœur et moi, on n'est pas sur la même longueur d'onde. Il craque totalement pour le seul mec qui me repoussera. C'est inévitable. Comme si j'avais la moindre chance… Le leader des Nyx s'intéresse à moi uniquement pour le sexe, rien de plus.

Juliet… Juliet… Quelle idée tu as eue…

À quoi je pensais ? Jouer les charmeuses… Mais quelle idiote ! Je me suis fait prendre à mon propre jeu. Qu'est-ce que je disais déjà ? Ah oui : jamais je ne tomberai amoureuse de Romeo Blake

Et le piège s'est refermé. Je me suis fait capturer.

Je voudrais tellement pouvoir arrêter toutes ces émotions. Ne plus sentir mon cœur s'emballer pour Romeo de cette façon. Que ce fichu bouton off soit toujours enfoncé afin de ne pas me retrouver dans cet état chaque fois qu'il pose les yeux sur moi.

Complètement perdue, je me redresse et, un sourire plaque sur le visage, je les salue d'un signe avant de les rejoindre. Je leur claque une bise à chacun et de leur demande ce qu'ils font là, quand Romeo se met à me fixer d'un air bizarre.

— À ton avis ? répond-t-il sèchement. On est venu pour…

— Romy avait très envie de venir au Roxy, car il savait que tu y bossais ce soir, le coupe Seven.

Prise de cours, j'avale ma salive de travers tandis que Romeo balance un regard assassin à son pote.

— Ouais, Seven a raison, dit-il en reportant son attention sur moi. Faut dire que t'es la seule qui nous sert rapidement. Ça fait de toi notre serveuse préférée, alors pourquoi aller ailleurs ?

Sur ces mots, Romeo esquisse un sourire. Puis il fourre les mains dans ses poches avant de se diriger vers le bar. Déstabilisée par sa réflexion, je fronce les sourcils et ouvre la bouche, pour la refermer aussitôt.

— Ne l'écoute pas, me dit Seven pour me rassurer. Ce n'est pas pour la bière qu'on est là, c'est pour toi. C'est juste que ce crétin ne l'admet pas.

Seven me sourit et je fais de même. Même, si comparé au sien, mon sourire est un peu triste.

—Ma pause est terminée, dis-je, je devrais y retourner.

— OK. Je t'accompagne.

Je hoche la tête, et Seven me donne un petit coup d'épaule amical pour me réconforter.

— Si tu veux faire chier cet abruti, sers-lui une bière aromatisée à la cerise, il déteste ça.

Amusée, je souris pour de vrai, cette fois, et remercie Seven pour le tuyau. Tous les deux, on ne se connaît pas vraiment, on n'a pas souvent eu l'occasion de parler ensemble, mais les rares fois où c'est arrivé, c'était plutôt cool. Le guitariste des Nyx est de loin celui qui reste le plus en retrait. Il est différent des autres membres, qui cherchent à attirer l'attention sur eux. Seven, lui, reste dans l'ombre, il observe les choses et sert souvent de médiateur entre Mary-Kate et son frère. J'ai aussi pu remarquer que Romeo et lui sont proches, très proches. Presque comme deux frères.

Nous passons la porte du Roxy et, tandis que je me dirige vers le bar, le guitariste des Nyx va prendre sa place habituelle aux côtés de Romeo.

Ma veste à la main, je sors des vestiaires et salue Roxanne et l'équipe en quittant le bar. Je suis épuisée, je n'arrête pas de bâiller et je n'ai qu'une envie, retrouver mon lit.

Le nez sur mon téléphone, je souris lorsque je vois le message que m'a envoyé Nikka, accompagné d'une photo où elle pose dans son costume de vampire pirate. Ça lui va parfaitement bien. Mais ce n'est pas le seul truc qui me fait sourire : en arrière-plan, on aperçoit le mec qu'elle m'a présenté et dont le nom m'échappe.

Quelque chose me dit que ces deux-là ne doivent pas se côtoyer uniquement devant les caméras. Pourtant, Nikka ne dit rien à son sujet.

— Ça t'arrive souvent de sourire à ton écran ?

Surprise, je sursaute et manque de lâcher mon téléphone.

— Tu m'as fichu la trouille, abruti !

Appuyé contre le capot de sa voiture, Romeo me sourit et hausse les épaules. Énervée, je passe devant lui sans m'arrêter, mais il agrippe mon bras pour me retenir.

— Où tu vas ? demande-t-il.

— Chez moi. Où tu veux que j'aille à une heure pareille ?

— Bah… Chez moi. Ou chez toi, comme tu veux.

— Pas ce soir, Romeo.

— Comment ça ? Pas ce soir ?

Fatiguée, je dégage mon bras.

— Je suis crevée. Tu m'as esquivée toute la soirée pour je ne sais quelle raison et, maintenant, il faudrait que je fasse ce que tu veux ?

— C'est toi qui as dit que je pouvais me servir de toi quand je déraillais. Tu te souviens ?

— Tu n'as pas besoin de moi ce soir.

— Bien sûr que si. J'suis en manque, là. J'ai rien pris depuis un bail.

Je serre les dents et secoue la tête d'agacement.

— T'es peut-être un bon chanteur, mais t'es un sacré mauvais menteur. Je t'ai surpris dans les toilettes avec l'une de tes groupies après le concert. Et ce n'était pas du sucre en poudre que tu sniffais sur ses seins.

— Juliet… Juliet… Ça aurait pu être toi dans les chiottes tout à l'heure, tu sais ?

Je grimace de dégoût au souvenir de cette scène.

— Jamais de la vie.

— T'es sûre ? Ça aurait été fun un vrai plan à trois, cette fois.

Je grimace à nouveau, mais pas uniquement de dégoût.

— Quoi ? poursuit-il. Ne me dis pas que tu pensais être la seule à écarter les cuisses pour moi ?

Agacée et légèrement blessée, je serre les dents et lui tourne le dos pour m'en aller. Je n'ai pas envie de l'entendre me dire à quel point je suis naïve.

Ma veste pressée contre ma poitrine, je traverse le parking rapidement pour atteindre la bouche de métro la plus proche, quand je me cogne dans un type.

Sonnée, je recule d'un pas et m'empresse de m'excuser. Mais le mec qui se tient devant moi fait glisser son regard sombre sur moi, avant de se mettre à sourire avec un air malsain.

Écœurée de me trouver devant ce gars qui pue l'alcool et porte des vêtements dégueulasses, je recule pour m'éloigner de lui, mais il agrippe ma veste et me l'arrache des mains.

— Hey ! je crie.

— T'as du fric ? Y'a du fric là-dedans ? !

— Quoi ? Non. Je n'ai pas d'argent sur moi.

— Menteuse ! File-moi ton blé ! Magne-toi !

— Je n'ai pas d'argent sur moi, alors rends-moi ma veste, espèce de taré !

— Ta gueule !

D'un mouvement brusque, le type enroule ses doigts autour de ma gorge et me plaque violemment contre un mur. Lorsque mon dos se retrouve collé contre celui-ci, il approche son visage du mien. Je grimace, l'haleine de ce mec me donne envie de vomir. Son visage porte encore les marques d'une récente bagarre et je n'ai pas besoin de l'interroger pour savoir que c'est un foutu camé en manque.

— Donne-moi ton putain de fric ! beugle-t-il.

— Je n'ai pas d'argent !

— Arrête de te foutre de ma gueule ! Donne-moi ton blé !

— Je n'ai pas… Oh ! bordel !

D'un seul coup, le mec se retrouve projeté à quelques mètres de moi. À genoux sur le bitume, il grogne et tente de se relever, mais Romeo se jette sur lui. Le regard noir et l'air menaçant, il agrippe le mec par le col de son T-shirt pour le relever, puis il l'écrase contre le mur.

Surprise de le voir aussi violent, je recule de plusieurs pas tout en observant Romeo menacer le mec qu'il maintient avec force face au mur. C'est la première fois que je le vois dans cet état de rage, et ça n'augure rien de bon pour ce type. Si je le laisse faire, ce drogué va passer un sale quart d'heure.

Sur mes gardes, je m'approche de Romeo et pose une main sur son avant-bras. Puis, doucement, je le supplie de laisser ce gars tranquille.

— Sûrement pas ! hurle-t-il. Ce putain de toxico a posé la main sur toi !

— Laisse tomber, Romeo, il n'en vaut pas la peine. De toute façon, je n'ai rien.

— T'as rien parce que j'suis arrivé à temps ! Hors de question que ce fils de pute s'en sorte !

Plaqué contre le mur, le type essaie de se dégager, mais Romeo, fou de rage, lui cogne à nouveau la tête contre la brique.

Choquée par sa violence, j'étouffe mon cri de surprise. Autour de nous, quelques passants regardent la scène, alors pour nous éviter des ennuis, j'attrape Romeo par le bras et l'éloigne de force.

— Laisse tomber, viens, on y va !

Romeo me fusille du regard et, au moment où il s'apprête à m'envoyer chier, le mec attrape la capuche de sa veste et le tire brusquement en arrière. Sans réfléchir, je me jette sur ce camé et lui écrase mon poing au milieu du visage. Sous le choc de l'impact, il chancelle, et Romeo en profite pour lui donner un autre chassé. Cette fois, le mec se sauve en titubant et en jurant.

— Juliet ! crie-t-il. Qu'est-ce que t'as foutu, putain !

Je grimace et secoue ma main pour atténuer la douleur. Mettre un coup de poing à ce mec n'était peut-être pas la meilleure idée mais, sur le moment, c'est tout ce qui m'est venu.

— T'es complètement dingue ! Tu aurais pu te péter un truc en le frappant comme ça ! Tu te prends pour Million Dollar Baby ou quoi ?

— Excuse-moi, je n'ai pas réfléchi.

— J'avais remarqué, ouais.

— On devrait peut-être s'en aller avant que la police ou je ne sais qui nous tombe dessus.

— Tu fais chier, putain !

Sur les nerfs, il se passe les mains sur le visage avant de se frotter nerveusement l'intérieur du bras. En voyant l'état dans lequel il se trouve, je ramasse ma veste tombée sur le sol et supplie Romeo de venir avec moi. Furieux et visiblement en manque, il m'entraîne jusqu'à sa voiture et m'ordonne de monter.

Je ferme les yeux, inspire profondément, et fais ce qu'il me dit. J'ai à peine refermé la portière que Romeo démarre et quitte le parking comme un taré.

Une poche de glace sur ma main, j'observe Romeo enrouler une bande tout autour pour la maintenir en place. J'ai super mal et Romeo a passé la majeure partie du trajet à me hurler après, mais une fois arrivé à son appart, il m'a ordonné de m'asseoir sur le canapé et s'est occupé de ma main. D'après lui, rien n'est cassé, même si ça me fait un mal de chien. Million Dollar Baby, tu parles… C'est la première fois que je frappe un mec.

Le bandage terminé, Romeo lève la tête et ses yeux croisent les miens. Ce soir, l'éclat vert qui sublime généralement son regard est terne. Presque inexistant.

— C'est bon. Ce n'est pas trop serré ? s'enquiert-il.

Je secoue la tête, et Romeo se lève en soupirant, puis passe la main dans ses cheveux.

— J'en reviens pas que t'aies frappé ce mec.

— J'ai fait le premier truc qui m'est venu à l'esprit.

— Ouais, bah c'était une connerie. T'aurais vraiment pu te péter un truc.

— Et quoi ? Tu t'inquiètes pour moi maintenant ?

— Peut-être bien. Qu'est-ce que ça peut faire ?

Ne sachant plus comment me comporter avec lui, je me lève du canapé sans le quitter des yeux. Nerveux de me voir le fixer de cette façon, il souffle et se met à nouveau à frotter l'intérieur de son bras.

— Tu fais chier, putain !

Mon regard rivé au sien, je pose une main sur son avant-bras pour le forcer à arrêter. Romeo est en manque, et je n'aime pas le voir dans cet état.

— Hey, merci d'avoir été là pour moi.

Je lui souris pour lui faire comprendre que je suis sincère, puis je me mets sur la pointe des pieds et pose mes lèvres sur les siennes. Romeo agrippe alors mes cheveux et tire ma tête en arrière pour mettre fin au baiser. Je fronce les sourcils.

— J'ai un truc à te demander, dit-il nerveusement.

— Mmm... Je t'écoute.

— Une fois que l'album sera terminé, on va partir en tournée pour faire la première partie des Pinky je sais plus quoi. Bref, Kendra, la meuf du label, nous a filé des pass pour aller voir leur concert parce qu'elle veut nous les présenter.

— Sérieux ? C'est super cool, mais...

— C'est vendredi. Elle nous en a donné deux à chacun alors je me disais que peut-être... Ça te dit de venir avec moi ?

— Attends ? Tu me proposes un rencard ?

L'air choqué, il lâche mes cheveux et recule en agitant les mains.

— Quoi ? Tu délires ? ! Non ! J'te propose d'aller à un concert, c'est tout. Ce n'est pas ce que tu viens de dire. Bon ! C'est oui ou c'est non ?

Je grimace, déçue. À quoi je m'attendais au juste ? Sans le quitter des yeux, je me force à sourire. Nouveau jeu, nouvelles règles. Romeo tire les cartes et, moi, pauvre Juliet, je joue en espérant que mon bluff soit suffisant pour cacher ce que je ressens.

— C'est oui, évidemment.

— Cool. C'est bon, on peut baiser maintenant ?

Sourire aux lèvres, Romeo attend une réponse. Et moi, esclave de mes émotions, je hoche la tête. Son regard s'embrase alors d'une lueur sauvage et sa bouche vient s'écraser sur la mienne, son poing enserrant à nouveau mes cheveux.

Ô, Juliet, naïve Juliet, sens-tu ce battement irrégulier dans ta poitrine ? C'est ton cœur qui te trahit. C'est l'amour, le pire de tous les poisons.

31

Romeo

Une clope aux lèvres, je fixe le bout de mes Converse, comme si elles allaient me filer les réponses à toutes mes questions. Ça fait trois jours que je ne dors pas, trois jours que dans ma tête c'est un bordel monstre, trois jours que je me demande pourquoi j'ai proposé à Juliet de m'accompagner au concert. Je crois que, ce soir-là, je devais avoir le cerveau sacrément endommagé.

C'est bien connu, la drogue, ça fait des ravages, et peut-être que, à force de consommer toutes ces merdes, mon putain de cerveau a fini par être ravagé. Sérieux, je ne vois pas d'autre explication. Pourquoi j'aurais proposé à Juliet de venir avec moi, dans ce cas ? C'était quoi cette idée à la con ?

Je secoue la tête et tire sur ma clope une dernière fois avant de l'écraser sur le sol. Tout ça n'a aucun sens. Rien de ce qui m'arrive depuis qu'elle est entrée dans ma vie n'en a. Juliet veut me changer, elle veut me réparer comme si j'étais un putain d'objet cassé. Elle perd son temps. Même si, je l'avoue, la voir essayer et s'inquiéter pour ma misérable existence me fait quelque chose.

C'est comme si, d'une certaine façon… elle tenait à moi. Réellement. C'est flippant.

Je ferme les yeux et grogne lorsque la voix de MK me sort d'un coup de mes pensées. Elle désigne à Lucy quelque chose du doigt, et celle-ci hoche la tête puis s'éloigne dans la direction indiquée.

Avec un large sourire, MK avance vers moi et me tend son poing en guise de salut.

— Je vois que t'es venue avec Lucy, dis-je en cognant mon poing contre le sien.

— Ouais, elle est fan des Pinky Doll's. Quand je lui ai dit qu'on allait faire leur première partie et aller à leur concert, elle était hystérique. Et toi ? T'es seul ? Pas de traînée à ton bras ?

Je secoue la tête, et MK hausse un sourcil.

— Tu viens avec qui alors ? demande-t-elle.

— Juliet.

— Juliet ? Sexy Juliet ?

Je hoche la tête et, cette fois, Mary-Kate fronce les sourcils en croisant les bras.

— Toi, t'as un rencard avec Juliet ?

— J'ai pas un rencard, je lui ai simplement proposé de venir au concert et elle a dit oui. C'est tout.

—Romeo, s'te plaît ! T'es pas du genre à aller à un concert avec une meuf alors, si, c'est un rencard !

Je serre les dents en me frottant l'intérieur du bras, et secoue la tête.

— OK ! Alors t'appelles ça comment ? insiste-t-elle.

— Je n'en sais rien, putain ! Mais ce n'est pas un rencard alors fais pas chier.

Agacé et soudain en manque à cause de ma nervosité, je me frotte l'intérieur du bras, ce qui attire le regard de MK. Par chance, je porte mon sweat qui cache les marques de piqûres.

— Hey ! Qu'est-ce qu'elle a bien pu te faire pour que tu sois en vrac comme ça ?

— Rien ! Laisse tomber.

Je souffle de colère et, sans cesser de me frotter le bras, je m'éloigne d'elle. Mais elle me retient en agrippant ma capuche.

— Lâche-moi, putain !

D'un mouvement brusque, je la repousse. Peine perdue car, déterminée à en savoir plus, elle me tire une nouvelle fois jusqu'à ce que je me trouve face à elle, ses grands yeux lunaires plongés dans les miens.

— Crache le morceau, Blake !

— Tout… Tout ce que je voulais c'était m'envoyer en l'air avec elle… Mais c'est plus pareil, y a un truc qui a changé… Juliet croit qu'elle peut me sauver. Elle croit que j'ai besoin d'elle, mais j'en ai rien à foutre de son aide.

— C'est marrant, y a quelque temps c'était toi.

— Qu'est-ce que tu racontes ?

— Souviens-toi, à la place de Juliet c'était toi. T'étais persuadé de pouvoir sauver Shelby, sauf qu'elle t'a entraîné avec elle et, maintenant, c'est toi qui es dans cet état.

— Rien à voir. Juliet ce n'est pas Shelby. Elle ne consomme pas.

— C'est vrai… Mais toi oui, alors dis-moi, Romeo, tu crois qu'il va se passer quoi avec Juliet ?

— De quoi tu parles ? !

— Cette meuf est clairement amoureuse de toi, sinon comment t'expliques qu'elle veuille autant aider un drogué qu'elle connaît à peine depuis quelques semaines ?

Je secoue la tête et serre les poings de colère.

— Ta gueule, MK ! Ne dis pas n'importe quoi !

—Moi, je pense que j'ai raison, renchérit MK. Sauf que Juliet est trop bien pour toi, et tu le sais. Tu devrais t'éloigner avant qu'il ne soit trop tard. On sait tous ce qu'on est capable de faire par amour. Blake ! Si tu tiens un peu à elle, juste un peu, repousse-la.

Les poings serrés, je ne quitte pas MK des yeux. Juliet n'est rien pour moi, c'est ma distraction, juste une putain de distraction.

Ouais… Et bordel, je suis foutu parce que j'en deviens accro.

— Merde, Blake ! Dis-lui !

— Me dire quoi ?

Surpris, je tourne la tête et mon regard croise instantanément celui de Juliet. Intriguée par le petit bout de discussion qu'elle vient de surprendre, elle repose la question à MK.

— Heu… Lucy m'attend, on se voit dans la salle ! répond cette trouillarde. À plus !

Pressée de se casser pour me laisser dans la merde, Mary-Kate salue Juliet et s'éloigne en vitesse.

— Romeo ? De quoi vous parliez ? Qu'est-ce que tu dois me dire ?

— Rien.

— Rien ? Vraiment ? Pourtant ce n'est pas ce que Mary-Kate avait l'air de dire.

— Ouais. Et toi, on peut savoir où t'étais ? Ça fait une plombe que je t'attends.

Glacée par mon ton sec, Juliet me répond sèchement :

— J'avais un truc à faire. Je t'ai envoyé un texto pour te prévenir.

— Un truc à faire ? Genre quoi ?

— Genre un truc qui ne te regarde pas.

— Je vois. Tu fais la meuf mystérieuse.

— Et toi l'abruti, on fait la paire !

— Mouais.

Un sourire satisfait aux lèvres, Juliet me défie du regard, espérant sûrement que je lui balance une vanne en retour, mais je n'ai aucune envie de jouer au chat et à la souris avec elle ce soir. Du moins, pas pour l'instant.

Un rapide coup d'œil vers l'entrée de la salle pour voir si Naël ou Seven s'y trouve, et j'entraîne Juliet vers la salle de concert.

— On bouge ! Les autres vont me soûler si je suis à la bourre.

Juliet hoche la tête et m'emboîte le pas. Ma rose épineuse à mes côtés, j'avance tandis que les mots de MK tournent en bouclent dans ma tête. Peut-être qu'elle a raison, cette soirée a comme un air de rencard. Un peu paniqué à cette idée, je presse le pas, mais Juliet me rattrape et vient me bloquer le passage.

— Est-ce qu'il y a un problème ? demande-t-elle, énervée.

— Non, aucun.

— Vraiment ? J'ai l'impression que ma présence te gonfle. C'est pourtant toi qui m'as proposé de venir.

— Ce n'est pas ça, c'est à cause de ce que MK a dit tout à l'heure.

— Elle a dit quoi ?

— Rien, des conneries.

— Romeo…

— OK. Elle a dit qu'on avait rencard.

Plantée devant moi, Juliet se mord la lèvre en essayant visiblement de sonder mes pensées.

— Et… est-ce que ça te dérangerait si c'était le cas ? demande-t-elle prudemment.

Nerveux, je me passe une main sur l'arrière du crâne tandis que Juliet ne me quitte pas des yeux.

— Alors ? Est-ce que ça te dérangerait ?

— Pourquoi tu poses cette question ?!

— Je ne sais pas, comme ça. Je suis curieuse.

— On va à un concert ensemble, c'est tout. Ce n'est pas un rencard.

— Oui, mais si…

— Ce n'est pas un putain de rencard ! On y va entre potes,

point final. C'est bon ? On peut y aller maintenant, ou tu as d'autres questions débiles comme ça ?

Soudain, son sourire s'efface, et son regard, qui était pétillant d'excitation une seconde plus tôt, s'éteint.

— T'as raison, c'était débile comme question. On devrait y aller, sinon on va rater le début.

Enfin d'accord avec elle, j'acquiesce et me presse vers l'entrée. Un agent de sécurité vérifie nos invitations et nous laisse passer dans la salle de concert. Juliet sur les talons, je me frotte le bras en serrant les dents. Je suis en manque. Cette soirée n'a pas encore commencé que je suis déjà soûlé à cause de Juliet qui m'a pris la tête avec ses questions.

Fait chier, putain !

Nos pass autour du cou, nous remontons un long couloir, croisant quelques membres du staff avant d'atteindre l'arrière de la scène. De loin, j'aperçois Kendra et les membres de mon groupe en pleine discussion. Je lance un rapide coup d'œil à Juliet, à mes côtés. Les yeux braqués sur le sol, elle avance en mordillant son pouce.

Je soupire. Peut-être que j'y suis allé un peu fort avec elle, mais penser que cette soirée pourrait être un rencard me fout la gerbe. C'est flippant. Bordel, est-ce qu'elle posait la question parce que l'idée lui plaisait ? Et si MK avait raison ? Et si Juliet ressentait quelque chose pour moi ?

Putain, non ! C'est impossible, elle me l'a dit elle-même. Entre nous c'est un jeu, du sexe, rien de plus.

La tête en vrac, je serre les dents et presse le pas pour retrouver les autres, forçant Juliet à accélérer. Une fois arrivé près d'eux, je la présente rapidement à Kendra, qui l'observe avec curiosité.

Seven est en compagnie d'une meuf qui ne me dit absolument rien, mais qui est plutôt agréable à regarder. Il se met à son tour à fixer Juliet avec insistance.

Je fronce les sourcils. Ce n'est pas la première fois qu'il la mate comme ça. Le pire, c'est que ça me fout dans un état chelou. Une sorte de jalousie qui n'a absolument pas lieu d'être. Un peu comme la fois où la langue de MK s'est retrouvée dans le fond de la gorge de Juliet.

Exaspéré, je croise le regard de Seven qui s'empresse de détourner la tête pour faire face à Kendra. Accrochée à Lucy, Mary-Kate se met à rire lorsque son frangin balance une connerie que je ne prends pas la peine de relever.

Ouais, cette soirée s'annonce merdique.

32

Juliet

Les yeux braqués sur mes Dr Martens vernies, je les fixe comme si elles allaient réussir à me détourner un peu de ma peine. Je ne sais pas ce que j'ai cru en acceptant de venir ici, mais il est clair que je me berçais d'illusions.

Encore.

Ce concert n'est pas un rencard. Je suis idiote, Romeo me l'avait clairement fait comprendre chez lui l'autre jour. Pourtant, j'aurais aimé qu'il voie cette soirée sous un autre angle. Mais ce n'est pas le cas, toujours pas. Blessée qu'il brise à nouveau mes espoirs, je soupire à fendre l'âme.

Il paraît que l'espoir fait vivre… Tu parles. Quelle connerie.

En retrait tandis que Kendra, la fille de chez AURA, leur parle de je ne sais quoi, je reste plantée silencieusement. Je me fais discrète. À vrai dire, je suis presque sûre que, si je tournais les talons et que je rentrais chez moi, Romeo s'en foutrait totalement.

Je pensais lui être indispensable. Je pensais qu'il avait vraiment envie d'être avec moi ce soir, mais je ne suis qu'une distraction, un moyen sympa de le détourner de ses démons. Ses addictions à la con. Rien plus.

Tiraillée entre l'envie de rester pour être auprès de lui et celle de rentrer chez moi, je relève la tête et jette un coup d'œil pour repérer la sortie.

Alors que j'avise la porte de sortie, mon regard croise celui d'une brune aux yeux gris qui avance dans notre direction, suivie de quatre autres filles. À coup sûr, ce sont les Pinky Doll's, et la brune est sans doute la chanteuse du groupe.

Lèvres pincées, je l'observe. Cheveux coupés en carré court d'un noir profond et brillant, des yeux clairs déstabilisants, une silhouette parfaite et un style rock ultra sexy à faire tourner la tête de n'importe quel mec. Si cette fille est bien la chanteuse du groupe, alors quelque chose me dit que je vais vite me retrouver sur le banc de touche. Finies, les parties de jambes en l'air avec Romeo Blake.

Je grimace et ne quitte pas les filles des yeux lorsqu'elles me passent devant pour rejoindre Kendra et les membres des Nyx. Heureuse de voir les Pinky Doll's, leur manager les salue familièrement avant de faire les présentations officielles.

En retrait, j'assiste à la scène tout en me mordillant le bout du pouce. La chanteuse des Pinky Doll's, qui s'appelle Ruby, présente chaque fille de son groupe aux Nyx et, lorsque Mary-Kate fait de même, sans oublier sa copine et la fille qui accompagne Seven, la brune hyper sexy ne quitte pas Romeo des yeux.

Avec un sourire aguicheur, elle vient poser sa main aux ongles bleu électrique sur son torse et le complimente sur sa voix et ses textes.

Les yeux braqués sur la main de cette fille, je fronce les sourcils tant la jalousie s'empare de moi. Ce n'est pas simplement sa main et son regard qui en disent long sur ce qui se passe dans sa tête, c'est aussi la façon dont Romeo, mon Romeo, la regarde. Il ne la quitte pas des yeux, lui non plus. Cet abruti est hypnotisé par cette fille au look terriblement sexy et au prénom de strip-teaseuse.

De rage, je mords mon pouce plus fort encore, et un petit couinement de douleur s'échappe de mes lèvres, ce qui attire l'attention sur moi.

Génial.

J'esquisse un sourire, mais, au même moment, un type du staff vient annoncer aux filles qu'elles doivent monter sur scène. Impatientes de faire leur show, elles se tapent dans les mains avant de saluer les autres en gloussant.

Je manque de m'étouffer lorsque la chanteuse des Pinky Doll's se penche vers Romeo pour lui murmurer quelque chose à l'oreille. Son message passé, elle lui lance un clin d'œil appuyé avant de rejoindre son groupe.

Kendra, qui tient sa tablette contre elle, informe alors les Nyx qu'elle doit régler certains détails avec le staff présent ce soir. Lucy et la fille qui accompagne Seven s'éclipsent à leur tour pour aller je ne sais où.

— Bon ! Je sais pas vous mais, moi, je les trouve super cool, ces meufs ! s'exclame Naël. Cool et hyper sexy ! Sérieux, ça me branche grave de partir en tournée avec elles. Ça va être chaud dans le bus !

— Pour une fois, je suis d'accord avec mon frère ! renchérit MK. Et vous, les mecs, vous en pensez quoi ? Même si j'ai ma petite idée sur la question.

Curieuse de connaître la réponse de Romeo, mais aussi de Seven qui n'arrête pas de me fixer depuis que je suis là, je croise les bras et me mets à mordiller ma lèvre nerveusement. Seven se frotte la nuque, comme si lui aussi était nerveux, puis s'empresse de répondre à Mary-Kate :

— Ouais, elles sont cool. Mais cinq meufs dans un bus, ça va vite devenir chiant. Et toi, Romy, t'en penses quoi ?

— Pas grand-chose, dit ce dernier. J'attends de voir ce qu'elles donnent sur scène.

— Ce qu'elles donnent sur scène ? Tu veux plutôt dire ce que Ruby donne au pieu, non ? ricane Naël. Mec, cette meuf en a clairement après ta queue !

Romeo éclate de rire et secoue la tête tandis que je ne peux me retenir de fusiller Naël de regard.

— Ruby ou une autre, elles veulent toutes la même chose. C'est ça d'être moi, mec ! Tout le monde veut croquer un bout de Romeo Blake !

— Je rêve ! Ferme-la, Romeo, lance Mary-Kate.

Satisfaits de leurs conneries, ces deux abrutis éclatent de rire tandis que Mary-Kate lève les yeux au ciel. Plus discret, Seven me jette un rapide regard, comme pour jauger ma réaction.

Je fronce les sourcils et détourne les yeux sans pour autant desserrer les dents. Soudains des hurlements retentissent depuis la salle de concert. La voix de Ruby résonne dans le micro.

— Allez, on bouge ! Le concert va commencer et je ne veux pas rater ça !

Mary-Kate prend la direction de la scène, suivie de près par son frère et Seven. Plus très emballée à l'idée de voir les Pinky Doll's jouer ce soir, je soupire avant de suivre les autres. Romeo me retient en agrippant mon T-shirt.

— Hey ? ! Tu fais la gueule à cause de ce que j'ai dit dehors ?

Je secoue la tête et dégage sa main pour rejoindre les autres, mais il me bloque le passage. Planté devant moi, les bras croisés et ses yeux noisette aux éclats verts plongés dans les miens, il me fixe tout en fronçant les sourcils.

— Si tu ne fais pas la gueule, alors qu'est-ce que t'as ?

— Rien. Je n'ai rien du tout. Bon, pousse-toi, tu m'as fait venir ici alors je voudrais au moins profiter du concert.

— Alors c'est ça !

— C'est ça, quoi ?

— Tu fais la gueule à cause de ce que j'ai dit dehors ? Juliet, je ne vais pas m'excuser de t'avoir balancé ça. Tous les deux… c'est juste pour le fun, tu te souviens ?

Je ferme les yeux et inspire profondément avant de hocher la tête.

Pourquoi est-ce que les règles ont changé ? Pourquoi est-ce que mon imbécile de cœur a décidé de battre à nouveau alors que j'aurais préféré qu'il continue de dormir tranquillement ? J'ai l'impression de perdre pied, je n'arrive plus à jouer avec lui sans être blessée. Je voudrais lui dire que, non, ce n'est plus ce que je veux. Que je veux tout arrêter parce que je suis tombée amoureuse de lui. De ses fêlures, de ses démons.

Je pensais être plus forte que ça, que mes émotions étaient enfermées bien à l'abri dans un coffre, mais ce n'est pas le cas et je m'en mords les doigts. Je préférais vraiment quand je pouvais garder le contrôle de la situation, mais c'est fini. Je suis amoureuse du seul mec auquel il ne fallait pas s'attacher. Je suis amoureuse de Romeo Blake.

J'adopte un sourire de façade et désigne la scène pour lui rappeler que nous sommes ici pour voir les Pinky Doll's. Romeo vient enrouler son bras autour de mes épaules et me guide jusqu'à la salle de concert.

Les mains posées de chaque côté du lavabo, je fixe mon reflet dans le miroir. Cette soirée est un échec. Le concert était super, les Pinky Doll's sont géniales, mais tout ce truc avec Romeo me prend la tête.

Je soupire et m'apprête à quitter les toilettes de la loge quand j'entends la porte de celle-ci claquer, et des éclats de voix que je reconnais instantanément. Romeo et Ruby. Curieuse de voir ce qu'il fout avec elle, je m'approche de la porte et l'ouvre doucement afin de voir l'intérieur de la loge.

Au milieu de la pièce, Romeo se tient tout près de Ruby. Après avoir glissé ses doigts dans son bustier léopard, elle en sort un petit sachet rempli de cachets roses qu'elle agite sous son nez.

— Ça te dit ? J'ai chopé ça avant le concert. Il paraît qu'ils sont puissants de ouf.

— C'est pour ça qu'on est là ? Pour se défoncer ?

— Ouais, c'est fun. Me dis pas que t'es pas tenté, je sais un paquet de choses sur toi, et tu consommes bien pire. Bon alors ? T'es partant ? Parce que, moi, après ce concert de dingue, j'ai grave envie de m'amuser !

Sans hésiter une seconde, Romeo ouvre la bouche et tire la langue. Visiblement ravie d'avoir un partenaire de défonce, Ruby dépose l'un des cachets sur sa propre langue avant de la fourrer dans la bouche de Romeo.

Dégoûtée de voir qu'il vient de prendre cette merde, et qu'en plus cette fille en profite pour lui rouler une pelle, je pousse la porte et traverse la pièce sans prononcer un mot.

— Hey ! T'es qui toi ? beugle Ruby. C'est une loge privée, qu'est-ce que tu fous ici !

Je serre les dents et, arrivée devant la sortie, je me tourne vers Romeo et Ruby qui me fixe d'un air hautain, tandis que lui semble surpris de me voir.

— Personne, je réponds. Je ne suis personne et je m'en vais.

J'ouvre la porte et m'apprête à sortir quand la voix de Romeo m'ordonne d'attendre. Je l'ignore et sors sans me retourner, claquant la porte derrière moi.

Le dos appuyé contre celle-ci, je pousse un long soupir.

— Juliet ? Qu'est-ce que tu fais là ? Je te croyais déjà partie.

Je relève la tête. Seven se tient devant moi.

— Non, je suis toujours là. Mais je vais rentrer.

— Toute seule ? Tu ne rentres pas avec Romeo ?

Je secoue la tête, et Seven fronce les sourcils.

— Pourquoi ça ?

— Disons qu'il a mieux à faire. Il est là-dedans avec la chanteuse des Pinky Doll's.

— Je vois. Est-ce que tu veux que je te ramène chez toi ?

—Tu n'es pas avec ta copine ?

Seven sourit et secoue la tête.

— Wendy n'est pas ma copine, et puis, elle a suivi Lucy et MK. Elles sont allées en boîte.

N'ayant vraiment pas envie de rentrer en métro, j'accepte sa proposition. Content, Seven m'offre un sourire et je lui emboîte le pas. Quelques minutes plus tard, je suis installée sur le siège passager de sa jeep.

Je suis silencieuse depuis qu'on a quitté Madison Square Garden, mais une question me brûle les lèvres. Je me tourne vers le guitariste des Nyx, qui est concentré sur la route.

— Seven… Est-ce que je peux te poser une question ?

Surpris d'entendre le son de ma voix, il tourne la tête vers moi et m'invite à continuer.

— Pourquoi tu me fixes toujours bizarrement ?

— Comment ça ?

— Eh bien, disons que ce soir, avant le concert, quand Romeo et Naël débitaient leurs conneries habituelles, tu me fixais étrangement, comme si tu essayais de jauger ma réaction vis-à-vis de ce que Romeo disait. Et ce n'est pas la première fois que tu fais ça.

— Ouais, désolé. En fait, j'essaie de savoir à travers tes réactions ce qu'il est pour toi.

— Tu essaies de savoir si j'ai des sentiments pour lui ?

Arrêté à un feu rouge, Seven tourne la tête vers moi et confirme d'un hochement de tête.

— Pour tout avouer, je suis amoureuse de Romeo.

— C'est ce que je pensais.

— Mais s'il te plaît, Seven, ne lui dis pas. J'ai déjà l'air d'une idiote.

— T'es pas idiote. T'es juste tombée amoureuse du mauvais mec. Juliet… On ne se connaît pas très bien tous les deux, mais t'es une fille superbe. Tu sais, t'es pas la première à tomber amoureuse de lui, le problème, c'est qu'elles finissent toutes avec le cœur brisé. Romeo n'est pas ce qu'on peut appeler un petit copain parfait.

— C'est l'histoire de ma vie. Je tombe toujours amoureuse du mauvais gars.

Un sourire triste aux lèvres, Seven redémarre lorsque le feu passe au vert. Une dizaine de minutes plus tard, la jeep s'arrête devant mon immeuble. Soulagée d'être enfin chez moi, je le remercie de m'avoir raccompagnée et, au moment de fermer la portière, je m'interromps et ajoute :

— Est-ce que tu veux monter boire une bière ?

— C'est gentil, Juliet, mais je vais rentrer. Demain, on doit enregistrer au studio et, si je joue comme un pied, j'en connais qui ne vont pas me louper.

Je souris et le remercie une dernière fois avant de lui souhaiter bonne nuit. Seven me lance un clin d'œil, puis redémarre la jeep avant de s'éloigner.

Enroulée dans une serviette de bain, je descends l'escalier de la mezzanine pour rejoindre la cuisine à la recherche d'un verre de lait quand quelqu'un frappe à la porte du loft. Il est plus de 2 heures du matin et je n'attends absolument personne.

Curieuse, j'ouvre à peine la porte, et la referme aussitôt en voyant qui se trouve sur le palier. Trop tard. Romeo la bloque déjà avec son pied.

— Attends… Juliet… S'te plaît…

Je soupire et ouvre plus largement, prête à l'envoyer chier, mais je ravale ma colère en remarquant l'état de Romeo. Aussi pâle qu'un fantôme, des gouttes de sueur perlant de son front. Effrayée, je l'entraîne à l'intérieur de l'appartement en agrippant son bras.

Tout tremblant comme s'il grelottait de froid, Romeo se frotte l'intérieur du bras droit, et c'est là que je comprends. Cette andouille fait une mauvaise descente. Je soupire, agacée de devoir gérer ça à une heure pareille.

— Bordel, mais qu'est-ce que tu as foutu ! Elle t'a filé quoi, l'autre, pour que tu tombes si bas ? !

— Rien. C'est moi. J'crois que j'ai un peu abusé.

— Un peu ? T'es sérieux, là ? T'as vu dans l'état que t'es ?

— C'est un mauvais trip. C'est pas méchant.

— Alors qu'est-ce tu fous chez moi ? Pourquoi t'es là, si c'est pas méchant ? Ta nouvelle copine ne pouvait pas t'aider ?

Romeo se met à trembler à nouveau et, petit à petit, ses lèvres prennent une teinte légèrement bleue.

— C'est toi que je voulais voir, dit-il. T'es mon putain de remède, tu te souviens ? J'ai besoin de toi, Juliet. S'te plaît…

Tiraillée entre l'envie de le prendre dans mes bras et celle de le foutre dehors, je peste :

— Tu fais chier ! T'en as pas marre de te foutre de ma gueule ? Tu n'avais pas l'air d'avoir besoin de moi quand l'autre avait sa langue dans le fond de ta gorge.

— C'est faux, objecte-t-il. J'ai toujours besoin de toi. C'est toi, ma came, pas elle.

Je soupire et le pousse jusqu'à l'escalier en lui ordonnant de monter dans ma chambre. Une fois en haut, je l'aide à enlever son T-shirt et son jean, puis je lui demande de s'allonger sur mon lit et de se reposer.

Toujours en serviette, je fonce vers mon armoire pour dégoter un débardeur et un short en coton que j'enfile rapidement. Puis je me glisse dans le lit pour être à ses côtés. Lorsque mon visage se trouve tout près du sien, Romeo ouvre les yeux et les plonge dans les miens.

— T'es là…

— Oui, je suis là. Tu as dit que tu avais besoin de moi. Alors je suis là.

— J'te repousse, mais t'es quand même avec moi. Pourquoi ?

Hésitante, je me mords la lèvre. J'ai envie de lui dire que, si je suis toujours là, c'est parce que je l'aime. Mais au lieu de ça, je soupire et repousse quelques mèches qui lui barrent le front avant de lui murmurer de dormir.

À ma grande surprise, Romeo vient se coller contre moi et approche son visage pour m'embrasser. Et moi, au lieu de le repousser, je ferme les yeux et laisse ses lèvres toucher les miennes.

Les yeux clos, je savoure ce doux baiser en me maudissant encore une fois d'être aussi faible. Quelques secondes plus tard, Romeo s'endort. Alors, après lui avoir volé un dernier baiser, je me blottis davantage contre lui.

Romeo… Ô Romeo, si tu savais à quel point ça me tue de t'aimer autant.

33

Romeo

— Tu connais le jeu de la roulette russe, Romy ?

J'ouvre brusquement les yeux, réveillé en sursaut par ce putain de cauchemar. En sueur, je me redresse et essuie mon visage avant de constater que je ne suis pas chez moi. Je tourne la tête et, la première chose que je vois, c'est le visage de Juliet. Je suis allongé aux côtés de ma rose épineuse, et elle dort paisiblement.

D'un geste tendre qui me surprend moi-même, je repousse une longue mèche blonde qui lui cache une partie du visage. Juliet est belle. Un vrai soleil. Hier soir encore, elle a été là pour moi. Juliet est toujours là, pourtant, cette fois non plus, je ne la méritais pas.

Je n'ai pas été cool avec elle, j'ai été blessant. Je sais que m'avoir vu avec Ruby lui a fait de la peine, je l'ai lu dans son regard juste avant qu'elle ne quitte la loge. Elle semblait triste, déçue. Le problème, c'est qu'en faisant partie de ma vie Juliet risque de l'être beaucoup trop souvent.

Parce que c'est la seule chose que je sache faire.

Faire du mal. Décevoir les gens.

Si je veux l'épargner, il faut que j'essaie de la repousser, de la tenir éloignée, mais une partie de moi s'accroche à elle. Parce qu'au fond je le sais. J'ai besoin de Juliet.

Ma Juliet, ma rose épineuse.

J'étais dingue de Shelby pour beaucoup de raisons, mais ce que je ressens pour Juliet est différent. Je tiens à elle, beaucoup trop, et ça me fait flipper à un point inimaginable. Parce que j'ai peur de déteindre sur elle. Juliet est un ange, mon ange, elle me protège, et je n'ai aucune envie de noircir son âme ni de lui abîmer les ailes.

Quand je vois la façon dont elle me regarde, comme si j'étais vraiment important à ses yeux, je me dis que je voudrais être un autre. Quelqu'un de meilleur, un mec qui ne lui brisera pas le cœur. Mais j'suis moi et, quoiqu'il arrive, je finirai par le lui briser. Parce que c'est comme ça, parce que je ne sais rien faire d'autre.

Juliet ne voudra pas renoncer. Elle continuera à me sauver, encore et encore. Parce que je le sais, Juliet m'aime. Et la seule façon de la sauver, c'est de la repousser tellement fort qu'elle me détestera. Elle aura mal sur le coup. Peut-être que ça durera un temps, et puis un jour, elle oubliera. Elle m'oubliera. Il le faudra.

Je ne veux pas faire la même erreur qu'avec Nikka ou, pire, qu'avec Shelby. Même si, avec elle, c'était différent. On s'aimait à notre façon. On se faisait du mal, mais aucun de nous ne quittait l'autre parce qu'on le savait. Personne d'autre n'aurait voulu d'elle ou de moi.

Trop flingués pour être aimés.

Je serre les dents, sors du lit et enfile mes fringues en vitesse pour me barrer. Mais alors que je jette un rapide regard dans sa chambre, mes yeux tombent sur son chevalet, où est disposé un tableau encore inachevé. Curieux, car généralement admiratif de son talent, je m'approche pour l'observer.

Il est peint de noir et de gris, comme tous les autres que j'ai pu voir avant celui-ci. Je ne connais rien à la peinture, mais il paraît que, comme la musique ou la danse, une toile exprime les émotions de son auteur. Et, à en juger par cette toile, Juliet est en colère.

Du bout des doigts, je caresse la peinture comme si elle allait me révéler les secrets de Juliet.

— Tu es déjà debout ?

Je sursaute en entendant le son de sa voix, et cogne le chevalet, manquant de faire tomber son tableau.

— Ouais. Un putain de cauchemar m'a réveillé.

— Est-ce que ça va ? Tu veux en parler ?

— Pas vraiment, non.

— Tu veux peut-être parler de ce qui s'est passé hier soir ?

Je secoue la tête et vérifie attentivement que je n'ai pas abîmé la toile.

— Il te plaît ? demande-t-elle.

—Il est cool. T'étais en colère quand tu l'as peint ?

— Je ne sais plus mais, si c'est le cas, c'était sûrement à cause de toi.

— Très drôle.

Amusée, elle me tire la langue. Assise en tailleur sur son lit, elle relève ses longs cheveux pour les attacher en un chignon haut, puis elle se lève.

— Café ?

J'acquiesce, et Juliet me sourit avant de m'inviter à la suivre. Une fois en bas, au lieu de la rejoindre en cuisine, je me plante devant les grandes baies vitrées du loft. D'ici, la vue est cool, et je suis sûr que, depuis la terrasse, elle l'est encore plus. J'ouvre l'une des portes-fenêtres et m'avance dehors, vers le muret, pour profiter du panorama.

Je sors une clope, la glisse entre mes lèvres et l'allume. Le ciel est gris, et quelque chose me dit qu'il ne va pas tarder à pleuvoir.

— Je ne savais pas si tu voulais du sucre alors, je n'en ai pas mis.

Je me retourne. Juliet est plantée devant la porte-fenêtre.

— Je n'en prends pas, je confirme.

Un léger sourire vient étirer ses lèvres tandis qu'elle me tend la tasse, sans franchir les portes-fenêtres. Comme je ne la saisis pas, elle s'agace :

— Tu peux venir, s'il te plaît ?

— Pourquoi ? Viens-toi.

— Non. Je… Non.

Je fronce les sourcils, et Juliet soupire.

— Je ne peux pas… J'ai le vertige.

— Le vertige ? Tu te fous de moi ? Je t'ai déjà vue monter sur un escabeau.

— Ce n'est pas pareil. T'as vu à quelle hauteur on est ?

— Attends. T'es jamais venue sur ta terrasse ?

Gênée, Juliet se pince la lèvre et secoue la tête. Je balance ma clope à moitié fumée par-dessus le balcon et m'approche d'elle. Son regard turquoise vient se river au mien. Je lui prends le café et en bois une gorgée.

Mon mug dans une main, je glisse l'autre dans la sienne pour l'attirer sur la terrasse avec moi. Juliet résiste, mais je lui demande de me faire confiance, et elle accepte. Pieds nus sur le sol en béton, elle me suit sans rien dire, prudemment, pas à pas. Je dépose ma tasse sur le muret et l'attire à moi pour qu'elle puisse voir la vue.

— C'est encore plus joli d'ici, constate-t-elle, émerveillée. Dommage que le ciel soit tout gris.

Je hoche la tête et, tandis qu'elle continue à regarder l'horizon, je n'arrive pas à détacher mes yeux de nos doigts joints. Soudain, un grondement sourd résonne au loin, ce qui nous fait lever la tête en même temps. Une goutte de pluie vient s'écraser sur mon front. Je plisse les yeux et baisse la tête alors que Juliet, elle, ne détache pas son regard du ciel.

— Il pleut, dit-elle. Tu sais ce que je préfère dans la pluie ? Sa musique. Cette jolie petite mélodie qu'elle joue.

Juliet détache ses yeux du ciel pour venir les poser sur moi et c'est là que je le ressens. C'est comme une explosion, un truc puissant qui me coupe le souffle.

— J'aime la pluie, poursuit-elle. J'aime son odeur bien à elle. C'est juste qu'elle me rappelle un peu trop Londres.

Son regard s'assombrit, et son sourire s'efface petit à petit. Je ne sais pas ce qu'elle a vécu là-bas, mais parler de Londres la rend malheureuse. Soudain, la pluie se met à tomber d'un seul coup. En à peine quelques secondes, on se retrouve complètement trempés.

Je jure et prends la main de Juliet pour rentrer nous mettre à l'abri, mais cette cinglée la retire et se met à tourner sur elle-même en levant les bras en l'air.

— Juliet ! Mais qu'est-ce que tu fous, bordel ? !

Alors qu'elle tourne encore et encore sous la pluie qui tombe de plus en plus fort, je sens un sourire étirer mes lèvres, parce que Juliet vient de retrouver le sien. Je l'observe quelques instants, puis, sans lui laisser le temps de dire quoi que ce soit, je la soulève et la balance sur mon épaule. Elle se met à rire en me suppliant de la laisser danser, mais je refuse et passe la porte-fenêtre du loft.

Trempée de la tête aux pieds, Juliet resserre ses bras contre elle et se met à grelotter de froid. J'attrape alors la petite couverture qui traîne sur le canapé et la recouvre avec. Puis j'encercle sa taille de mes bras et la presse contre moi.

— Je… Je sais que je ne devrais pas dire ça, mais… Tu vas me manquer quand tu partiras en tournée, dit-elle d'une petite voix. Je voulais juste que tu le saches.

En guise de réponse, je pose mon menton sur le sommet de sa tête et laisse échapper un long soupir.

Si elle savait à quel point elle va me manquer, elle aussi. Et putain, je voudrais tellement que ce ne soit pas le cas. C'était tellement plus facile avant tout ça. Avant qu'elle ne commence à arracher les morceaux de mon cœur endommagé pour venir les remplacer.

Ô Juliet… Douce Juliet… De tous les poisons présents sur cette terre, tu es celui dont je n'arrive pas à me défaire.

Juliet est là, à quelques mètres de moi et je l'observe en silence. On est au beau milieu de la nuit et elle se tient pieds nus sur le béton, pinceau à la main, vêtue d'un de mes T-shirts. Ses longs cheveux blonds sont relevés en un vague chignon, retenus par l'un de ses pinceaux usés.

Sans dire un mot, j'admire sa jolie silhouette éclairée par les rayons de la lune. Je la regarde elle, mais pas seulement. Je regarde aussi chacun de ses gestes. C'est comme une danse, un dialogue entre elle et son œuvre. Ses longs doigts fins aux ongles rouge profond promènent le pinceau sur la toile blanche d'un geste fluide. Elle semble ailleurs, perdue dans un endroit dont elle seule connaît le chemin.

Chaque geste est calculé à la perfection, chaque couleur est appliquée avec précision. Rien n'est laissé au hasard.

Noir, gris, et encore gris, à peine plus sombre que le ciel un jour de pluie. Un ciel comme aujourd'hui.

Je voudrais comprendre. Je voudrais connaître les secrets que cache chacune de ses toiles. Tout comme ceux des éclats colorés qui recouvrent chaque centimètre de sa peau. Parce que Juliet est sombre et mystérieuse, comme la nuit. Elle renferme bien des mystères. Mais Juliet est aussi lumineuse comme le soleil et, parfois, elle m'irradie de sa lumière.

Juliet me fascine, elle m'envoûte, elle m'ensorcelle.

Je déteste la façon dont elle s'insinue en moi, comme un poison, doux et lent à la fois. Elle est comme l'héroïne. À chaque dose elle me transporte, me consume et me rend accro. J'aimerais pouvoir me débarrasser de cette sensation, mais Juliet a planté ses ongles profondément dans ma peau.

Et j'ai beau essayer de me débattre pour repousser ce sentiment étrange qui m'habite depuis quelque temps, j'en arrive toujours au même point. Je suis pris au piège.

Juliet a emprisonné mon âme de ses immenses ailes argentées. Impossible de m'en défaire.

Rien que d'y penser, j'en ai la tête qui tourne. J'étouffe. Mes mains sont moites et une sensation désagréable me gagne. Comme si une part de moi-même cherchait à se libérer de ses chaînes. Celles qui, depuis des années, me retiennent.

Je ne suis pas libre, non. Jamais. Je suis prisonnier de moi-même. De la noirceur qui coule dans mes veines. Cette fille, je n'aurais jamais dû la laisser entrer dans ma vie. Depuis qu'elle en fait partie, plus rien n'est pareil.

Les yeux toujours braqués sur elle, je m'approche lentement. Penser à elle de cette façon me rend cinglé. Juliet c'est ma came. Comme un putain de drogué, j'ai besoin de la posséder, de la goûter, de la toucher. Besoin de la sentir sous mes doigts pour pouvoir à nouveau respirer. Pour pouvoir me sentir moi.

Un vrai toxico, prêt à n'importe quoi pour avoir un fixe.

Avec elle, c'est toujours comme ça. Elle me fait perdre la tête, et la seule façon que j'ai de reprendre le contrôle, c'est de l'avoir tout entière. Et Juliet, jamais elle ne dit non. Comme si elle aussi se servait de moi pour de mauvaises raisons. Peut-être pour oublier cette vie minable. Pour oublier pourquoi tout est toujours fait de noir.

Dos à moi, Juliet est tellement concentrée sur son œuvre qu'elle ne m'entend pas. Son pinceau balaie la toile d'un mouvement sec, étalant la peinture pour former un arc de cercle, puis un autre. Une fois près d'elle, je colle mon torse contre son dos et empoigne ses cheveux d'une main ferme.

Lentement, je fais pivoter son visage et capture sa bouche sans douceur. Jamais. Ses lèvres pulpeuses, aussi douces qu'un pétale de rose, pressées contre les miennes. J'en veux plus, je veux toujours plus. Nos langues l'une contre l'autre se cherchent, se trouvent et se caressent. Ça me rend fou, elle me rend fou.

Ces baisers enflammés ne suffisent pas à atténuer mon envie de la posséder. Je veux sentir son corps brûlant sous mes doigts, son souffle mourir sur mes lèvres, la douleur lorsque ses ongles se plantent dans la chair de mon dos. Je veux entendre chacun de ses gémissements résonner dans toute la pièce.

Ce son mélodieux, associé aux bruits de nos respirations, est devenu mon morceau préféré.

Cette jolie blonde à la peau parfumée à la rose, j'en ai fait ma chose. Juliet le sait, j'ai besoin d'elle. Besoin qu'elle soit là chaque fois que je déraille. Elle est devenue cette drogue dont je ne peux plus me passer.

Mon poing serrant toujours ses cheveux, je grogne quand elle se met à aspirer ma langue.

Je pose une main sur son ventre, et lentement, très lentement, je la fais descendre le long de son corps pour finir entre ses jambes. Nue sous mon T-shirt, elle a envie que je la touche. Je le sais parce que tout son corps me réclame. Et elle laisse tomber son pinceau sur le sol au moment où j'introduis mes doigts en elle.

Ô ! Douce Juliet.

Avec son corps collé au mien, je peux sentir la chaleur de sa peau à travers le tissu du T-shirt qu'elle porte. Elle tremble et ma bouche capture les gémissements qui franchissent ses lèvres chaque fois que je fais bouger mes doigts en elle, lui offrant plus de plaisir à chaque mouvement.

Le torse plaqué contre son dos, je sens mon sexe se dresser entre nous, réveillé par les sons érotiques qui s'échappent de ses lèvres. Cette douce mélodie. Impatient de la posséder, je murmure contre sa bouche que j'ai envie d'elle, et Juliet me répond par un nouveau soupir qui me fait vriller le crâne.

Un peu brut, comme à mon habitude, je la retourne face à moi avant de la soulever du sol, enfonçant mes doigts dans ses cuisses pour la maintenir en place. Ses jambes enroulées autour de ma taille, ses bras autour de mon cou, je la porte à travers la chambre.

Quand je la dépose devant son lit, Juliet se met à mordiller d'envie sa lèvre inférieure. Ses yeux turquoise me fixent et je me perds dans leur intensité.

Impatient d'être en elle, j'attrape son T-shirt et le fais remonter le long de son buste, dévoilant peu à peu sa peau recouverte de tatouages. En la voyant nue devant moi, je pousse un grognement de satisfaction et, sans attendre une seconde de plus, je fais glisser mon boxer le long de mes jambes et je me jette sur elle.

Sans douceur, sans tendresse. Jamais.

Son petit corps brûlant contre le mien, je m'empresse de goûter chaque centimètre carré de sa peau. La mordant, puis la léchant pour atténuer chaque morsure. Juliet tremble sous mes doigts et j'aime penser que c'est moi qui la mets dans cet état. Mes doigts à nouveau en elle, mon ange aux ailes argentées se cambre tout en laissant échapper de longs gémissements de plaisir.

J'aime ce son, j'aime l'entendre prononcer mon prénom encore et encore.

Alors que je savoure le plaisir que je lui donne, Juliet me supplie de ne pas arrêter. Elle prend beaucoup trop son pied, hors de question qu'elle m'échappe avant d'avoir pu la prendre tout entière. Le souffle court, je m'arrête pour prendre une capote qui traîne sur la table de nuit et, après l'avoir mise, je me positionne entre ses cuisses.

— Romeo… Ne t'arrête pas. S'il te plaît.

Une petite moue sur le visage, le regard voilé de plaisir, Juliet m'attend. Elle en veut, elle s'impatiente et se met à onduler des hanches en se mordillant la lèvre de façon sensuelle et explicite. La voir dans cet état me rend fou, et ma queue ne demande qu'à la satisfaire. Elle aussi me supplie. Elle palpite d'impatience.

Sans quitter Juliet des yeux, je serre les dents et entre en elle. Là, je respire à nouveau. Une putain de vague de plaisir déferle en moi.

Bordel, cette meuf, c'est le nirvana.

Juliet gémit et me supplie d'accélérer la cadence à chaque mouvement. Nos respirations se calent sur le même rythme, nos corps s'emboîtent à la perfection. C'est sa peau aux éclats colorés contre ma peau couverte d'encre noire. Comme une de ses peintures, une putain d'œuvre d'art dont je n'arrive pas à me lasser.

Juliet me supplie de la prendre plus fort encore, plantant ses ongles plus profondément dans ma peau. Je serre les dents et lui donne ce qu'elle veut en la baisant plus profondément, plus intensément. Sur le point de céder, je plaque ma bouche sur la sienne et capture son orgasme avant de me laisser aller complètement.

Ô Juliet… Doux poison enivrant. Pourquoi m'effraies-tu autant ?

34

Juliet

Mon carnet à croquis en main, je peaufine mon dessin plutôt que d'écouter notre intervenant du jour. Cette fois encore, l'école nous a déniché une perle. Ce mec est encore plus chelou qu'un prof de sciences aux idées farfelues. Son amour pour l'art n'a aucune limite, et je dois avouer que c'en est flippant.

— Hey ? Qu'est-ce que tu fous ? me demande Yuuma.

— Je dessine, ça ne se voit pas ?

Concentrée sur les ombres de mon dessin, je sens mes lèvres former un sourire tandis que je m'applique à reproduire le regard sombre d'un certain rockeur.

— Je rêve ! T'es sérieuse ?

Je relève les yeux. Yuuma fixe mon carnet en secouant la tête.

— Quoi ?

— T'es sérieusement en train de le dessiner ?

— Mmm… Mmm…

— S'te plaît, Juliet, dis-moi que t'es pas vraiment tombée raide dingue de ce mec.

Au souvenir de ma nuit avec Romeo, je me pince les lèvres pour masquer mon sourire. Yuuma se frappe le front du plat de la main en grognant.

— Quoi ? Je n'y peux rien si je suis tombée amoureuse de lui. J'ai essayé de résister, je te jure, Yuuma, mais Romeo est… Il est comment dire…

— C'est un rockeur paumé et, forcément, ça te fait mouiller.

J'éclate de rire et lui donne un coup dans les côtes ce qui le fait grimacer.

— Je n'arrive pas à croire que, toi, tu sois raide dingue de ce mec. Ce n'était pas censé être juste pour le cul ?

— Heu… si, mais les choses ont changé. Qu'est-ce que j'y peux ?

— Merde, Ju' ! C'est un foutu drogué qui passe son temps à baiser tout ce qui bouge et qui, en plus, va se barrer en tournée dans quelques semaines.

— Ouais bah… Je n'y peux rien si mon abruti de cœur a décidé de le choisir, lui.

— Il va se casser Juliet. T'es au courant ? Tu crois qu'il en aura quelque chose à foutre de toi ? Romeo va sauter toutes les pétasses qui vont croiser son chemin parce que c'est comme ça. Et toi… Tu vas l'attendre gentiment ici ?

— Pourquoi tu me balances ça comme ça ? Tu fais chier Yuuma !

— Je dis simplement la vérité. Tu crois vraiment que ce mec va la garder sagement dans son jean jusqu'à ce qu'il rentre à la maison ? Je ne suis pas sûr.

Saoulée, je l'envoie chier et fourre mon carnet dans mon sac pour me barrer.

— Ju' ? Mais qu'est-ce que…

— Je me casse, tu m'as gonflée.

— Parce que je dis la vérité ?

— La vérité ? Mais qu'est-ce que t'en sais, hein ? Il ne sait même pas que je l'aime.

— Et quoi ? Tu vas le lui dire, et après ? Juliet, soit réaliste.

— Je croyais qu'on était amis ? Pourquoi tu me dis tout ça ?

Blessée de voir que Yuuma ne me soutient pas, je peste, me lève de ma chaise et ramasse mon sac.

— Bien sûr qu'on est amis, c'est justement pour ça que je te dis tout ça, Ju !

— Laisse tomber, Yuuma !

Je secoue la tête, lui tourne le dos et quitte l'amphithéâtre de colère.

Mon plateau pressé contre moi, j'observe la scène du Roxy. Ce soir, un nouveau groupe joue à la place des Nyx. Même s'ils sont bons, je dois avouer que ne pas voir Romeo accroché à son micro me fait quelque chose. J'adore entendre sa voix résonner dans tout le bar. Mais les Nyx ont commencé à enregistrer en studio et, ces derniers jours, ils n'ont pas mis un pied ici.

Je sursaute lorsque quelqu'un brandit une rose rouge devant mon visage. Yuuma se tient à côté de moi, affichant une petite moue triste. Je saisis la rose pour la sentir. D'un magnifique rouge foncé, elle est incroyablement parfumée.

— Une rose pour demander pardon à ma Juliet, dit-il d'une petite voix.

Je secoue la tête et lui souris.

— Pour me demander pardon ? Humm… Tu aurais dû acheter le stock du fleuriste dans ce cas.

— Chieuse.

— Emmerdeur.

— Je suis désolé pour tout à l'heure. Je n'ai pas été cool.

— C'est moi qui suis désolée, tu n'avais pas tout à fait tort. Je n'ai simplement pas envie d'entendre ça, c'est tout.

— Donc tu ne fais plus la gueule ?

Je plisse les yeux, me mordille l'intérieur de la joue, puis secoue la tête.

— Tu peux remercier la rose. Tu as marqué des points avec.

— Facile, c'est ta fleur préférée.

Amusée, je lui tire la langue, puis lui désigne le bar.

— J'ai encore deux tables à servir avant de prendre ma pause. Tu m'attends là-bas en sirotant ton cocktail favori ?

— Je préfère t'attendre dehors, c'est plus calme. Il faut que je te parle de quelque chose.

Je fronce les sourcils. Je n'aime pas quand Yuuma me balance ce genre de phrases. En général, c'est mauvais signe.

— De quoi tu veux parler ?

— Va servir tes clients Juliet, on parlera après.

— OK. Comme tu veux.

Impatiente d'en savoir plus, je me dirige vers le bar en hâte. Ma rose posée sur le comptoir, je demande à Roxanne de me la garder jusqu'à la fermeture.

— Une rose rouge ? Tu as un admirateur, Juliet ?

— Absolument pas. Ça vient d'un pote. Et avant que tu dises quoi que ce soit, son truc à lui, c'est les mecs.

Roxanne éclate de rire, prend ma rose pour la plonger dans un verre d'eau, puis prépare mes commandes. Je récupère le plateau et file servir mes tables avant de prendre ma pause.

Dehors, Yuuma m'attend, le dos appuyé contre le mur en briques du Roxy. Les yeux au sol, il semble perdu dans ses pensées. Bras croisés, j'avance vers lui et tape dans sa bottine avec le bout de ma Converse pour le faire réagir.

Il relève aussitôt la tête et balaie quelques mèches qui lui tombent sur le visage. Ses cheveux, habituellement cuivrés, paraissent presque roses à la lumière des néons du bar.

— Alors… T'avais un truc à me dire ?

— Ouais, ça concerne notre coloc.

— Oh ? Tu t'es enfin décidé ? Alors t'emménages quand, idiot ?

— Je pars, Juliet.

Je fronce les sourcils et penche la tête sur le côté.

— Comment ça, tu pars ?

— Je quitte New York pour Londres.

— Oui, je sais. Tu m'en as déjà parlé.

— Je t'avais dit que je partais après l'obtention de ma licence d'art mais, finalement, je pars plus tôt que prévu. Tu sais, les relations à distance, c'est pas mon truc. Avec Marley, on n'arrête pas de s'embrouiller. Je suis désolé Juliet, mais j'aime ce mec et je n'ai pas envie de tout faire foirer à cause de quelques mois d'école.

— Ce n'est pas ta faute, Yuuma. Je comprends que tu veuilles retrouver Marley. C'est juste que tu vas terriblement me manquer. Mais je vais survivre.

Pour le rassurer, je lui offre un petit sourire. Je tente de lui cacher la vague de tristesse qui s'empare de moi, déclenchant des frissons le long de ma colonne vertébrale. Je croise un peu plus mes bras et, devinant ma peine, Yuuma me prend dans ses bras. Blotti contre moi, il s'excuse une nouvelle fois, mais je lui promets que tout ira bien.

— Je vais devoir dévaliser le stock de roses du petit fleuriste au coin de ma rue.

J'éclate de rire et le traite d'abruti avant de le serrer plus fort contre moi. Je ferme les yeux et laisse échapper un long soupir. Nikka est partie, Yuuma s'en va et Romeo s'apprête à faire de même. De toute ma misérable vie, je crois ne m'être jamais sentie aussi seule.

— Tu pourras toujours venir me voir à Londres. D'autant qu'il y a ce mec qui voulait t'exposer. Tu sais ? Le surfeur sexy de la galerie. Deux raisons de venir !

Je souris et mets fin à notre câlin. Les yeux brillants de larmes,

Yuuma me sourit. Ses doigts dans mes cheveux, il vient enrouler l'une de mes mèches blondes autour de son index.

— Est-ce que tu peux faire un truc pour moi avant mon départ ? me demande-t-il.

Je hoche la tête en espérant qu'il ne s'agisse pas d'un truc tordu comme il en a le secret.

— Balance tout à Romeo. Comme ça, s'il te brise le cœur, tu n'auras plus d'excuses pour venir à Londres.

— Ce n'est pas toi, ce matin, qui me disais de faire le contraire ?

— Si. Mais tu es ma meilleure amie et, même si je n'ai aucune envie de te voir malheureuse, tu es dingue de ce mec. Alors, tu devrais le lui dire. Qui sait, peut-être qu'il est amoureux de toi, lui aussi. Un joli petit couple de paumés, si c'est pas mignon !

— Ta gueule, Yuuma !

Cet idiot éclate de rire, et j'en fais autant.

— Bon, je dois reprendre mon service. Tu restes ou tu rentres chez toi ?

— Je vais rentrer. On se voit plus tard ?

J'acquiesce d'un hochement de tête et lui claque une bise sans oublier de le remercier une nouvelle fois pour la rose.

J'approche la rose de mon nez pour respirer son doux parfum. Un sourire idiot sur les lèvres, je traverse le parking du Roxy en direction du métro pour rentrer au loft, quand j'aperçois Romeo appuyé contre sa caisse, les mains dans les poches de son jean.

— J'te ramène ?

— Tu es venu au Roxy juste pour venir me chercher ?

— Non, je sors du studio et je passais devant le bar, alors, comme on vit dans le même quartier, autant en profiter pour te ramener.

— Merci, c'est gentil. Surprenant venant de toi, mais gentil.

Romeo lève les yeux au ciel, et lorsqu'ils les posent ensuite sur la rose que je tiens, ses sourcils se froncent.

— C'est quoi, ça ?

— C'est une fleur, plus souvent appelée rose.

— Merci, je sais que c'est une rose. Prends-moi pour un con aussi.

— Qui ? Moi ? Noooon. Jamais je n'oserais faire un truc pareil.

Pas du tout amusé, Romeo me fusille du regard.

— Qui t'a offert ça ?

— Tout ce que je peux dire, c'est que ce n'est pas une fille.

Je souris, ravie de me foutre de sa gueule, mais Romeo, lui, ne semble pas d'humeur. Sans quitter la fleur des yeux, il m'ordonne de grimper dans la voiture avant d'aller s'installer derrière le volant.

Sauf qu'en arrivant dans mon quartier il ne me laisse pas à ma porte, mais m'emmène devant chez lui.

— Pourquoi on est chez toi ? je lui demande, surprise. Tu n'étais pas censé me ramener au loft ?

— J'ai dit que je te ramenais, je n'ai jamais dit qu'on allait chez toi.

— OK… Mais t'aurais au moins pu me demander mon avis

Sans prendre la peine de me répondre, il sort de la voiture et, au moment de fermer la portière, il soupire et se tourne vers moi :

— Bon ! Tu viens ou tu préfères rentrer chez toi à pied ?

Je râle, sors de la voiture et suis Romeo jusque chez lui. Au moment de passer la porte de son appartement, il m'arrache la rose des mains et la balance dans l'escalier.

— Hey ! Mais pourquoi t'as fait ça ?

— Hors de question que tu rentres chez moi avec ta rose à la con.

— C'était un cadeau, idiot !

Romeo me lance un regard mauvais et entre dans l'appartement me laissant sur le palier. Exaspérée par son comportement, je serre les dents, retourne chercher ma rose et, une fois dans l'appart', claque la porte derrière moi.

— Je peux savoir pourquoi tu es venu me chercher au Roxy si c'est pour être aussi con ?

— J'ai passé une journée de merde, je pensais que la soirée serait mieux, mais faut croire que je me suis trompé.

— Je vois. Donc parce que tu as passé une journée pourrie, moi, je dois te servir de punching-ball ?

— À toi de voir. Tu ne veux pas que je consomme, alors…

— Alors t'es un abruti. Pourquoi est-ce que tu es aussi con ?

Planté dans son salon, Romeo serre les dents et s'approche de moi. Je soupire :

— Je ne sais jamais comment me comporter avec toi. Soit t'es un con et deux minutes après t'es adorable, soit t'es un con tout le temps. C'est épuisant.

— Qui t'a offert la rose Juliet ?

— Quoi ? Pourquoi tu me reparles de la rose ? Je te parle de toi et de ton sale caractère !

— Qui t'a offert cette rose ?

— Mon pote Yuuma. Qui tu veux que ce soit ?

— Ton pote ? Pourquoi tu ne l'as pas dit tout à l'heure ?

— Je ne sais pas. Sur le coup j'ai trouvé ça amusant de te faire croire que ça pouvait être un mec intéressé. J'avais envie de voir ta réaction.

Romeo secoue la tête et me prend à nouveau la rose des mains.

— Pourquoi ?

— Je ne sais pas. Bon ! Tu me rends ma rose maintenant ?

— Non.

— Tu me soûles ! Tu sais quoi ? Garde-la, je rentre chez moi, je n'ai pas envie de jouer ce soir.

Épuisée de ne jamais savoir sur quel pied danser avec lui, je souffle et lui tourne le dos, mais Romeo me retient par le bras.

— Reste.

— Pour quoi faire ?

— Je n'ai pas envie d'être seul ce soir.

— Donc, parce que tu ne veux pas être seul, je dois passer la soirée avec un connard de mauvaise humeur ?

Ses yeux noisette rivés aux miens, il secoue la tête.

— On a bossé sur les chansons qui parlent de Shelby aujourd'hui, et ça m'a mis en vrac. C'est pour ça que je suis venu au Roxy, j'avais envie d'être avec toi. Mais, quand j'ai vu ta rose, ça m'a gonflé.

Surprise par cet aveu, je me pince la lèvre et m'approche de lui.

— Pourquoi ? C'est qu'une rose.

— Ce n'est pas le genre de fleur qu'on offre comme ça et, en plus, t'avais le sourire. C'était forcément le cadeau d'un mec.

— Ce matin, je me suis disputée avec Yuuma. Alors il est venu au bar pour s'excuser et il m'a offert la rose. C'est tout.

— Donc…

— Donc il n'y a pas de mec qui m'offre des fleurs. Même si j'avoue que maintenant j'ai très envie que ça arrive parce que ça te rend jaloux.

— J'suis pas jaloux.

Sourcils froncés, Romeo me tend la rose. Je la récupère et lui tape le bout du nez avec.

— Dommage. J'aurais bien aimé que tu le sois, même juste un peu.

— Faut pas rêver. Bon… tu restes ?

Je hoche la tête, dépose mes affaires et me dirige vers la cuisine pour mettre ma fleur dans l'eau.

Blottie contre Romeo, je pose mes lèvres sur les siennes, profitant qu'il dorme pour lui murmurer en secret combien je l'aime. Mon ange déchu, mon rockeur fait de noir.

Avec son visage reposé, il est vraiment très beau. Mais ça ne l'empêche pas d'être mauvais. Romeo est comme un poison lent et, petit à petit, il s'insinue dans mes veines. Entre nous, c'est noir ou blanc. Il n'y a pas de gris. Pas de couleurs vives non plus.

Il est comme un tableau abstrait. Quelque chose de profond et de sombre à la fois. Quelque chose de poétique, qu'on essaie de lire à travers chaque coup de pinceau sans jamais y parvenir.

Notre relation est toxique, et elle me détruit à petit feu. Je savais pourtant depuis le départ qu'il n'y aurait rien de sérieux. Je pensais juste que, peut-être, Romeo serait différent. Mais ce n'est pas le cas. Il est celui qui noircit un peu plus mon tableau.

M'attirant à lui comme un aimant, pour ensuite me repousser. Mais je ne détourne pas les yeux, jamais. Je reste là et je le laisse m'entraîner dans cette relation sans avenir. Ce n'est pas de l'amour, non. C'est de l'autodestruction. Et je reste, parce que c'est comme ça. C'est si facile de tomber dans ses bras.

Il est comme un ange déchu, aux ailes abîmées par le temps. Comme s'il avait essayé de se débattre sans jamais y parvenir.

Allongée près de lui, je l'observe dormir. Il semble si paisible, comme si les démons qui l'habitent lui laissaient une nuit de répit. Romeo n'est pas une mauvaise personne, du moins j'ai envie d'y croire. Il est simplement brisé, abîmé, noyé par tout un tas de souvenirs qui s'accrochent à lui comme du goudron.

Je voudrais tellement pouvoir l'aider, lui montrer que derrière toute cette noirceur se cache un peu de lumière. Parfois j'ai l'impression qu'elle est là, tapie au plus profond de lui, et qu'elle arrive à s'échapper en filtrant à travers les fêlures de son âme cabossée.

Mon ange déchu, mon rockeur fait de noir, mon âme errante.

Je voudrais être magicienne, toucher son âme du bout de mon pinceau et le recouvrir de couleur. Lui ôter toute cette noirceur. Lui voler ses cauchemars. Poser mes lèvres sur son cœur et lui redonner vie. Mais il ne me laisse pas l'atteindre. Pas suffisamment

Dès que je le frôle du bout des doigts, il me repousse, plus fort à chaque fois.

Et, sans vraiment savoir pourquoi, je m'agrippe à lui, encore. Peut-être parce que je ressens ce besoin de le sauver, de l'aimer. Peut-être parce que j'ai l'impression que, même s'il ne veut pas vraiment de moi, son âme, elle, m'appelle à l'aide.

35

Romeo

Je ferme les yeux et, une main posée sur mon casque pour le maintenir en place, je chante les paroles de *Ghost*. Cette chanson parle de Shelby, mais aussi des fantômes qui me collent à la peau depuis toujours. Comme la plupart de mes chansons, elle est dure, les paroles sont sombres. Mais ce morceau est important et je voulais qu'il figure dans notre tout premier album, qu'on a fini par appeler *Ghost Memories*.

Ça fait des jours qu'on bosse dessus. Je ne compte plus les heures que j'ai passées ici, derrière cette vitre, accroché à mon casque, à cracher ma haine et mon désespoir.

J'ouvre les yeux et termine le morceau en donnant tout ce que j'ai, quand j'aperçois Juliet. Elle est assise sur le canapé du studio, aux côtés de Seven et Naël. Ses grands yeux bleus rencontrent les miens, et elle se met à sourire. Je suis surpris de la voir ici. Ces derniers jours, on ne s'est pas beaucoup vus, tous les deux. Faut dire que j'ai passé plus de temps enfermé dans cette cabine que le cul posé sur une chaise au Roxy.

Lorsque l'ingé son lève son pouce en l'air, je comprends que cette prise est bonne et que je n'ai pas besoin de la refaire. Ça tombe bien, je suis crevé, mais j'ai surtout envie de sortir de cette cabine. Je me sens étouffer ici.

Je dépose mon casque sur son socle et sort du local d'enregistrement pour rejoindre les autres. De l'autre côté de la vitre, mes potes et Dave, notre ingénieur son, me font part de leurs remarques. D'après eux, cette prise était la meilleure de la journée. Tant mieux parce que, putain, cette fois j'ai tout donné.

Dave nous informe que, une fois *Black Blood* et *In My Vein* enregistrées, il commencera le mixage de l'album pour terminer par le mastering. Comme les autres, j'acquiesce d'un hochement de tête, avant de récupérer mon sweat à capuche qui traîne sur le siège à côté de la console.

Je l'enfile et m'approche de Juliet qui est restée silencieuse pendant qu'on parlait boulot. Habillée d'une robe noire moulante, d'une veste en cuir et d'une paire de Converse rouges, elle est super sexy. Ses cheveux légèrement emmêlés sont lâchés, et j'adore le petit côté sauvage que ça lui donne. En voyant que mon regard se balade sur elle, Juliet me sourit.

— Salut, toi, dit-elle.

— Salut.

Je l'aide à se lever, et elle me claque un bisou sur la joue. Je hausse un sourcil, et Juliet me lance un regard mutin.

— J'en avais envie.

— Hey ! Avec MK et Seven on va bouffer un truc, nous lance Naël. Ça vous dit ?

Près de la porte, il nous interroge du regard. Juliet grimace, et me chuchote :

— J'avais envie qu'on passe du temps tous les deux. On ne s'est pas beaucoup vus ces derniers jours.

— On peut aller manger avec eux et, ensuite, on aura toute

la soirée pour faire ce que tu veux. Et quand je dis ce tout que tu veux, je parle bien sûr de sexe.

Juliet éclate de rire et accepte la proposition de Naël. J'enroule alors mon bras autour de ma rose épineuse pour l'attirer à moi tandis que nous sortons du studio.

Installé à côté de Juliet dans un box, chez Five Guys, l'un des fast-foods favoris des jumeaux, je sirote ma boisson tandis que les autres parlent de la tournée et des Pinky Doll's.

Dans quelques semaines, l'enregistrement sera terminé et nous quitterons New York pour une longue série de concerts. J'ai du mal à réaliser que, pour une fois, il se passe quelque chose de bien dans ma vie. Je prends une frite dans mon assiette, mais Juliet l'intercepte pour la fourrer dans sa bouche.

Je proteste.

— Hey ! C'était ma frite !

— Et alors ? Tu veux venir la récupérer ?

Je lui souris et, la prenant au mot, je me penche vers elle. Juliet éclate de rire en me repoussant.

— Non ! Je plaisantais, idiot !

— C'est gerbant ! On dirait un petit couple !

— Naël a raison, on dirait un petit couple, ajoute MK. Mais c'est loin d'être gerbant. En fait, je trouve ça plutôt mignon.

Toujours penché sur Juliet, je lève mon majeur en direction de MK avant de reprendre ma place et rectifie :

— C'est pas « mignon », et on n'est pas en couple. Vous me gonflez avec vos conneries.

— Alors pourquoi vous êtes toujours ensemble, si c'est pas le cas ?

Je fronce les sourcils, avant de répondre à Naël :

— On est toujours ensemble parce qu'on s'envoie tout le temps en l'air. Ça te va comme réponse ?

— Franchement, Ju' ! Je ne sais pas ce que tu trouves à ce connard.

Je fusille mon pote du regard et me tourne vers Juliet, qui se pince les lèvres nerveusement avant de hausser les épaules.

— C'est pourtant simple, Naël, intervient Seven. Elle est la seule à voir chez lui ce qu'aucun de nous ne voit.

Lui qui était jusque-là silencieux, comme à son habitude, balance ça comme si c'était la révélation du siècle. Je lève les yeux au ciel et fais un signe à Juliet pour qu'on bouge. Elle hoche la tête, se lève à son tour, puis salue mes potes.

— Vous allez où ?

— Chez moi.

— On te voit ce soir au Roxy ?

— Je ne pense pas. Enfin peut-être, je n'en sais rien, Mary-Kate.

— OK. Envoie un message si tu changes d'avis, Blake.

Je lève mon pouce et, après avoir piqué une frite dans l'assiette de Seven, je les salue et suis Juliet jusqu'à la sortie. Une fois dehors, je l'observe pianoter sur son téléphone en souriant, tout en m'allumant une clope.

— Pourquoi tu souris ? Quelqu'un t'a envoyé sa queue en photo, ou quoi ?

Juliet me lance un regard écœuré.

— Non, personne ne m'a envoyé sa queue. Note que, si c'était le cas, ça ne me ferait pas forcément sourire. En plus, qui fait ce genre de truc ?

Cette fois, c'est moi qui me marre.

— Naël. Ce taré fait ce genre de truc.

— Rappelle-moi de ne jamais lui donner mon numéro, s'il te plaît.

— Compte sur moi.

Juliet fronce le nez et reporte son attention sur son téléphone lorsque celui-ci se met à vibrer. Curieux, je m'approche d'elle et tente de lire par-dessus son épaule, mais Juliet se dégage avec humeur et range son portable dans sa poche.

— Bon ! lance-t-elle. On fait quoi ? On va chez toi ou chez moi ?

— Comme tu veux.

— On va chez toi. Ta petite boule de poils me manque.

Elle bat des cils en arborant une moue d'enfant capricieuse pour me convaincre. Amusé, je souris.

— OK. Va pour chez moi.

Assis sur le rebord de ma fenêtre, je tire une dernière fois sur ma clope avant de la balancer par-dessus la rambarde en métal, puis je rentre dans le salon.

Je masse ma nuque tout en rejoignant Juliet sur le canapé. Le chat blotti sur ses genoux, elle le caresse du bout de ses doigts tatoués. Depuis qu'elle est entrée dans le salon, elle lui raconte sa vie. Ça fait des plombes qu'elle lui parle et que Minuit lui répond en miaulant. Ça semble amuser Juliet, je l'entendais rire de l'extérieur.

Crevé de ma journée au studio, je me laisse tomber à côté d'elle et pousse un long soupir.

— Tu sais, j'adore Minuit, dit-elle. J'ai toujours voulu avoir un chat. Quand j'étais gamine, il y en avait un qui traînait près du foyer. Il était tout noir et il débarquait toujours à la même heure pour que je lui file à manger.

— Attends. Tu vivais en foyer ?

Visiblement contrariée d'avoir lâché cette info, Juliet grimace et serre Minuit plus fort contre elle.

— Oui, finit-elle par dire. Pendant quelque temps, avant d'être balancée en famille d'accueil, puis à la rue.

— Toi ? T'es une gosse de foyer ?

— Eh oui. Tout comme toi, j'ai eu une enfance pourrie.

— Pourrie jusqu'à quel point ?

— Eh bien… Mes parents étaient deux toxicos incapables de s'occuper d'une enfant. À quatre ans, j'ai été embarquée par les services sociaux qui m'ont collée en foyer, puis en famille d'accueil. Ado, je détestais vivre là-bas, je me suis enfuie plusieurs fois, pour finir dans des squats avec des jeunes de mon âge.

— Alors comment t'as fait pour atterrir ici ? À New York et dans une super école d'art ?

— Disons que je suis tombée sur la bonne personne.

Je fronce les sourcils, attendant des explications, mais Juliet hésite. Elle se pince la lèvre, pose Minuit sur le sol et se met à fouiller dans la poche de son short en jean. En se mordillant l'intérieur de la joue, elle en sort un petit objet qu'elle me montre. Je suis sous le choc.

— Ça va bientôt faire vingt-quatre mois que je suis clean, poursuit-elle. Vingt-quatre mois que je n'ai pas touché à la drogue.

Les yeux braqués sur le jeton métallique qui porte le chiffre 18, j'essaie d'assimiler ce que Juliet vient de dire.

— T'as fait une cure ? Toi, t'as fait une cure de désintox ? Mais pourquoi il y a écrit 18, si ça fait vingt-quatre mois que t'es clean ?

—Eh bien, je ne vais plus aux réunions depuis un petit moment, alors je n'ai pas reçu ma nouvelle médaille. Tu vois, je n'ai pas toujours été la Juliet que tu connais. Avant de venir ici j'étais… comment dire… j'étais une junkie.

— Qu'est-ce que tu prenais ?

— Eh bien… Principalement de la cocaïne et de l'héroïne. Je consommais parce que c'était cool, parce que la sensation qu'on éprouve est presque magique sur le moment. Mais l'héro m'a pris une personne à laquelle je tenais énormément. J'ai eu beaucoup de mal à m'en remettre. Au début, j'ai sombré. Et puis, un jour, une personne du foyer avec qui j'avais gardé contact m'a fait entrer en cure. Elle m'a sauvée et, grâce à ça, je me suis rendu compte que j'étais faite pour la peinture. Ou en tout cas que la peinture était faite pour moi. À la fin de mon séjour, j'ai quitté Londres pour démarrer une nouvelle vie.

— C'était qui la personne que t'as perdue ?

— Aïden. Mon copain. Du moins ce qui s'en rapprochait le plus

Je hoche la tête tout en me mordant le bout de la lèvre. Je n'aurais jamais cru que Juliet était comme moi. Enfin non, pas tout à fait comme moi : Juliet, elle, elle s'en est sortie. Elle est clean et elle semble avoir une vie bien meilleure maintenant.

— Est-ce que ça te manque ?

— Tu veux dire de consommer ?

— Ouais.

— Disons que, même si ça fait vingt-quatre mois, ce n'est pas toujours facile.

Je soupire en la regardant jouer nerveusement avec son jeton. Moi qui cherchais une excuse valable pour la faire sortir de ma vie, la voilà. Juliet est beaucoup trop exposée aux drogues avec moi et, j'ai beau essayer de me convaincre du contraire, j'aime cette fille. Le problème, c'est que je ne suis pas quelqu'un de bien pour elle, putain, vraiment pas. Et plus je ferai partie de sa vie, plus elle se rapprochera dangereusement du poison qui coule dans mes veines.

— Juliet ? Tu sais que tu ne peux pas me sauver, pas vrai ?

Ses grands yeux turquoise viennent se river aux miens, et elle hausse les épaules.

— Je n'arrêterai pas d'essayer pour autant, me répond-elle. Tout le monde peut être sauvé, Romeo, même toi.

Sans détacher son regard du mien, elle s'installe à califourchon sur moi. Je pose mes mains sur ses hanches tandis qu'elle glisse ses doigts dans mes cheveux. Puis, sans plus attendre, je capture ses lèvres en un baiser sauvage.

36

Juliet

Appuyée contre le bar, j'observe la scène avec agacement. Ce soir, les Pinky Doll's sont venues jouer avec les Nyx pour un concert privé. Ils reprennent ensemble les plus grands classiques du rock, et voir Ruby se coller à Romeo sur scène me met hors de moi.

Cette fille fait ressortir un sentiment que je déteste. La jalousie. À croire qu'elle le fait exprès, c'est énervant. En plus, comme la dernière fois, elle n'a presque rien sur le cul. Cette fille s'est trompée de vocation : ce n'est pas chanteuse qu'elle devrait être mais strip-teaseuse. Pas besoin de nom de scène, son prénom irait parfaitement.

Je soupire, exaspérée. Dire que les Nyx vont passer deux mois avec ces filles, toutes plus jolies les unes que les autres. Il ne faudra pas cinq minutes à Ruby pour se retrouver dans le pieu de Romeo, j'en suis certaine.

—Si t'avais des flingues à la place des yeux, quelque chose me dit que cette meuf sur scène serait déjà morte.

Je grimace de m'être fait griller et donne un coup de coude à Yuuma. Du haut de son tabouret, il manque de tomber.

— Quoi, c'est vrai ! ajoute-t-il. T'as clairement envie de flinguer cette fille. Pourtant, elle a l'air sympa.

Je tourne la tête et lui colle mon majeur devant le visage, ce qui, bien sûr, fait rire cet idiot.

— Je n'ai jamais dit le contraire. Simplement, je ne peux pas apprécier une fille qui prend clairement Romeo pour une barre de pole dance.

— Je vois. Mais, pour info, ce mec n'est pas le tien, donc toutes les meufs du Roxy pourraient se frotter contre sa queue que tu n'aurais rien à dire.

— T'es dans quel camp, Yuuma ?

— Le tien, évidemment. Mais Romeo n'est pas ton mec, puisque tu ne lui as toujours rien dit, n'est-ce pas ?

Je fronce le nez et lui tire la langue.

— Non, je n'ai rien dit.

— Qu'est-ce que tu attends ? Qu'il se tape la brune hyper sexy qui lui colle au cul et en tombe raide dingue ?

— Ferme-la ! Bien sûr que non. Je vais lui dire. Je vais le lui dire ce soir.

— Mouais… C'est ça !

— Occupe-toi de ton cocktail de meuf et laisse-moi tranquille.

— Chérie, le sex on the beach n'est *pas* un cocktail de meuf.

— Bien sûr que si ! Roxanne prépare ce truc pour la majeure partie des nanas de ce bar.

— Juliet a raison, confirme Roxanne. Je sers cette boisson pour des filles, la plupart du temps.

Les coudes plantés sur le comptoir, la barmaid nous sourit tout en jouant des sourcils.

— Faites pas chier ! proteste Yuuma. C'est ma dernière soirée à New York, alors laissez-moi boire des trucs colorés et sucrés !

Son verre en main, il nous tire la langue et le boit d'une traite avant d'en redemander un, déclarant qu'il veut boire une boisson de fille, ce qui ne manque pas de nous faire rire.

— Bon, je reviens, dis-je. Je vais servir la table près de la scène.

— Vas-y, moi je continue à me soûler !

J'éclate de rire et emporte mon plateau vers la scène. Mais je m'arrête net quand je vois Ruby qui, sur scène, s'amuse à retirer le T-shirt de Romeo. Je l'insulte entre mes dents tandis que les clientes du bar se mettent à hurler et à siffler.

Énervée de devoir assister à un truc pareil, je m'empresse de servir mes boissons et retourne jusqu'au bar où je dépose brusquement mon plateau. Je crie alors à Roxanne que je prends ma pause, laissant Yuuma planté sur son tabouret.

Je me faufile à travers les clients et remercie Grant lorsqu'il m'ouvre la porte. Une fois dehors, je peste et frappe dans un caillou en insultant Ruby. Cette fille me rend cinglée, folle de rage. Je n'ai pas pour habitude d'être jalouse comme ça, mais la voir avec Romeo fait ressortir le pire en moi.

Pour tenter de me calmer je fais les cent pas, mais peine perdue. Il faut pourtant que je reprenne mes esprits. Je ferme les yeux, inspire profondément, mais je ne décolère pas pour autant. Pourquoi faut-il qu'elle s'intéresse à lui ? Pourquoi pas Seven, ou Naël ? J'ai déjà du mal à me battre contre ses addictions, alors si cette fille s'ajoute à l'équation, je suis foutue.

Déprimée à cette idée, je me laisse glisser contre le mur pour m'asseoir par terre. Les genoux repliés contre ma poitrine, je pose mon menton dessus et soupire.

— Juliet ? Qu'est-ce tu fous là ?

Au son de sa voix, je relève la tête et croise ses yeux noisette.

— Je prends l'air, ça ne se voit pas ? dis-je sèchement.

— Oh ! Oh ! T'es énervée ? Qu'est-ce que t'as ?

— Rien. Je viens juste de me rendre compte que je bossais dans un club de strip-tease, et non dans un bar.

Romeo éclate de rire et me tend la main pour m'aider à me relever, mais je la dégage et me mets debout sans son aide.

— J'ai enlevé mon T-shirt, je ne me suis pas mis à poil, fait-il remarquer.

— C'est pareil.

— Pas vraiment, non. En plus c'est Ruby qui…

— Ruby, ouais…

Bras croisés, je fusille Romeo du regard. Il hausse un sourcil, avant de secouer la tête en souriant bêtement.

— Quoi ? Pourquoi tu souris comme un abruti ?

— Parce que tu me fais rire.

— Moi ?

— Ouais, toi. Si t'es énervée, c'est pas à cause du T-shirt, c'est Ruby ton problème. T'es jalouse, ou je rêve ?

— Quoi, moi ? N'importe quoi !

— Mmm… C'est ça… Tu pues la jalousie à plein nez !

Ses yeux plongés dans les miens, Romeo approche son visage tout près du mien.

— Alors ?

— Alors quoi ? !

Sous le coup de l'agacement, je plaque mes mains sur son torse pour le repousser, et Romeo secoue la tête en grognant. Saoulée par son attitude, j'explose :

— Bon, OK ! Je suis jalouse, ça te va ?

— À quel point ?

— C'est quoi cette question débile ?

— À quel point t'es jalouse de Ruby ?

— Qu'est-ce que ça peut faire ? !

— Réponds.

Je soupire d'exaspération. C'est tellement pénible d'avoir à m'expliquer !

— Eh bien… Au point où j'ai envie de lui arracher les yeux et de lui hurler de mettre un putain de T-shirt ! Sérieux, c'est quoi ce truc de se balader en soutif ? C'est n'importe quoi !

Cette fois, Romeo éclate de rire, ce qui m'agace encore plus.

— Ô Juliet ! Sexy Juliet ! Quand tu t'énerves comme ça, ça me donne envie de te prendre en levrette !

Je lui donne un coup dans les côtes et le traite d'abruti.

— Aïe ! Je plaisante ! Enfin, pour la partie où je dis que t'es sexy, évidemment.

Je plisse les yeux et souris, avant de le frapper encore une fois et de déclarer :

— Bon ! J'aimerais rester te frapper encore, parce que ça me détend, mais je dois reprendre mon service.

— Tu peux toujours venir chez moi ce soir, comme ça tu pourras continuer à me frapper, si ça te fait du bien.

— Mouais. J'espère que t'as quand même mieux à me proposer ?

— Pour ce soir, je ne sais pas. En revanche, là, tout de suite, j'ai bien une idée. Mais tu risques d'être en retard…

— Une idée pour faire…

Sans me laisser finir ma phrase, Romeo me plaque contre le mur et colle son bassin contre le mien. D'un mouvement adroit, sa main se faufile à l'intérieur de mon jean. Ses lèvres à quelques millimètres de mon oreille, il me murmure quelque chose avant de glisser ses doigts dans ma culotte.

Submergée par une vague de plaisir, je laisse échapper un gémissement. Gênée d'être aussi exposée, je le supplie d'arrêter mais, lorsqu'il bouge ses doigts, je me mords la lèvre et l'embrasse d'un coup afin d'étouffer mes gémissements.

Romeo est le diable. Le diable réincarné en rockeur terriblement sexy. Mais un foutu diable quand même.

Mes cheveux relevés sur ma tête en chignon flou, je traverse le salon vêtue uniquement d'un T-shirt de Romeo. Assis sur le rebord de la fenêtre, sa guitare en main, il gratte les cordes en fredonnant.

Depuis que je le connais, c'est la première fois que je le vois composer. Les yeux fermés, il semble si calme et si concentré qu'on dirait une autre version de lui-même. Un Romeo plus doux.

Fascinée par sa façon de jouer, je m'installe sur le canapé sans faire de bruit. Romeo est absorbé par sa musique et, moi, je suis littéralement sous son charme. Quand je vois la façon dont il caresse les cordes de sa guitare, la douceur avec laquelle il prononce chaque mot, je ne peux que tomber encore plus amoureuse de lui.

Je voudrais tellement que ce soit simple entre nous… Mais ce n'est pas le cas. Plus je m'approche et plus j'ai l'impression qu'il me repousse. Au début, c'était un jeu entre nous, un jeu amusant, mais maintenant je déteste ça. Parfois j'arrive à toucher du bout du doigt l'armure sous laquelle il se cache. Mais, lorsqu'il s'en rend compte, il change de comportement et devient distant. Romeo souffle le chaud et le froid en permanence et, moi, je suis perdue au milieu de tout ça.

Comme cette bouteille que les vagues portent jusqu'au rivage, puis l'en éloignent pour la repousser à nouveau vers le sable, dans un mouvement infini.

Un peu comme ce soir. Au Roxy, Romeo était joueur, il s'amusait de ma jalousie envers Ruby, mais une fois ici il a changé. Il ne m'a presque pas parlé et, chaque fois que je me suis approchée de lui, il a trouvé une excuse bidon pour me tenir à distance. On dirait qu'il se retient avec moi, qu'il a peur, mais je n'arrive pas à savoir de quoi.

Mes genoux pressés contre ma poitrine, je les entoure de mes bras tout en fixant Romeo, quand Minuit me saute dessus, les moustaches pleines de lait. Contente de le voir, je lui gratte la tête et il se met à ronronner tout en cherchant une position confortable.

— Ma pauvre petite boule de poils, lui dis-je. Tu vas être tout seul pendant deux mois. Je ne pourrai plus te faire de câlins.

Blotti contre moi, le chat se met à ronronner plus fort encore.

— Romeo ? Est-ce que tu penses que je pourrais passer pour nourrir Minuit pendant ton absence ? Deux mois tout seul, ça va être long.

Romeo s'arrête de jouer. Il lève la tête, et son regard s'accroche au mien.

— Il est resté un an tout seul quand je me suis cassé, et il n'est pas mort de faim.

— Peut-être, mais il est si mignon et… Bon, j'avoue, il va trop me manquer, je ne pourrais plus lui faire de câlins.

— Tu sais où se trouve la clé de mon appartement, non ? Donc, si t'as vraiment envie de le voir, t'auras qu'à venir.

— Tu es sérieux ?

— Ouais. Ce n'est pas comme si je te filais la clé pour que tu t'installes chez moi.

— C'est sûr…

Lèvres pincées, je hoche lentement la tête. Et dire que, ce soir, je suis censée lui avouer ce que je ressens pour lui. Si je fais ça maintenant, c'est du suicide. Autant me mettre debout au bord d'une falaise et sauter, ça reviendrait au même.

Un peu déçue de voir que la soirée ne prend pas la tournure espérée, c'est-à-dire fun et avec du sexe, je me mordille l'intérieur de la joue. Sans quitter Romeo des yeux, je me lève du canapé et avance vers lui pour tenter de détendre l'atmosphère, mais il se lève à son tour, pose sa guitare contre le mur et passe à côté de moi sans même m'adresser un regard.

Blessée par son comportement froid et distant, je me précipite vers lui et lui agrippe le bras pour le retenir.

— Romeo ? Je peux savoir pourquoi t'es comme ça ? Est-ce que j'ai dit quelque chose de mal ?

Les yeux braqués sur ses Converse, il soupire et secoue la tête, mais sa réponse ne me suffit pas.

— Vraiment ? Pourtant, tu ne me parles pas. Au Roxy, tu étais à deux doigts de me sauter sur le parking et, depuis qu'on est ici, tu ne m'as presque pas parlé. Alors j'ai forcément fait ou dit quelque chose.

— T'as rien dit ! T'as rien fait ! J'suis crevé, alors fous-moi la paix.

— Ne me mens pas ! Dis-moi ce qu'il y a !

Agacé, Romeo dégage mon bras d'un mouvement brusque pour me faire face. Son regard sombre plongé dans le mien, il fronce les sourcils.

— Je t'ai entendu parler au téléphone avec ton pote, quand tu étais dans la salle de bains tout à l'heure.

Paniquée, je déglutis péniblement.

— Tu… Tu m'as espionnée ?

— Quoi ? ! Ne dis pas de conneries !

— Romeo…

— Tu lui as dit que tu m'aimais ! Comment t'as pu dire un truc pareil, putain ? !

— Je sais qu'on avait dit que, tous les deux, c'était juste pour le sexe, mais…

— Mais t'es tombée amoureuse, c'est ça ? Putain, Juliet !

— Je suis amoureuse de toi, mais ne me le reproche pas, s'il te plaît. Romeo… Je t'aime et je n'y peux rien, c'est comme ça.

— T'as pas le droit, bordel ! Tu fais chier !

De rage, Romeo jure une nouvelle fois avant de foncer vers la porte d'entrée et, sans un regard en arrière, il sort de l'appartement et claque la porte. Plantée au milieu de la pièce, j'attends quelques secondes qu'il revienne, mais rien. Je suis toute seule au milieu de cet appartement à fixer une foutue porte qui ne s'ouvrira pas.

37

Juliet

Le nez rivé sur mes baskets, je sors de mon école et remonte la rue en direction du café Mona. C'est la première fois que je vais là-bas sans Yuuma et je dois dire que ça me fait bizarre. Passer la journée sans lui l'était encore plus. Il n'est parti que depuis deux jours et il me manque déjà.

Je soupire tristement en me dirigeant vers le comptoir de mon café favori. Habituellement, je ne bois que du lait. Toujours. Mais, aujourd'hui, j'ai besoin de quelque chose qui me remonte le moral, quelque chose de chaud et sucré.

Je récupère ma boisson au caramel avec supplément crème fouettée et m'installe à une table près de la baie vitrée. Là, je sors mon carnet à dessin, puis je commence à gribouiller tout en savourant ma boisson chaude.

Aujourd'hui n'est pas une bonne journée. À vrai dire, aucune ne l'est depuis quelques jours. Depuis que j'ai été forcée d'avouer à Romeo que je l'aimais, je n'ai plus aucune nouvelle de lui. Au fond, à quoi je m'attendais ? J'ai dit à un rockeur brisé par l'amour et par la vie que j'étais amoureuse de lui.

J'ai pourtant cherché à lui parler, à m'expliquer, mais Romeo ne répond à aucun de mes messages. En plus, avec les enregistrements au studio pour finir l'album, les Nyx ne viennent que très rarement au Roxy.

Perdue dans mes pensées, je pousse un long soupir lorsque je me rends compte que je suis une fois encore en train de le dessiner, lui.

Le nez rivé sur mon carnet, ma vue se brouille de larmes. J'aurais aimé qu'il ne me repousse pas, qu'il veuille de moi, mais faut croire que je ne suis pas celle qu'il lui faut. Peut-être que, si j'avais été la Juliet d'autrefois, Romeo se serait senti plus proche de moi, mais je ne suis plus cette fille.

Une larme s'échappe de mon œil droit et vient glisser le long de ma joue pour finir sa course sur mon dessin. Je renifle, referme mon cahier et tourne machinalement la tête vers la baie vitrée. De l'autre côté de la vitre, Seven me sourit chaleureusement. Surprise de le voir ici, je m'efforce de lui sourire en retour.

Il me fait signe qu'il me rejoint, alors je m'empresse de ravaler mes larmes et bois une gorgée de ma boisson chaude pour me rebooster.

— Salut, jolie Juliet !

— Salut Seven.

La mine réjouie, le guitariste des Nyx prend place en face de moi.

— Qu'est-ce qui t'amène ici ? je lui demande, intriguée.

— Une amie bosse dans une boutique de fringues juste à côté. J'y allais et, en passant devant la vitrine, je t'ai vue.

— Une amie ? Genre amie ou amie-petite amie ?

Seven éclate de rire et secoue la tête.

— Non, ce n'est pas ma petite amie, juste une amie.

— Je vois…

Je soupire légèrement et tourne à nouveau la tête vers la vitre afin d'observer l'extérieur. Des milliers de questions me brûlent les lèvres et je voudrais toutes les poser à Seven, mais je n'ai pas envie de passer pour la pauvre fille complètement accro. Même si je suis quasi sûre qu'il le sait déjà.

—Et toi ? demande-t-il. C'est quoi ce regard triste que t'essaies à tout prix de cacher ?

Affalé sur la chaise, les bras croisés, Seven me fixe en attendant une réponse.

— Je ne suis pas triste.

— Vraiment ? Pourtant, ton visage exprime le contraire.

Pas super emballée à l'idée de lui parler de mes soucis, je plisse les yeux et lui tire la langue pour lui faire oublier ma mine de fille déprimée. Mais Seven secoue la tête.

— Bien essayé, mais j'ai tout mon après-midi.

Je grogne, et finis par capituler :

— OK. Par où commencer ? Ma coloc est partie en tournage pour plusieurs mois. Mon meilleur ami vient de quitter New York pour rejoindre son mec à Londres. Romeo fait le mort, il ne répond plus à mes textos depuis plusieurs jours.

— Pourquoi ? Qu'est-ce qui s'est passé ?

— Eh bien… Disons que… Je ne suis pas sûre de pouvoir parler de ça. Tu es son pote, c'est un peu bizarre.

— Justement. Je suis son pote, je le connais mieux que personne.

— Ouais…

— Alors ? Qu'est-ce qui s'est passé ?

Nerveuse, je me pince les lèvres et joue avec le cordon de mon sweat.

— J'ai dit à Romeo que je l'aimais. Enfin, ça ne s'est pas vraiment passé comme ça… Mais bref, je lui ai dit que j'étais amoureuse et, depuis, je n'ai plus aucune nouvelle.

— Je vois.

— Je sais, je suis débile et j'aurais dû m'y attendre, mais…

— T'es pas débile. Pas du tout. T'es juste tombée amoureuse

du mauvais gars. T'es une fille géniale, Juliet, je te l'ai déjà dit. C'est Romy qui est vraiment con.

— Le pire c'est qu'on m'avait mise en garde et, moi, je n'ai rien écouté. Tu sais… J'aime vraiment Romeo. J'adore passer du temps avec lui et lorsqu'il est lui, juste lui, c'est un mec génial. Dommage qu'il le soit rarement.

— Ouais. La mort de Shelby lui a fait beaucoup de mal, ça l'a détruit. Je voudrais qu'il redevienne comme avant, mais je ne suis pas sûr que ça arrivera un jour. Même si… j'avoue que j'avais misé sur toi.

Je fronce les sourcils, pas sûre de comprendre où il veut en venir.

— Misé sur moi ? Comment ça ?

— Je voulais que tu sois cette fille. Celle qui le ferait redevenir celui qu'il était. J'y croyais vraiment, parce qu'il tient à toi. Il a beau dire que c'est faux, tout faire pour montrer le contraire, je sais qu'il tient à toi.

— Mmm… Parfois, il me laisse l'approcher suffisamment pour l'atteindre mais, lorsqu'il s'en rend compte, il fait marche arrière, et son côté sombre reprend le dessus. Je ne suis pas sûre qu'il tienne à moi. Il aime juste notre relation actuelle.

— Je voudrais pouvoir te dire qu'il se réveillera, qu'il verra que t'es une fille superbe, mais j'ai pas envie de te donner de faux espoirs.

—Mouais… Faut croire que les anges ne sont pas toujours faits pour être ensemble.

— Quoi ?

— Rien. Laisse tomber.

Blasée par toute cette discussion, je jette un œil à mon téléphone pour vérifier l'heure, puis je soupire. Cette journée est interminable.

— T'as un truc de prévu ce soir ? me demande Seven, le regard plein d'espoir.

— Non, je n'ai rien de prévu. Je te rappelle que mes amis ne sont plus ici que et le mec qui occupait tout mon temps libre ne veut plus de moi.

— On va boire un verre dans un bar sur Astoria, pour fêter notre nouvelle vie de rock stars. L'album est terminé et on se barre en tournée dans quelques jours.

— Je n'ai pas le cœur à faire la fête. En plus, il y aura Romeo.

— Oui, mais il y aura aussi MK, Naël, les Pinky Doll's et…

— Quoi ? Elles seront là aussi ?

— Ouais, c'est Ruby qui a lancé l'idée.

— Je viens !

— Tu viens ?

— Oui, je viens à la soirée.

Content de me voir accepter, Seven sourit de toutes ses dents.

— Je passe te chercher vers 22 heures ?

— Ça me va.

38

Juliet

Mes Converse dans une main et mon téléphone dans l'autre, je descends l'escalier pour rejoindre le salon afin de finir de me préparer, quand on frappe à la porte. Je me dépêche d'aller ouvrir. Une casquette à l'envers vissée sur la tête, comme toujours, Seven me salue en baladant son regard sur moi. Contente de le revoir, je l'invite à entrer et referme la porte derrière lui.

— Je suis désolée, je ne suis pas encore prête. J'ai un peu traîné.

— Pas de problème. T'es très jolie.

— Merci, t'es pas mal non plus.

Un énorme sourire vient étirer ses lèvres et, tandis que je me dépêche d'enfiler mes baskets, je prends le temps de l'observer. Ce soir, Seven porte un jean noir, déchiré au niveau des genoux ainsi qu'une chemise noire et grise à gros carreaux, ouverte sur un T-shirt gris.

Pour être honnête, je ne prends jamais le temps de regarder Seven, ni même Naël. Pourtant, ils sont tous les deux sexy et très mignons. Mais Romeo éclipse tout le monde. Dès que je pose les yeux sur lui, je ne vois plus personne.

Juste lui et son regard sombre.

Enfin prête, j'attrape ma veste et mon sac dans lequel je glisse portable et clé avant de quitter le loft en compagnie du guitariste des Nyx.

Assise à côté de Seven, je regarde défiler la ville tandis que la jeep roule en direction d'Astoria. En deux ans, je n'ai jamais mis les pieds dans ce quartier et je n'ai jamais entendu parler du bar dans lequel on va ce soir.

Soudain, je sursaute. Seven vient de poser sa main sur ma cuisse, avant de la retirer rapidement.

— Désolé, je voulais pas te faire flipper, mais j'étais en train de te parler et tu ne répondais pas, sexplique-t-il.

— C'est moi qui suis désolée, j'étais dans mes pensées.

— Respire, Juliet, ça va bien se passer. J'ai dit à MK que tu serais là ce soir, et elle a hâte de te voir.

— Tu sais… Je parle toujours de Romeo, mais vous allez tous me manquer. Le Roxy va être super triste sans vous, je me suis habituée à vous voir sur scène tous les week-ends et à passer du temps avec vous.

— On ne part que deux mois. Ça va passer super vite, tu verras.

— Je sais…

Une vague de tristesse s'empare de moi, et un léger soupir s'échappe de mes lèvres.

— OK ! Je t'interdis d'être triste ce soir. Hors de question. Tu sais quoi ? Je te parie que j'arrive à te faire passer une bonne soirée malgré la présence de Romeo.

Visiblement convaincu d'y arriver, Seven me lance un clin d'œil qui m'arrache un sourire. Quelques minutes plus tard, la voiture est garée et nous nous dirigeons vers l'entrée du bar. Alors qu'on marche tranquillement, j'observe les lieux avec attention.

Je ne sais pas quel genre de bar c'est, mais cet endroit ne semble pas au top de sa forme. L'enseigne lumineuse est sur le point de rendre l'âme, deux lettres clignotent comme si elles allaient bientôt s'éteindre. La façade est terne, vieillotte et presque flippante. Si je n'étais pas en compagnie de Seven, je n'y aurais jamais mis les pieds. J'espère que l'intérieur est plus chaleureux.

Mal à l'aise, je ralentis l'allure, ce qui n'échappe pas à Seven. À quelques pas devant moi, il se retourne :

— Qu'est-ce qu'il y a ?

— C'est flippant ici. C'est quoi ce truc ?

— C'est l'un des plus vieux bars d'Astoria. Viens ! Tu ne crains rien

— Mouais.

— Je te promets que tu ne crains rien. Et puis on ne dirait pas comme ça en me voyant, mais je suis un descendant de Bruce Lee.

Les poings serrés devant lui, il fait semblant de se battre, ce qui me fait éclater de rire. Si je n'étais pas emballée à l'idée de venir à cette soirée, la bonne humeur de Seven change la donne.

— Arrête de rire ! Je te jure que c'est vrai !

— Mmm… Je te crois, mini Bruce Lee.

Je ris de nouveau lorsque Seven, les poings toujours en l'air, m'offre une démo avec un jeu de jambes rapide à mourir de rire.

— OK ! OK ! Seven Lee ! Tu marques des points. Pour le moment, je trouve cette soirée plutôt amusante.

Fier de lui, il baisse sa garde et m'invite à le suivre en m'offrant son bras pour, je cite, « passer une super soirée en compagnie du meilleur membre des Nyx ».

Il pousse la porte et nous entraîne à l'intérieur du BlackBird. À ma grande surprise, l'endroit n'est pas aussi glauque qu'à l'extérieur, c'est même le contraire. La salle donne l'impression d'être un repaire de pirates, ce que je trouve plutôt amusant.

Émerveillée par les lieux, je prends le temps de détailler chaque chose. D'énormes tonneaux à vin remplacent les tables, le comptoir du bar est visiblement fait à partir de la coque d'un bateau. D'anciennes lanternes en métal suspendues un peu partout créent une atmosphère tamisée et, au lieu d'une scène, comme au Roxy, il y a un coin billard. Honnêtement, je n'aurais jamais cru voir un endroit comme celui-ci, ici, à New York.

— J'adore ! Il manquerait plus que Barbe-Noir soit derrière le bar à servir les boissons.

— Eh bien… Notre pirate ce soir s'appelle Jo, mais il y a quand même un petit air.

J'éclate de rire quand j'aperçois le grand brun, barbu et plutôt costaud derrière le bar. Pas de tricorne ni de crochet. Pas de perroquet perché sur l'épaule ni d'œillère. Notre barman ressemble plus à un bûcheron qu'à un pirate, mais je me contenterai tout de même de lui.

— Regarde ! Les autres sont déjà là ! Suis-moi, dit Seven en m'entraînant vers le fond de la salle, près des tables de billard.

Lorsque nous arrivons près du groupe, MK se précipite sur moi pour me prendre dans ses bras.

— Juliet ! Je suis super contente que tu sois là !

— Je suis contente de te voir aussi, Mary-Kate.

— Viens ! Installe-toi avec nous !

Affalé sur la banquette, en retrait, Naël me fait un signe de la main. Je lui souris et porte mon attention sur les filles des Pinky Dolls, dont je peine à me souvenir des prénoms. Seven vient à mon secours et me les présente rapidement. Je salue donc Cherry, Harleen et Dakota avant de poser les yeux sur Romeo.

Le regard sombre, comme à son habitude, il me dévisage en se demandant sûrement pourquoi je suis ici. Ou plutôt pourquoi je suis arrivée avec son meilleur pote. Pourtant, il ne dit rien. Il détourne simplement les yeux vers celle qui se trouve à côté de lui.

Ruby.

Soudain, mon cœur se serre, et un élan de jalousie mêlé de colère s'empare de moi. J'étais tellement concentrée sur l'expression de son visage que je n'ai pas fait attention au reste. Non seulement Ruby est assise à côté de lui, mais ses longues jambes fuselées sont posées sur celles de Romeo. Pire, la main de celui-ci caresse le haut de la cuisse de Ruby, pratiquement sous le tissu de sa jupe minuscule.

Je serre les dents et détourne les yeux, mais Ruby m'adresse la parole :

— Juliet, c'est bien ça ? On s'est déjà croisées ? Ta tête me dit vaguement quelque chose.

— On s'est vues au Madison Square Garden, le soir de votre concert.

— Mais oui ! T'es la fille de la loge ! Je me souviens de toi maintenant.

— Génial…

— Tu… tu accompagnais Romeo, il me semble. Pourtant ce soir t'es avec Seven.

— Effectivement.

— J'te comprends, les gars sont trop sexy, difficile de n'en choisir qu'un seul.

Je soupire et me force à lui sourire sans prendre la peine de lui répondre, puis je me tourne vers Seven afin de couper court à cette conversation qui n'a aucun intérêt. Je ne connais pas cette fille, je ne lui ai parlé que vaguement la dernière fois, et pourtant elle s'amuse à me provoquer. C'est quoi son problème ?

Cinq shots de tequila sont alignés sur le rebord de la table de billard. Je serre les dents et lance un regard noir à Ruby, qui sourit, contente de ne pas être la perdante.

Ce soir, les Pinky Doll's ont voulu pimenter le jeu. Les Nyx contre leur groupe, du moins les Nyx et moi : Romeo n'a pas voulu jouer, alors j'ai dû prendre sa place. La règle du jeu : celui qui rentre moins de trois boules boit.

Je suis nulle au billard, et ce soir ne fait pas exception. C'est la troisième fois que je perds, et les shots précédents commencent à me monter à la tête.

— Allez, Juliet ! Bois ! C'est la règle, ce soir !

Je réponds par un hochement de tête à Mary-Kate qui m'encourage à vider mes verres. Je grimace de dégoût avant de boire mon premier shot cul sec. Je n'ai jamais aimé la tequila et, si je bois encore un verre, je vais sûrement vomir.

— Elle n'y arrivera pas. Elle ne tient même pas l'alcool, ça se voit.

La voix de Ruby me fait grincer des dents. Sobre, cette fille m'agace prodigieusement mais, avec ce que j'ai bu depuis le début de la soirée, je n'ai qu'une envie : lui balancer une boule de billard en pleine tête. Je serre les dents et tente de l'ignorer, mais elle me provoque à nouveau :

— Si tu ne bois pas, tu élimines ton équipe. Mais si tu veux, au prochain tour, juste pour toi, on remplacera la tequila par de l'eau.

Les filles de son groupe se mettent à rire ce qui m'exaspère encore plus. J'inspire, ravale ma colère et prie pour ne pas vomir les prochains shots. Puis, je les enchaîne. Le dernier avalé, je grimace et lève les bras en poussant un cri de victoire.

Je titube légèrement avant d'éclater de rire lorsque Seven, Naël et Mary-Kate se jettent dans mes bras pour me féliciter. Ce jeu est débile, je suis complètement bourrée, voir Ruby se coller à Romeo me donne envie de vomir, mais j'essaie malgré tout de m'amuser. Ne serait-ce que pour faire plaisir à Seven, qui depuis le début de la soirée fait tout pour me changer les idées.

La partie reprend entre Naël et Cherry qui, au bout de quelques minutes, se retrouve à devoir boire à son tour. Je souris de cette victoire, et le jeu repart une nouvelle fois avec Seven et Harleen. Il prend fin lorsque la bassiste des Pinky Doll's recrache son troisième shot sur le sol, éliminant d'office son équipe.

— Qui va payer sa tournée ? Les Pinky Doll's ! Bien joué, les filles !

Un sourire victorieux aux lèvres, Naël nargue les filles en leur répétant qu'elles ont perdu et qu'elles doivent payer à boire aux gagnants. Amusée de le voir prendre un malin plaisir à se moquer de leur défaite, je souris à mon tour.

Résignée, Dakota grogne de frustration et s'éloigne en direction du bar, accompagnée par Mary-Kate, qui semble bien s'entendre avec elle. Le calme revient peu à peu, et le groupe se disperse. Seven et Naël vont s'affaler sur la banquette, Cherry et Harleen préparent la table de billard pour faire une vraie partie, tandis que Ruby s'installe sur les genoux de Romeo tout en me défiant du regard.

Je crois qu'elle a compris que la voir avec lui me fait chier, parce que, chaque fois qu'elle se frotte à lui, elle m'offre un sourire forcé suivi d'un clin d'œil appuyé. Agacée de devoir subir ces deux-là, je vais aux toilettes pour me rafraîchir.

Devant mon reflet, je soupire tristement. Je passe plusieurs minutes là, à contempler mon visage dans le miroir en essayant de trouver une explication au comportement de Romeo. Il fait le mort depuis des jours, il ne donne plus signe de vie et, ce soir, sans doute pour me punir d'être là, il s'amuse à me provoquer en laissant Ruby s'asseoir sur lui.

Je ne comprends pas pourquoi il réagit comme ça, ma seule erreur est de lui avoir dit que je l'aimais. Je voudrais tellement pouvoir faire machine arrière, remonter le temps et garder pour moi ce que je ressens.

Si seulement je le pouvais…

Je soupire à nouveau quand la porte des toilettes s'ouvre. Derrière moi, Ruby apparaît en reflet dans le miroir.

— Miroir, mon beau miroir… Dis-moi pourquoi Romeo ne veut pas de moi ce soir ? claironne-t-elle.

Je fronce les sourcils et soutiens son regard dans la glace.

— Je peux savoir pourquoi tu joues les garces avec moi, Ruby ?

— Parce que c'est amusant.

— Amusant ?

Cette fois, je me retourne pour lui faire face. Un sourire en coin, Ruby s'approche des lavabos, sort un rouge à lèvres et l'applique généreusement.

— C'est quoi ton problème ? dis-je en haussant le ton. On ne se connaît pas, et pourtant tu as passé la soirée à me provoquer. Qu'est-ce que tu cherches au juste ?

— Je ne cherche rien. Je viens de te le dire, je trouve ça amusant.

— En fait, tu es jalouse.

— Pardon ? Je suis quoi ?

Ruby se tourne vers moi, et un sourire vient étirer ses lèvres.

— Tu penses que je suis jalouse de toi ? s'esclaffe-t-elle. T'es mignonne, mais c'est avec moi que Romeo passe la soirée il me semble. Alors, si l'une de nous est jalouse, ce n'est pas moi. Et puis, entre nous, je ne me sens pas menacée par toi. Sérieusement ! Regarde-toi, Juliet ! Tu crois vraiment que t'es une fille pour lui ? T'es mignonne, mais tu ne fais pas partie du même monde que nous.

Je serre les poings, et Ruby fait claquer sa langue avant de se mettre à fouiller dans son soutien-gorge. Elle en sort un petit sachet transparent contenant de la poudre blanche. De son air supérieur, elle me dévisage comme si je n'étais rien à ses yeux, puis elle en déverse sur le meuble devant elle, et se prépare quelques lignes.

— Tu sais, Juliet, j'ai bien vu comment tu le regardais, ce soir. T'es amoureuse de lui, ça crève les yeux, mais le truc, c'est qu'il a fini de faire joujou avec toi. Il s'est lassé. Il ne veut plus de la jolie blonde, douce et naïve, avec qui il s'envoyait en l'air pour passer le temps. Non, Romeo veut une fille avec qui il peut s'éclater. Et, tous les deux, c'est exactement ce qu'on va faire pendant la tournée.

Ruby m'offre un autre de ses sourires forcés, puis elle se penche et sniffe l'une des trois lignes de coke.

— Tu te trompes sur un truc, Ruby. Je ne suis pas douce et naïve.

— Vraiment ?

Le regard noir, je hoche la tête.

— Tu ne me connais pas, Ruby ! Je ne ressemble peut-être pas à une strip-teaseuse comme toi, mais je suis loin d'être un ange.

— T'es vraiment trop mignonne, mais on ne joue pas dans la même cour, toi et moi. Et te faire passer pour quelqu'un que tu n'es pas juste pour impressionner un mec, c'est à mourir de rire.

Cette fois, c'en est trop. J'ai la rage. Je ne supporte plus de voir cette fille me parler comme si j'étais une pauvre brebis égarée. Hors de moi, je la bouscule de toutes mes forces. Ruby recule de plusieurs pas, les yeux écarquillés, choquée par mon geste. Je serre les dents à nouveau et, le cerveau beaucoup trop alcoolisé pour réfléchir à ce que je m'apprête à faire, je me bouche la narine droite et sniffe les deux lignes de coke à la suite.

— J'y crois pas ! La douce et innocente Juliet vient de se poudrer le nez ! Hum… Pas si innocente, après tout.

Ruby éclate de rire tandis que je fixe les résidus de poudre que j'ai sous les yeux.

— Tu sais ce qu'on dit, jolie blonde ? Il suffit d'une ligne pour être accro à la cocaïne.

Les battements de mon cœur s'accélèrent et la voix agaçante de Ruby se fait presque lointaine, comme si elle se trouvait à des kilomètres de moi. Soudain, mon pouls résonne de façon sourde dans mes oreilles, et ma culpabilité s'envole à mesure que les effets se font ressentir.

Prise d'une soudaine assurance, je tourne les yeux vers elle.

— Ce n’est qu’un peu de coke, Ruby, rien de plus.

La brune me fixe et, pour la première fois de la soirée, elle ne trouve rien à dire. Alors, après un rapide regard dans le miroir pour vérifier que je n’ai pas de résidus sur le nez, je tourne le dos à Ruby et sors des toilettes.

39

Romeo

Appuyé contre le mur extérieur du BlackBird, je tire une dernière fois sur ma clope avant de la balancer au sol. Je pensais que ces quelques jours loin de Juliet auraient été faciles, mais ce n'est pas le cas. J'ai pensé à elle tout le temps, à chaque instant.

Je suis tellement en manque de cette fille que j'ai noirci des pages et des pages de carnets. Ma rose épineuse, mon ange aux éclats colorés. La repousser est plus dur que je ne l'imaginais, et la voir ici ce soir me tue. Elle est comme cette drogue qu'on goûte une fois et dont on n'arrive plus à se passer. J'ai envie de Juliet comme jamais. J'suis accro, en manque, et pourtant je garde mes distances.

Et, pour ça, je me sers de Ruby. Cette meuf a tellement le feu au cul que c'est facile de l'utiliser pour faire croire à Juliet que je me fous d'elle. Putain, si elle savait. Au fond de moi, je suis flippé, terrorisé à l'idée qu'une personne comme elle puisse m'aimer.

Parce que, oui, Juliet m'aime. Et moi aussi, je suis fou d'elle.

Ma blonde aux yeux océan m'a envoûté, je suis raide dingue de cette fille. Sauf que je ne peux pas être avec elle. Je ne suis pas un mec bien, oh non. Juliet se fera du mal en voulant m'aider, elle souffrira en restant à mes côtés, et moi, je la repousserai à chaque fois parce que je n'arrive pas à dire non à tout ça. À toutes ces choses qui font que ma vie est supportable.

Je soupire, enfonce mes mains dans les poches de mon jean et passe la porte du bar, quand je tombe sur Juliet. Elle semble trop bourrée pour tenir encore debout. Je l'arrête :

— Hey !

Juliet s'immobilise, tourne la tête et, lorsqu'elle me voit, elle me sourit.

— Oh ! Regardez qui est là ! Romeo Blake et ses éternels sourcils froncés. Tu devrais sourire un peu, chéri, ça changerait !

— Chéri ? Je crois que t'as beaucoup trop picolé, Juliet. Je vais demander à Seven de te ramener.

— Tu t'inquiètes pour moi ? Alors ça, c'est trop mignon, mais rassure-toi, je vais très bien. Merci.

Juliet me tourne le dos, mais je lui agrippe le bras et la fais pivoter vers moi.

— Quoi ? ! Qu'est-ce que tu veux Romeo ?

Ses yeux océan plongés dans les miens, Juliet renifle et se frotte le bout du nez.

— Qu'est-ce que tu foutais dans les chiottes ?

— Quoi ?

L'index pointé vers le couloir, je lui repose la question en lui aboyant presque dessus. Juliet s'apprête à répondre, puis referme la bouche lorsque Ruby sort des toilettes. Lorsqu'elle nous voit ensemble, celle-ci s'empresse de nous rejoindre.

— Hey ! Hey ! Les amants maudits de Shakespeare ! Qu'est-ce qui se passe ici ?

— Rien, lâche Juliet. Il ne se passe rien du tout.

Dents serrées, elle dégage son bras de mon emprise avant de fusiller Ruby du regard. Ma rose épineuse renifle à nouveau, et je sens l'inquiétude me gagner.

— James ! Je peux savoir ce que tu foutais dans les chiottes avec Ruby ? je crie.

Agacée par mon insistance, Juliet lève les yeux au ciel avant de croiser les bras.

— Sérieusement, Romeo ? Je suis allée aux toilettes pour me rafraîchir, qu'est-ce que tu crois ?

À ces mots, Ruby éclate de rire et secoue la tête.

— Se rafraîchir ? C'est comme ça que tu dis, toi, quand tu te poudres le nez ? C'est trop mignon.

— Ta gueule, Ruby !

Furieuse, Juliet lui balance un regard mauvais, mais la brune lui renvoie un sourire satisfait. Puis elle me balance un clin d'œil et se casse en nous souhaitant une bonne soirée.

Juliet s'apprête à la suivre, mais je lui retiens le bras une fois encore, ce qui lui arrache un couinement.

— Aïe ! Tu me fais mal, lâche-moi !

— Je vais te reposer la question une dernière fois, Juliet. Qu'est-ce que tu foutais dans les chiottes avec Ruby ?

— Rien du tout. Maintenant, fous-moi la paix !

Elle me prend clairement pour un con. Sur les nerfs, je lui attrape le menton et le lève vers moi pour mieux observer son visage.

— Romeo, tu me fais très mal ! proteste-t-elle. Lâche-moi, bordel !

Je secoue la tête, dégoûté de voir un reste de poudre sur le coin de sa narine. Juliet vient de se taper une ligne avec Ruby, alors qu'elle est clean depuis près de trois ans. Soudain, mon pouls s'accélère, et je sens une onde de colère s'emparer de moi. Comment est-ce qu'elle a pu faire un truc pareil ? Comment elle a pu foutre son nez dedans, même en étant bourrée comme ce soir ?

— Qu'est-ce que t'as fait ? ! Putain Juliet ! Mais qu'est-ce que t'as foutu ? !

— Lâche-moi !

Juliet dégage ma main violemment et se précipite vers la porte. Je m'empresse de lui courir après. C'est ma faute. Juliet vient de foutre en l'air trois ans, trois années où elle n'a pas touché à la drogue. Ce soir, elle vient de replonger. Je la rattrape et lui barre la route, mais elle me repousse de colère.

— Barre-toi, Romeo !

— Juliet ! Putain ! Mais pourquoi t'as fait ça ! Tu te rends compte ? !

Planté au milieu du parking, à moitié dans le noir car les néons pourris du bar n'éclairent pratiquement rien, je fixe Juliet, qui préfère regarder ses foutues Converse.

— Pourquoi t'as fait ça ? Réponds-moi, bordel !

Lentement, elle lève la tête, et ses yeux bleus se rivent aux miens.

— C'est juste un rail, Romeo. Tu te souviens ? Je ne me drogue pas, c'est juste de la coke.

Je secoue la tête et serre les poings. Juliet vient de me balancer une phrase que je lui avais dite le soir où elle m'a grillé avec cette merde.

— Comment t'as pu laisser Ruby te filer une ligne ? Il t'est passé quoi par la tête ?

— « Comment ? », « Pourquoi ? » Tu poses trop de questions ! Tu me donnes mal à la tête ! Fous-moi la paix !

— Pas avant de savoir pourquoi.

— OK ! Tu veux la vérité ? J'ai pris cette foutue ligne à la con parce que Ruby m'a poussée à bout. Tu veux savoir pourquoi ? Parce que j'ai pété un plomb de te voir avec elle et que je suis bourrée. C'était juste une ligne ! Rien de plus.

— Tu t'es poudré le nez juste parce que t'étais soûlée de me voir avec Ruby ? C'est n'importe quoi !

— Non, Romeo ! Pas juste pour ça ! J'ai fait ça parce que je t'aime et que tu me repousses ! Je t'ai dit que je t'aimais et, toi, tu disparais pendant des jours pour ensuite passer la soirée à glisser ta langue dans la bouche de cette conne !

— Arrête de dire que tu m'aimes, putain !

— Mais c'est la vérité !

Je ferme les yeux et secoue la tête. C'est ma faute. Si Juliet a replongé, c'est ma faute. J'aurais dû l'éloigner de moi plus tôt. Ma gorge me brûle et je sens des larmes me piquer le nez. J'ai déjà perdu Shelby, même si le contexte était différent. Hors de question que Juliet sombre à nouveau à cause de moi. Je ne veux pas la perdre, elle aussi. Je suis coké du matin au soir, elle sera tentée à chaque fois. C'est inévitable.

Je serre les dents et ravale mes larmes de dégoût, avant d'ouvrir à nouveau les yeux. Le regard triste, Juliet pose sa main sur ma joue en me répétant qu'elle m'aime. C'est la fois de trop, et j'explose :

— Lâche-moi ! Ne me touche pas ! Je ne t'aime pas ! T'es rien ! Tu comprends ? Rien ! Regarde-toi ! Je ne t'aime pas, je ne t'aimerai jamais. Comment tu peux encore croire une seconde que je voudrais de toi ? !

Je serre les dents le plus fort possible pour ne pas flancher. Il faut qu'elle me déteste. Si je suis méchant, si je suis blessant, alors Juliet me détestera suffisamment pour se tenir une bonne fois pour toutes loin de moi. Je ne veux pas qu'elle revoie Ruby, ni même le groupe. Je ne veux pas qu'elle soit à nouveau tentée par toutes les merdes qu'on consomme.

Je veux que mon ange aux ailes argentées reste loin de moi, même si ça me tue de lui dire tout ça. Il faut qu'elle s'éloigne.

— T'es qu'une pauvre fille ! Tu croyais que, si tu prenais un peu de cocaïne, je voudrais de toi ? Bah, j'ai un scoop pour toi, James ! Je ne veux pas de toi, cramée à la coke ou pas !

Soudain, Juliet éclate en sanglots, et il me faut une force surhumaine pour ne pas la prendre dans mes bras. Je serre les dents tellement fort qu'elles pourraient se fêler.

— Romeo… Arrête, s'il te plaît…

En larmes, elle tente de reprendre son souffle tandis qu'un nouveau sanglot lui arrache la poitrine. Alors, sans la quitter des yeux, je lui agrippe le menton pour la forcer à me regarder.

— Je t'avais pourtant dit de ne pas tomber amoureuse de moi. Je t'avais dit que je n'étais pas un ange, Juliet. T'aurais peut-être dû écouter Nikka. Je voulais juste te baiser, c'est tout. Te baiser, Juliet, pas t'aimer !

Sur ces mots, je lâche son menton et lui tourne le dos, la laissant toute seule, en larmes et sur ce parking merdique.

40

Juliet

Mon cœur ralentit. Ses battements se font de plus en plus lents, et je sens des craquements résonner à l'intérieur de ma poitrine. Ça fait mal, c'est horrible. Cette douleur atroce me donne envie de vomir. Mais ce n'est pas le pire. Mon cœur se brise et, cette fois, aucune chance de m'en sortir.

Les mots qu'il prononce me font l'effet d'une dague enfoncée en pleine poitrine. C'est douloureux et je n'arrive plus à respirer. J'essaie, je ravale ma colère et ma tristesse, mais en vain, et j'éclate en sanglots au milieu du parking. Là, juste sous les yeux de Romeo.

— Je t'avais pourtant dit de ne pas tomber amoureuse de moi. Je t'avais dit que je n'étais pas un ange, Juliet. T'aurais peut-être dû écouter Nikka. Je voulais juste te baiser, c'est tout. Te baiser, Juliet, pas t'aimer !

Romeo me tourne le dos et, à bout de souffle, je me laisse tomber à genoux. Mon cœur éclate comme du verre, en un millier de morceaux, et je peux sentir les bords tranchants me déchirer la peau.

L'enfer…

J'aime imaginer Romeo en train d'y pourrir. Véritablement. Tout l'amour que je ressentais pour lui se transforme en haine. Une haine infinie qui bout dans mes veines. Je pensais être l'unique, et non une parmi les autres. Je pensais être celle dont il avait besoin, mais je ne le suis pas. Il a choisi, c'était elles ou moi. Romeo a choisi, en dépit de l'amour que j'avais pour lui.

L'amour…

Ce mot me laisse un goût amer dans la bouche. J'aimais Romeo de tout mon être, et pour quoi ? J'aimais Romeo plus que de raison… Désormais, ce n'est plus de l'amour mais du dégoût et de la rage que j'éprouverai pour lui.

La pluie se met à tomber, le ciel s'assombrit et, à la place de mon cœur, il y a ce trou. Un trou énorme en plein milieu de ma poitrine. Rempli de vide…

À genoux, les mains à plat sur le bitume, j'essaie de reprendre mon souffle, mais en vain. J'ai beaucoup trop mal pour respirer. Beaucoup trop mal pour me calmer. Romeo vient de me blesser en choisissant chaque mot soigneusement pour me faire du mal. Comment j'ai pu tomber amoureuse de lui ? Comment j'ai pu, par jalousie, prendre cette foutue cocaïne ?

Je viens de foutre en l'air trois années. Nikka avait raison, Yuuma avait raison. Je n'aurais jamais dû m'approcher de lui. Mais voilà, je suis tombée amoureuse du diable en personne.

Toujours immobile, les joues noyées de larmes salées, je sens la pluie redoubler d'intensité, mais je n'arrive pas à me relever. J'avais oublié l'effet que pouvait faire un cœur qui se brise. Cette fois, je ne l'oublierai pas. Je serre les dents et, prise de nausées, je viens plaquer une main sur mon ventre.

— Juliet ? !

La voix de Seven me parvient malgré le bruit de la pluie. Des bottes martèlent le sol et, d'un coup, je sens qu'on me relève.

— Juliet ? C'est Seven. Je vais te ramener chez toi, d'accord ?

Incapable de prononcer un mot puisque ma gorge me brûle

d'avoir tant pleuré, je hoche la tête, et il me porte. En sécurité dans ses bras, je m'agrippe à son T-shirt. Le guitariste des Nyx ne dit rien, il se contente d'avancer sur le parking. Une fois devant sa jeep, il me repose délicatement et me demande de prendre place dans la voiture.

Je suis trempée, frigorifiée, et même si je ne comprends pas ce que Seven fout là, je suis contente qu'il soit venu à mon secours.

Installée à l'avant, je serre les bras contre moi pour essayer de me réchauffer. Seven me tend une veste que je m'empresse de plaquer contre moi en guise de couverture.

— Juliet, regarde-moi, s'il te plaît.

Lèvres pincées, je relève lentement la tête, et mon regard se pose sur sa bouche, qui est dans un sale état. Choquée par ses lèvres tuméfiées, je dégage la veste et approche mes doigts de son visage, mais il secoue la tête.

— Ça va, je vais bien, dit-il en repoussant ma main.

— Qu'est-ce qui s'est passé ?

— Ce n'est rien. Romeo m'a frappé.

— Romeo ? ! Pourquoi ?

— T'en fais pas, je vais bien.

— Seven, pourquoi il a fait ça ?

— Pour rien. Laisse tomber. Toi, dis-moi ce qui s'est passé avec lui ?

— Je… Non… Je ne peux pas.

— Je ne l'ai jamais vu aussi énervé, tu dois me dire ce qui s'est passé entre vous, Juliet.

De nouvelles larmes coulent le long de mes joues. Je ne peux pas le lui dire. Je ne peux pas dire à Seven ce qui s'est passé avec Ruby, ni avec Romeo. Alors je secoue simplement la tête et lui demande de me ramener au loft.

Le guitariste des Nyx soupire mais accepte. Il met le moteur en marche et quitte le parking.

Le visage tourné vers la vitre, je resserre à nouveau les bras contre moi tout en pleurant en silence. J'ai tellement mal que j'ai l'impression d'agoniser, c'est horrible.

Sur le trajet, Seven tente à plusieurs reprises de savoir ce qui est arrivé pour que je sois dans cet état, mais je ne parle pas. De toute façon, je n'y arrive pas. Aucun mot ne veut franchir la barrière de mes lèvres. Moi aussi je voudrais qu'il m'explique pourquoi sa lèvre est coupée et pourquoi le coin de sa bouche commence à virer au violet.

Discrètement, je renifle et sèche mes larmes avant de me risquer un coup d'œil vers Seven. Concentré sur la route, il tapote nerveusement le volant du bout des pouces.

— Seven… Tu… Tu as déjà fait quelque chose de stupide par amour ?

Surpris d'entendre enfin le son de ma voix, il lève le sourcil gauche.

— Eh bien, je n'ai pas encore eu cette chance, non.

— Cette chance ?

— Ouais, pour faire quelque chose de stupide par amour, il faut être amoureux. Je n'ai encore jamais été amoureux.

— Tu as bien de la chance…

À nouveau mal, je détourne le regard et baisse la tête.

— Je suppose que c'est de ça dont il s'agit. Ton état, c'est à cause de cette chose stupide que tu as faite, c'est ça ?

Les yeux braqués sur mes baskets, je hausse les épaules. Jamais je ne pourrais dire à Seven ce qui s'est réellement passé entre Romeo et moi ce soir. C'est beaucoup trop pathétique et je me sens suffisamment mal comme ça. Et puis, je n'ai pas envie que Seven ait lui aussi une mauvaise opinion de moi.

Voyant que je me mure à nouveau dans le silence, il n'insiste pas. La voiture tourne à l'angle d'une rue, et j'aperçois enfin mon immeuble. Pressée de rentrer chez moi, je remercie Seven et m'apprête à claquer la portière, quand il m'interpelle :

— Je sais qu'on part dans deux jours avec le groupe et que j'suis pas forcément la personne avec qui t'as envie de parler, mais je vais quand même te laisser mon numéro, juste au cas où.

J'accepte d'un petit hochement de tête et lui tends mon portable pour qu'il puisse y noter son numéro. Puis je le récupère et le remercie encore une fois.

La jeep de Seven repart et, lorsqu'elle disparaît au coin de la rue, je passe la porte de mon immeuble pour rentrer chez moi. Une fois que j'ai refermé la porte du loft, je m'y adosse et me laisse glisser jusqu'au sol.

Assise sur le béton froid, trempée de la tête aux pieds, je reste immobile un long moment, dans le noir. Soudain, j'explose en larmes. Je n'essaie pas de les retenir. Je suis toute seule, personne ne peut me voir me briser. Alors, tandis que je grimace de douleur, je frappe le sol de mes poings en jurant à plusieurs reprises.

Je voudrais qu'on m'arrache le cœur pour ne plus ressentir cette horrible douleur.

La poitrine en feu, je finis par me relever. Je suis à bout de forces et frigorifiée. Je ne sais même pas quelle heure il est. Je sais simplement que je suis restée sur le sol assez longtemps pour que la couleur du ciel passe du sombre au clair. Dehors, le soleil pointe le bout de son nez. Comme on dit toujours : après la pluie, le beau temps. Pourtant, dans mon cœur, c'est toujours le néant.

Je soupire longuement et, devant l'escalier de la mezzanine, je fixe la première marche quelques secondes avant de poser enfin le pied dessus. À l'étage, je retire mes Converse et les balance dans un coin, avant de faire de même avec mes fringues. Les bras resserrés contre moi, j'avance jusqu'à ma salle de bains et me glisse sous la douche.

Je ferme les yeux. L'eau brûlante sur ma peau semble m'apaiser, mais ça ne dure qu'un court instant. La voix de Romeo résonne à nouveau dans ma tête, et les mots qu'il a prononcés me font souffrir une nouvelle fois. Je revois son regard sombre, son mépris, son dégoût.

C'était la première fois qu'il me regardait de cette façon, je n'ai même pas eu le temps de lui expliquer pourquoi j'ai fait ce que j'ai fait. Romeo m'a assassinée par ses mots. Et je suis impuissante face à ma peine.

Bordel, si seulement je n'avais que le cœur brisé. Mais ce n'est pas le cas. Non. Je me sens mal parce que je me déteste pour ce que j'ai fait. Par amour, mais aussi par jalousie, je n'ai pas hésité une seconde à replonger.

Dégoûtée, je secoue la tête, et de nouvelles larmes dévalent mes joues. J'ai le cœur en morceaux, et personne vers qui me tourner. Nikka n'est pas là et Yuuma est parti. Si seulement il était là. J'aurais le droit à un « je te l'avais bien dit », puis il me prendrait dans ses bras. Mais il n'est pas là. Je suis toute seule, avec pour seule compagnie ma douleur et ma culpabilité.

Un sanglot me déchire la poitrine et je sens que je ne vais plus tenir debout. Je suis épuisée. Alors, tout en posant mes mains sur le mur carrelé, je me baisse lentement pour finir à genoux sur le sol de la douche.

Recroquevillée sur mon canapé, je fixe mon écran de téléphone depuis de longues minutes. À plusieurs reprises, j'ai effacé le texto que je venais d'écrire à Yuuma. Je n'arrive pas à lui envoyer. Comment dire à mon meilleur ami que j'ai commis une erreur ?

Comment lui dire qu'il avait raison et que, depuis trois jours, je ne vais plus à la fac ? Que j'ai dit à Roxanne que j'étais malade et que, depuis que je me suis tapé ce foutu rail dans les chiottes du bar, j'en ai à nouveau envie ?

Les Nyx sont partis depuis deux jours. Je ne risque pas de croiser quelqu'un si je vais chez Romeo. En plus, je suis quasi sûre qu'il y a un peu de cocaïne qui traîne chez lui. Minuit est tout seul, je pourrais lui tenir compagnie.

En espérant qu'il ne me rejette pas lui aussi.

Persuadée que je vais trouver ce qu'il me faut là-bas pour planer et me libérer l'esprit, je me lève du canapé et, sans même prendre la peine de me changer, je prends mes clés, ramasse mon portable et quitte le loft.

41

Romeo

Affalé sur le canapé en velours vert foncé, dans la loge qu'on occupe avec le groupe, je fixe mon écran en espérant y voir le prénom de Juliet s'afficher. Ça fait des jours qu'on a quitté New York, des jours que je n'ai pas de nouvelles d'elle. Repenser au soir où je lui ai brisé le cœur me fout en vrac.

J'ai beau me dire que j'ai fait ça pour elle, que je voulais la protéger de moi, de mes vices et de toute cette vie merdique qu'est la mienne, Juliet me manque. Même si je l'ai repoussée, j'avais espoir qu'elle m'envoie un message.

Ma rose épineuse était réellement amoureuse de moi. Malgré mes démons, elle m'aimait. Et moi, je l'ai dégagée en lui balançant des choses horribles.

Si Juliet avait durablement replongé, je n'aurais jamais pu me le pardonner. Cette fille a déjà vécu l'enfer et elle a réussi à s'en sortir. Même si je suis dingue d'elle, je ne peux pas la laisser se poudrer le nez comme avant. Même par amour.

Par amour…

De toute ma misérable vie, ma rose épineuse est la seule fille pour qui j'ai nourri assez de sentiments pour vouloir l'éloigner de toute la merde qui gravite autour de moi. Je pensais avoir aimé

Shelby, mais c'est ce qu'elle était que j'aimais : son côté dingue et son impulsivité. Je ne ressentais rien pour elle à proprement parler, même si sa mort m'a foutu en vrac. Ce n'est rien comparé à ce que le manque de Juliet me fait éprouver en ce moment même.

Je pensais que je pourrais gérer, que son absence ne me foutrait pas en l'air, mais c'est tout le contraire. Je n'arrive pas à me la sortir de la tête. Si seulement c'était son sourire qui tournait en boucle dans mon esprit. Mais ce n'est pas le cas. Non, ce que je vois, c'est elle au milieu du parking, ses cheveux emmêlés et ses yeux remplis de larmes.

De colère, je serre les dents et donne un coup de pied dans la table basse. Elle bascule et se renverse, emportant ma bouteille de bière avec elle. L'alcool se répand sur le sol.

Je soupire et me lève pour ramasser la table, quand la porte s'ouvre sur Kendra. Sa tablette pressée contre sa poitrine, elle s'immobilise lorsqu'elle me voit remettre le meuble sur ses pieds.

— Mmm… Est-ce que je dois faire remplacer un meuble ? demande-t-elle.

— C'est qu'une table, Kendra, et elle n'est pas cassée. Qu'est-ce que tu me veux ?

— Ça fait plus de quinze minutes que je te cherche. Les répétitions vont commencer, pourquoi tu n'es pas avec les autres ? Tu dois chanter avec Ruby.

— Je n'y suis pas, parce que je m'en branle, des répétitions.

— Romeo, s'il te plaît… Est-ce tu pourrais pour une fois ravaler ta mauvaise humeur et faire comme tout le monde ?

— Non. Les répètes me font chier, et je n'ai pas envie de chanter cette chanson à la con.

— Cette chanson à la con ? Tu pourrais au moins respecter le travail de Ruby et de son groupe.

Je râle, énervé, et me passe une main dans les cheveux.

— Tu sais quoi ? dit-elle. Quand j'ai signé avec vous, j'étais contente de bosser avec toi. Je te trouvais talentueux et j'avais très envie de connaître Romeo Blake. Mais, maintenant que je te connais, je vois un petit con égoïste qui ne se soucie de personne d'autre que lui.

— Et tu sais ce que je me suis dit en te voyant, Kendra ?

— Je ne préfère pas savoir.

— Tant mieux, parce que ça ne t'aurait pas plu, je crois.

Le regard noir, Kendra secoue la tête. À l'expression de son visage, je sais tout de suite qu'elle se contrôle à mort pour ne pas exploser. Malgré tout, elle se dirige vers ma Fender qu'elle chope par le manche, puis me la colle brutalement contre le torse avant de m'aboyer dessus :

— Prends ta foutue guitare, Romeo, et rejoins les autres ! Maintenant !

Déterminée à me voir quitter cette pièce, elle soutient mon regard. Ma Fender en main, je lui décoche un sourire en coin. Je vais lui montrer que je ne laisse personne me donner d'ordre. Je lève ma guitare et la fracasse contre le mur à deux reprises. Une fois que l'instrument est complètement éclaté, je la lui colle dans les mains, puis je quitte la loge en fourrant les mains dans mes poches, comme si je ne venais pas de péter ma guitare.

Appuyé contre le mur du bâtiment où l'on joue ce soir, je recrache la fumée de ma clope. Je me redresse, fourre les mains dans les poches avant de mon jean et m'apprête à rejoindre notre bus, quand une forte odeur de vanille m'agresse les narines.

Je grimace en cherchant d'où elle peut venir, lorsque mon regard croise une paire d'yeux gris. Un gris tellement clair que ça en est déstabilisant.

Un sourire plaqué sur le visage, Ruby avance vers moi. Comme toujours, elle porte un foutu T-shirt avec le nom de son groupe.

Du moins, ce qu'il reste de son T-shirt, parce qu'il a été volontairement déchiré afin de laisser entrevoir le plus de peau possible.

Elle a une Gibson rouge à la main et me la tend avec un clin d'œil.

— J'ai entendu dire que t'avais cassé ta guitare. Je te prête la mienne. Plus d'excuses pour éviter la répète.

— Merci, mais j'ai aucune envie de répéter.

— J'ai cru comprendre. C'est quoi le problème ?

— Ta chanson. Aucune envie de chanter ça avec toi. Ça pue l'amour à plein nez, carrément pas mon truc.

— Excuse-moi d'écrire des chansons d'amour, Romeo ! Mais ce n'est pas juste ma chanson, y a autre chose. Tu fais la gueule depuis plusieurs jours. Une tournée, c'est censé être fun ! Surtout quand il s'agit de la première.

— Je ne fais pas la gueule, tu délires.

— Bien sûr que si. T'étais vachement plus cool à New York.

— Ouais, bah… Peut-être que la tournée me gonfle.

Ruby éclate de rire.

— N'importe quoi ! Tout le monde aime partir en tournée. Naël, Mary-Kate et Seven s'éclatent. T'es le seul qui tire la tronche à longueur de temps. Peut-être que tu devrais… Attends, j'ai un truc qui va te donner la pêche, ça devrait aller mieux après ça. Peu importe la raison qui te pousse à faire la gueule.

Curieux de voir ce qu'elle va me sortir, je hausse un sourcil, et Ruby pose sa guitare contre le mur. Elle glisse ensuite sa main dans la poche arrière de son short noir, qui se rapproche plus d'un shorty que d'un short, puis elle agite un petit sachet de pilules colorées.

— Tiens ! Avale ça !

Paume ouverte, Ruby me tend un cachet rond et bleu, frappé d'une étoile. Je fixe sa main un long moment avant de relever les yeux vers elle.

— Bon ? Tu le gobes ou tu passes ton tour ?

J'expire bruyamment et prends le cachet avant de le poser sur ma langue. Le regard de Ruby s'illumine, puis elle aussi gobe l'un des cachets du sachet.

— Bien ! Tu devrais retrouver le sourire d'ici peu. On devrait aller répéter, il ne nous reste plus beaucoup de temps. Et, si t'es sage, tu auras le droit à un autre bonbon tout à l'heure.

Surexcitée à l'idée de démarrer cette répétition, Ruby attrape sa guitare, puis elle m'entraîne à l'intérieur du bâtiment en m'agrippant le bras.

Mes doigts resserrés autour du micro, je chante le dernier couplet de *Ghost in my Head*. Ce soir, le public est déchaîné et le truc que Ruby m'a filé avant de monter sur scène me met une pêche d'enfer. Après la répète, elle m'a proposé de me donner un autre de ses bonbons magiques et, bien sûr, j'ai accepté.

Au fond, je crois que le meilleur moyen pour moi de faire cette tournée, c'est de me défoncer jour et nuit. Quand je suis clean, je pense à Juliet à longueur de temps. Je me sens hyper mal.

Soudain, le public se met à hurler, me sortant ainsi de mes sombres pensées. Concentré à nouveau sur ma chanson, je crache les dernières phrases sans quitter des yeux la meuf aux cheveux bleus qui se trouve en face de moi.

I have a ghost in my head,
Since that night nothing is the same,
Thorny rose with burning lips

You're my cure, my poison
With you I forget even his name.
I want to taste the poison on your lips
Savor the remedy on your tongue.

Oh oh,
You are that ghost,

This rose that polishes my mind.
I need help
Your elixir flows through my veins[1].

Ma chanson terminée, je salue la foule et me tourne vers mes potes qui, à ma grande surprise, ont un putain de sourire sur les lèvres. Ses baguettes en mains, Naël quitte la batterie pour descendre de scène, suivi de Seven et MK, afin de laisser place aux Pinky Doll's.

Le public est à nouveau déchaîné en voyant les filles prendre place. Ruby s'approche de moi, vêtue d'une robe ultra moulante et courte en tissu léopard. Un sourire plaqué sur le visage, elle s'empare de mon micro, puis me claque une bise sonore sur la joue avant de saluer la foule avec enthousiasme.

Je la fusille du regard, mais Ruby se marre devant mon air blasé. Prêt à rejoindre les autres en coulisses, je quitte la scène au moment où sa voix s'élève. Elle salue la ville dans laquelle on se trouve. Comme toujours, Ruby remercie ses fans d'être venus nous voir jouer, puis elle fait signe à ses musiciennes, et les premières notes de guitares retentissent.

En bas de l'escalier qui mène à la scène, je cherche les membres

1 J'ai un fantôme dans la tête,
Depuis cette nuit, rien n'est plus pareil,
Rose épineuse aux lèvres brûlantes

T'es ma cure, mon poison
Avec toi j'oublie jusqu'à son nom.
Je veux goûter le poison sur tes lèvres
Savourer le remède sur ta langue.

Oh oh,
Tu es ce fantôme,
Cette rose qui pollue mon esprit.
J'ai besoin d'aide
Ton élixir coule dans mes veines.

de mon groupe quand MK me saute dessus. Je perds l'équilibre et manque de m'étaler sur le sol, ce qui fait rire cette débile.

— Bordel ! C'était puissant ! Pour une fois que tu te donnes à fond ! Qu'est-ce qui s'est passé ?

— Ouais, mec, t'avais la pêche ce soir.

Je fixe les jumeaux tour à tour et hausse les épaules.

— Rien. J'ai fait mon job, c'est tout.

— Mouais. T'aurais pas mis ton nez dans les petites pilules de Ruby, toi ?

Un sourire au coin des lèvres, MK me fixe attendant une réponse. Une main sur la nuque, j'acquiesce d'un hochement de tête.

— J'en étais sûre ! Elle m'en a filé une aussi, j'ai jamais autant eu la pêche de ma vie ! Je crois que la dernière fois que j'ai gobé ce genre de bonbon, c'était avec Lucy lors d'une soirée.

Même pas surpris par son aveu, je sors mon paquet de clopes et en propose une aux jumeaux. Naël accepte et glisse la cigarette entre ses lèvres tandis que sa sœur refuse.

— Hey ! nous crie Seven, Kendra veut nous voir, vous irez vous en griller une plus tard !

Je tourne la tête en même temps que les jumeaux. Seven remet sa casquette à l'envers pour maintenir ses cheveux en place et nous désigne le couloir. Ma clope pendue au bord des lèvres, je la retire et la glisse derrière mon oreille pour la fumer plus tard.

Les jumeaux me devancent. Je fourre les mains dans les poches avant de mon jean et remonte le couloir aux côtés de Seven. Gonflé de sentir son regard sur moi, je fronce les sourcils et lui lâche :

— Quoi ?

— Ta super copine t'a encore laissé du rouge à lèvres sur la joue.

Exaspéré, je grogne et m'empresse d'effacer la trace du revers de la main. Je fixe le rouge sur ma peau et secoue la tête avant de l'essuyer sur mon jean noir.

— Ce n'est pas ma copine.

— Ah ouais ? Moi j'ai comme l'impression que Ruby t'apprécie beaucoup.

— Tu parles. Elle a juste le feu au cul. Cette meuf veut se faire sauter, c'est tout.

— Dans ce cas, c'est plutôt étonnant que ce ne soit pas déjà fait.

Je fronce les sourcils.

— Qu'est-ce qui te fait croire que ce n'est pas le cas ?

— Arrête Romy, si t'avais sauté Ruby, elle balancerait des sous-entendus à tout bout de champ. Ce n'est pas le genre de meuf à garder ce genre de truc pour elle.

Un sourire au coin des lèvres, je détourne le regard pour le poser sur mes Converse.

— T'as raison, j'ai pas sauté Ruby.

— Pourquoi ? Qu'est-ce qui te retient ? Juliet ?

Je fais volte-face et fusille Seven du regard.

— Quoi ? ! Pourquoi tu me parles de Juliet ? C'est quoi le rapport ?

— Je ne sais pas, je me dis que, comme t'en as eu assez de jouer avec elle, faut bien que tu te trouves un nouveau jouet. Alors pourquoi pas Ruby ?

— Juliet n'était pas mon jouet, et tu le sais très bien !

— Ouais, enfin, moi, tout ce que je sais, c'est que je l'ai retrouvée en pleurs sur un parking, que depuis on n'a aucune nouvelle d'elle et que t'es encore plus relou que d'habitude.

— Juliet n'était pas mon jouet.

— C'était quoi alors ? Qu'est-ce qu'elle était pour toi ? Pas grand-chose, je suppose, pour lui avoir fait autant de mal et pour l'avoir laissée sur ce parking pourri comme tu l'as fait.

Agacé par la tournure de cette conversation, je serre les dents et menace Seven en plantant mon index sur son torse.

— Ferme-la, tu ne sais pas de quoi tu parles !

— T'as raison. Alors, vas-y, explique-moi.

— Putain ! Mais pourquoi tu me prends la tête avec ça ? Pourquoi tu me parles de ça maintenant ?

— Parce que tu repousses Ruby et toutes les autres meufs qui s'approchent de toi et que ce n'est pas ton genre. Que t'es sur les nerfs depuis cette soirée au BlackBird et que, chaque fois que tu dois chanter *Ghost in my Head*, tu soûles pour la retirer de la setlist. Et je sais que cette chanson parle de Juliet puisqu'on l'a bossée ensemble. Alors, vas-y, je t'écoute.

— Y a rien à expliquer Seven. Juliet n'est pas Shelby, alors j'ai fait ce qu'il fallait pour que ça reste comme ça. Elle n'était pas mon jouet, elle était bien plus importante que ça. Maintenant, arrête de me gonfler avec ça !

— Elle était importante pour toi ? Si c'était le cas, tu ne lui aurais pas fait autant de mal.

— C'était nécessaire, crois-moi. J'ai fait ça pour elle, j'étais obligé d'agir comme je l'ai fait. Je voulais qu'elle s'éloigne de moi, c'est tout.

— Ouais, c'est ton truc ça, éloigner les gens, leur faire du mal, les abandonner quand ils sont trop proches de toi ou que ça devient trop dur à gérer. Au fond, je pensais vraiment que t'allais ouvrir les yeux et voir que Juliet était la meuf qu'il te fallait. Et tu sais pourquoi ? Parce que Juliet était différente.

Cette fois, c'en est trop. Écouter Seven me balancer toutes ces conneries me donne mal au crâne. Je n'ai pas besoin de lui pour savoir tout ça, je sais très bien que je suis un minable, un lâche. Pourtant, je sais que, malgré tout ça, j'ai fait le meilleur choix pour Juliet.

— Juliet est mieux sans moi. Je suis même sûr qu'elle est déjà passée à autre chose.

Seven secoue la tête pour me faire comprendre qu'il n'est pas d'accord. Comme si tout ce que je disais n'avait aucun sens.

Peut-être que c'est le cas, je ne sais même plus moi-même. Au fond de moi, j'ai l'impression d'avoir fait la pire erreur de ma vie en éloignant Juliet.

— Hey ! On peut savoir ce que vous faites ? ! Magnez-vous, bordel ! Kendra nous attend !

MK revient vers nous, énervée de nous voir plantés là alors qu'on est attendus. Complètement paumé, je me passe les mains sur le visage avant de m'adresser à Seven :

— Allez-y sans moi.

Sans ajouter un mot, je tourne le dos et m'éloigne.

— Mec ! Où tu vas, putain ? ! Kendra nous attend !

— Prendre l'air. J'ai… J'ai besoin d'air.

42

Juliet

Que devient un ange lorsqu'il n'a plus d'ailes ?

À bout de souffle, je fixe les éclaboussures de peinture qui recouvrent mes pieds nus. Je peux sentir la peinture rouge de mon pinceau dégouliner le long de mes doigts.

J'inspire longuement, relève la tête et, d'un mouvement brusque, je l'écrase sur le mur et me mets à peindre rageusement.

Que devient une rose lorsqu'elle n'a plus de pétales ?

Je serre les dents et laisse mes larmes couler le long de mes joues tandis que je déverse ma rage à travers ma peinture. Ça fait des jours que je travaille sur cette œuvre, des jours que je malmène mes pinceaux dans l'espoir d'apaiser la douleur, mais rien n'y fait. J'ai toujours aussi mal. J'agonise en silence.

Que devient un cœur lorsqu'il n'émet plus aucun battement ?

J'ai mal à en crever, même l'art ne peut rien pour moi. Pas cette fois. Alors j'ai fait appel à une vieille amie à moi. Romeo m'a blessée, Romeo m'a brisée, et mon seul remède se trouve être le pire des poisons.

Je m'étais juré de ne plus jamais y toucher, mais la peine a réveillé le manque. C'était si facile de tendre le bras, de fermer les yeux et de laisser cet élixir couler dans mes veines.

Mon héroïne, voleuse de vie, sauf quand il s'agit de la mienne. Avec elle, la douleur s'envole instantanément, même si ça ne dure qu'un temps. Je voudrais tellement qu'elle disparaisse pour de bon, qu'elle s'envole, ou au moins qu'elle m'emporte avec elle.

Que devient Juliet lorsque son Romeo ne veut plus d'elle ?

Elle meurt. Je meurs. En silence, et c'est d'autant plus douloureux. Romeo me manque malgré la haine que j'éprouve pour lui. Je l'aime tellement que ça me tue. Dommage que cette mort soit si lente.

Un pinceau dans chacune de mes mains, je croise mes mouvements, étalant du noir et du rouge pour recouvrir ce fond blanc, quand quelque chose vient se frotter contre ma jambe. J'arrête mon geste et baisse les yeux sur Minuit qui se tient assis à côté de moi, ses yeux lunaires rivés aux miens.

— Tu aimes ? Ça reflète assez mon humeur, selon toi ?

Je pose mes pinceaux, prends Minuit dans mes bras et m'éloigne du mur pour mieux l'observer. Ça fait des jours que je peins le mur du salon de Romeo. Au début, j'étais venue ici dans l'espoir de trouver quelque chose pour atténuer le manque. Mais je suis restée. Passant mes nuits contre Minuit, à pleurer. Il est le seul qui ne m'ait pas encore abandonnée.

Je ne sais pas quel jour on est, ni depuis quand les Nyx sont partis. J'ai arrêté de compter le soir où je me suis enfoncé cette seringue dans le bras avant d'attraper un pinceau et de recouvrir ce mur de noir. De douleur, de rage, de tout ce qui fait qu'aujourd'hui je ne suis plus moi.

Je serre le chat de Romeo plus fort contre moi et balaie le mur du regard. Mon œuvre est presque finie. Mon ange aux ailes argentées et aux larmes rouges, tenant entre ses mains un cœur brisé. Je soupire, repose Minuit sur le sol et celui-ci se met à ronronner.

— J'ai presque terminé, il me manque une toute petite phrase à peindre sur le mur et je m'occupe de toi, d'accord ?

Minuit miaule à plusieurs reprises et je lui offre un sourire triste avant de plonger mon pinceau dans la peinture blanche. Debout, face à mon œuvre, je me pince les lèvres et, une fois la pointe de mon pinceau sur le mur, je peins chaque lettre jusqu'au point final

Si un ange verse des larmes de sang et a le cœur brisé, est-i toujours digne d'être aimé ?

Assise sur le canapé, mes genoux pressés contre moi et mon menton posé dessus, je regarde un film sur Romeo et Juliette dans une version rock, avec Leonardo DiCaprio. J'ai toujours aimé ce film, tout comme cette histoire ; à mes yeux, elle est l'une des plus belles et des plus romantiques de la littérature, malgré la fin tragique.

Pour être honnête, je suis jalouse de leur histoire. Ils s'aimaient tellement qu'ils ont préféré se donner la mort plutôt que d'apprendre à vivre sans l'autre. Je me demande ce qu'on ressent lorsqu'une personne nous aime en retour. Aïden m'aimait, mais pas suffisamment. Il aimait la drogue plus que moi, et Romeo, lui, aimait tout sauf moi. Peut-être qu'au fond je ne suis pas digne d'être aimée.

Et aujourd'hui ? Qui voudrait d'une fille comme moi ? Une fille aux lèvres teintées de bleu, à la peau pâle et aux marques de piqûres sur les bras ?

Je renifle et, du revers de la main, j'essuie mes larmes tout en répétant par-dessus le son de la télé l'un de mes passages préférés du film.

— Viens douce nuit, viens vite amoureuse au front noir, donne-moi mon Romeo. Et quand je mourrai que tu le prennes et l'éclates en petites étoiles, dès lors, il embellira tant le visage du ciel que tout l'univers sera amoureux de la nuit, et que nul ne pourra plus adorer l'aveuglant soleil.

Je renifle à nouveau et jette un œil à Minuit qui dort paisiblement en boule au bout du canapé. Puis, je me penche vers la table basse pour me préparer une dose.

Affalée sur le canapé, je ferme les yeux et me laisse bercer par les textes de la pièce de Shakespeare tandis que l'héroïne amortit ma peine.

Ainsi, sur un baiser, je meurs.

43

Romeo

Agrippé à mon micro, j'essaie de terminer ma chanson, mais je suis tellement défoncé que j'arrive à buter sur mes propres mots. Ce concert est un désastre. À vrai dire, ce n'est pas le premier. Je passe mon temps complètement bourré ou défoncé pour oublier à quel point ma vie est merdique depuis qu'elle n'en fait plus partie. Juliet me manque, son absence est insupportable.

Plus les semaines passent, plus le manque est indéniable. Je n'arrive plus à me la sortir de la tête, alors je bois et je me défonce pour essayer de penser à autre chose. Parfois ça fonctionne, mais, lorsque ce n'est pas le cas, je me mets encore plus minable, quitte à ne plus arriver à aligner deux mots.

Je ferme les yeux et, légèrement déséquilibré par l'alcool que j'ai dans le sang, je les rouvre d'un seul coup et m'agrippe plus fort au micro. Je suis mort, cette chanson semble interminable, et MK n'arrête pas de me menacer de me fracasser avec sa basse si je ne fais pas un effort pour terminer sans m'effondrer.

Elle a les nerfs, ça fait un moment que les jumeaux sont au courant pour mon addiction aux drogues. Un soir, avant de monter sur scène, j'étais en train de me faire une ligne quand ils sont entrés dans la loge. Naël n'a rien dit, comme s'il n'était pas surpris. En revanche, je me souviens encore de la tête de Mary-Kate : elle a littéralement explosé de rage. Prendre des cachetons pour le fun, elle est plutôt cool avec ça, mais pour le reste, notre bassiste n'est pas vraiment tolérante. Depuis ce jour-là, l'ambiance au sein du groupe est devenue chaotique.

Un regard assassin de MK et quelques secondes plus tard, la chanson prend fin et le concert également. Pressé de bouger d'ici, je salue vaguement le public et quitte la scène sans attendre que les Pinky Doll's prennent place. Je descends les marches qui mènent au backstage et, au moment où je m'apprête à sortir, je croise Ruby qui arrive en courant.

Sourire aux lèvres, elle me fourre discrètement quelque chose dans les mains avant de me faire un clin d'œil.

— Garde ça au chaud pour tout à l'heure, rock star. Je te retrouve dans le bus après le concert. On va faire la fête !

Je hoche la tête et, satisfaite, elle monte sur scène à son tour, acclamée par les hurlements de ses fans. Perché sur la dernière marche, j'ouvre la main et fixe le petit sachet de poudre blanche que Ruby vient de me filer.

Je vais pouvoir à nouveau me défoncer grâce à elle. Je souris et me dirige vers la sortie pour regagner notre bus de tournée.

Depuis un petit moment maintenant, Ruby est devenue mon acolyte de défonce. Cette meuf a toujours un truc sur elle. Dieu merci, parce que, sinon, je deviendrais fou. MK balance tout ce que j'ai le malheur de laisser traîner et Seven ne se gêne pas pour faire la même chose.

Impatient à l'idée de me jeter dans un lit pour dormir, je glisse le sachet dans ma poche de jean et monte dans le bus.

Seringue dans le bras, je serre le lien en caoutchouc avec mes dents. Une fois la dose injectée, je lâche tout et une sensation que je commençais à oublier s'empare de moi instantanément. Ruby a raison, y a rien de mieux que l'héro pour décoller. Ce truc qui coule dans mes veines, c'est incroyable.

Je me sens bien. Trop bien.

Je ferme les yeux une demi-seconde et, quand je les ouvre à nouveau, Ruby me fixe. Son regard m'électrise. Je crois qu'au fond je n'avais jamais vraiment fait gaffe au gris de ses yeux, mais il est intense.

En général, c'est sa voix qui me fait un truc de fou, mais ce soir, son regard me rend dingue. C'est bizarre l'effet qu'il produit sur moi. Je suis sûr que la drogue y est pour beaucoup.

— Je croyais t'avoir dit de m'attendre ? Ce n'est pas cool de faire la fête sans moi.

Ruby est là, face à moi, et elle ne porte qu'une jupe en cuir noir extrêmement courte, un soutif léopard et son perfecto en cuir noir clouté assorti à ses bottines.

Mes yeux se baladent sur son corps tandis qu'elle avance vers moi, une bouteille de tequila dans les mains. Sans détacher ses yeux des miens, elle l'approche de ses lèvres pour en boire une gorgée, puis, d'un geste lent, elle essuie sa bouche, effaçant à moitié son rouge à lèvres.

— Comment t'as réussi à avoir de l'héro ? je lui demande.

— Ça, c'est un secret.

Ruby me décoche un sourire aguicheur, et je lui arrache la bouteille. Alors que je fais couler le liquide brun dans ma gorge, elle fait glisser son perfecto le long de ses épaules et le laisse tomber sur le sol.

Mon regard se pose sur ses bras couverts de tatouages colorés représentant des personnages de manga. Au moment où je m'apprête à dire quelque chose, elle fait tomber sa jupe sur le sol.

Je fronce les sourcils, et Ruby éclate de rire avant de venir plaquer sa bouche sur la mienne, tellement vite que je recule de plusieurs pas. Je grogne, mais me laisse faire. Ruby m'embrasse sauvagement et me mord les lèvres pour ensuite les caresser avec sa langue.

Elle saisit la bouteille de tequila de mes mains et la dépose sur la tablette, puis elle vient plaquer ses mains sur mon torse. Un sourire vient à nouveau étirer ses lèvres et elle me force à reculer jusqu'à ce que mes jambes heurtent le grand lit de la couchette du fond. D'un seul coup, elle me pousse en arrière et je me retrouve allongé, les coudes plantés dans le matelas.

— Humm… J'ai réussi à te trouver de l'héroïne. Je crois que j'ai le droit à une faveur, non ?

À califourchon sur moi, elle fourre ses doigts dans mes cheveux et penche ma tête en arrière avant de capturer une nouvelle fois ma bouche de façon brutale. Je grogne contre ses lèvres au moment où elle tire plus fort sur mes cheveux, me forçant à relever la tête.

— J'ai envie de toi, Blake. Depuis que je t'ai entendu chanter, j'ai envie de baiser avec toi.

— OK, qu'est-ce qu'on attend ?

— T'es sérieux ? Tu ne vas pas me repousser ?

Je lui souris et, pour lui prouver mes intentions, j'agrippe fermement ses hanches et la retourne sur le lit. Mais Ruby secoue la tête pour me faire comprendre que c'est elle qui mène la danse.

— T'es mignonne, mais je préfère avoir le dessus, lui dis-je.

— Dans t'es rêves, chéri !

Pour la faire capituler, je l'attrape à nouveau par la taille, mais Ruby proteste en secouant la tête à nouveau :

— Laisse-toi faire, Blake.

Je me rends et cesse de lutter. La sensation due à l'héro qui prend possession de mon corps m'incite à lâcher prise. Ruby me lance un clin d'œil, satisfaite, puis déboutonne mon jean pour le faire glisser le long de mes hanches. Une fois ma queue libérée de mon boxer, elle se positionne sur moi.

Ruby est pressée, elle veut s'envoyer en l'air, alors on laisse tomber les préliminaires. Au moment où j'entre en elle, elle laisse échapper un long gémissement de plaisir, avant de se mettre à bouger les hanches.

Quelque chose en moi me dit que je ne devrais pas, que je ne dois pas baiser avec elle, et pourtant je ne la repousse pas. Mon cerveau ne répond plus et mon corps semble apprécier tout ce que Ruby lui offre. Ses ongles plantés dans la peau de mon torse, elle ondule des hanches en se cambrant légèrement. Je perds la tête, mon rythme cardiaque s'accélère, et tout se mélange dans mon esprit.

Des gémissements de plaisir s'échappent de ses lèvres et viennent se répercuter contre les murs du bus. J'attrape ses cheveux et approche son visage du mien. Ruby gémit à nouveau et, alors que je l'embrasse sauvagement, elle accentue son balancement. Je grogne et serre le poing plus fort encore.

— Plus fort, Blake !

Je serre les dents et accélère la cadence de mes coups de reins. Soudain, Ruby se cambre une nouvelle fois, et un cri de plaisir s'échappe de ses lèvres. Alors, je me laisse aller avec elle.

À bout de souffle, je repose mon dos contre le matelas. Mais Ruby fourre ses doigts dans mes cheveux pour me faire relever la tête. Son regard plongé dans le mien, elle me sourit.

— C'était dingue ! Avec les filles, j'avais parié que tu baisais aussi bien que tu chantais. On dirait que je vais me faire un max de tune.

— Attends, t'as dit quoi là ?

— Que tu baises aussi bien que tu chantes.

Sur ces mots, Ruby me fait un rapide baiser sur les lèvres et se relève. Elle ramasse ses affaires et me lance un regard amusé avant de sortir de la chambre. Moi, je ne souris pas. Je ne parle pas. D'un seul coup, les mots de Ruby m'ont ramené à Juliet. Cette phrase, elle me l'avait dite un soir, alors qu'on venait de s'envoyer en l'air.

Complètement largué, je me dépêche de remonter mon jean. Tout en me frottant le visage, je jure plusieurs fois.

— Romy ?

Je serre les dents. Je suis trop cramé pour lui parler. Pire, Seven va voir la seringue qui traîne sur la tablette et il va déchanter.

— Hey, mec ! Est-ce que je rêve ou c'est Ruby que je viens de voir sortir d'ici en se rhabillant ?

— C'était elle, ouais.

— Pas sûr que c'était l'idée du siècle, commente-t-il. Mais bon, tu fais ce que tu veux.

— Qu'est-ce que tu fous là ? je gueule. T'es pas censé être avec les autres, dans un bar ou je ne sais où ?

— Si, mais je venais chercher un… Putain ! Attends ! Mais c'est quoi ça ? !

Le regard noir, Seven désigne la seringue.

— T'as recommencé à te piquer ? Je croyais que t'en avais fini avec ça !

— Ouais, bah… faut croire que non.

— Alors on en est là ? Le groupe qui part en vrille, toi qui sautes Ruby et qui te défonces du matin au soir…

— C'est vous qui me prenez tout le temps la tête pour pas grand-chose. Et puis, qu'est-ce que ça peut foutre que je saute Ruby ?

— Pour pas grand-chose ? Tu plaisantes, j'espère ?

De colère, Seven s'approche de moi, tandis que me laisse tomber sur le dos. Les coudes plantés dans le matelas, je le fixe, prêt à subir sa longue liste de reproches.

— Sérieusement Romy, t'es défoncé en permanence, et, depuis

que tu t'es effondré juste avant de monter sur scène à Seattle, Kendra veut annuler la tournée européenne. Elle a dit que, une fois rentré à New York, si tu ne fais pas une cure de désintox, elle ne voulait plus de nous chez AURA. Il n'y aura pas de prochain album. Terminé.

— Quoi ! C'est des conneries ! C'est n'importe quoi, putain ! Ruby se drogue et, elle, personne ne lui casse les couilles.

Saoulé, je me lève du lit et me passe les mains sur le visage. Je ne suis clairement pas en état pour ce genre de discussion, mais faut croire que Seven n'en a rien à foutre puisqu'il m'agrippe fermement le bras.

— Je n'arrive pas à te comprendre, poursuit-il. Je croyais que le groupe était important pour toi. C'est ce que tu as dit avant qu'on reforme les Nyx, et pourtant tu fais tout pour faire foirer cette tournée. AURA, c'est la chance de notre vie, et toi, tu fais quoi ? Tu fous tout en l'air simplement parce que t'arrives pas à assumer d'avoir merdé avec Juliet.

— Ta gueule, Seven ! Sérieux, tu me gonfles avec tes conneries !

— Non, je ne la fermerai pas, tu sais aussi bien que moi que j'ai raison. Mec, t'es comme mon frère, et quand je te vois avec Ruby, j'ai l'impression de vous revoir Shelby et toi. Et ça, ça craint !

Je serre les dents à nouveau et dégage mon bras d'un mouvement brusque.

— Ruby n'a rien à voir avec Shelby ! je réplique.

— C'est ça, essaie de t'en convaincre, si ça peut t'aider. Moi, je sais qu'il n'y a aucune différence. Elles t'ont manipulé toutes les deux de la même façon.

Exaspéré d'avoir à entendre ça, j'attrape mon T-shirt et l'enfile en vitesse. Puis, avec la ferme intention de sortir d'ici, je prends mon paquet de clopes et mon téléphone.

— Tu sais, Romy, je me demande encore pourquoi t'as préféré

repousser la seule fille qui essayait de t'éloigner de tout ça, si tu ne supportes pas son absence. Tu pouvais t'en sortir. Elle était là pour toi, mais tu lui as demandé de sortir de ta vie. Pourquoi ? Pourquoi t'as fait ça ?

De colère, je fais volte-face et, mon index pointé sur son torse, je lui crache la vérité au visage, cette foutue vérité qui me bouffe depuis notre départ :

— Tu veux savoir pourquoi, Seven ? Hein ! Tu veux savoir ? Juliet s'est tapé une putain de ligne de coke avec Ruby dans les chiottes du BlackBird pour lui prouver je ne sais quoi ! Voilà pourquoi je lui ai dit de sortir de ma vie. Elle m'a avoué qu'elle était amoureuse de moi, elle serait restée et je… Je pouvais pas. J'étais obligé de lui dire tout ça ! C'est une ancienne junkie, bordel ! Si elle replonge par ma faute, je… Putain !

— Tu l'aimes ? C'est pour ça que t'es dans cet état. T'es amoureux d'elle et tu ne le supportes pas.

— Peu importe, je ne peux pas être avec Juliet. Je suis un putain de poison. Je lui ai déjà fait trop de mal. Crois-moi, Seven, c'est mieux comme ça.

— C'est mieux pour personne.

— Si, c'est mieux pour elle. Bref, écoute, la tournée se termine dans quelques jours, je ne peux pas te promettre d'être super clean, mais je ferai un effort pour les prochains concerts.

— OK. Mais…

— Pour ce qui est de la cure, tu peux dire à Kendra qu'il est hors de question que je foute un pied dans un centre de désintox'.

— Romy…

— C'est à prendre ou à laisser, mec.

Résigné, Seven soupire, se passe une main sur l'arrière du crâne, puis hoche la tête. Je pose la main sur son épaule et la presse légèrement en signe de gratitude, puis je sors de la chambre.

44

Romeo

Affalé dans l'un des fauteuils en cuir hors de prix du bureau de Kendra, je pianote sur mon téléphone sans vraiment écouter ce qui sort de sa bouche. À vrai dire, j'aimerais être n'importe où ailleurs mais, apparemment, cette réunion à la con était obligatoire.

Je soupire longuement et relève la tête vers les baies vitrées. Dehors, le ciel est gris, un gris sombre, déprimant, et la pluie ne cesse de tomber depuis qu'on a mis les pieds ici. Je n'aime pas ce temps, les jours de pluie comme celui-ci me font toujours penser à elle. Juliet.

Je l'ai laissée comme si elle n'était rien pour moi.

Ça fait deux mois que je n'ai pas de nouvelles. Que je ne sais pas où elle est, ni ce qu'elle fait. Que toutes mes putain de pensées ne tournent qu'autour d'elle.

Je l'ai perdue comme on perd le moral. De façon brutale.

J'essaie de chasser ces souvenirs de ma tête mais, comme toujours, ils s'accrochent à moi. Leurs griffes sont plantées profondément dans ma peau depuis cette fameuse nuit sur le parking.

— T'es rien ! Tu comprends ? Rien ! Regarde-toi ! Je ne t'aime pas, je ne t'aimerais jamais. Comment tu peux encore croire une seconde que je voudrais de toi ? !

Tous ces mots, mes mots, résonnent dans ma tête en permanence. Je ne suis pas taré, du moins pas totalement. Ce ne sont que des regrets, des souvenirs, bien trop présents.

Juliet était ce que j'avais de plus précieux. Cette fille m'était vitale. Comment j'ai pu lui faire autant de mal ?

Parfois, j'ai l'impression d'entendre sa voix, mais ce n'est que mon esprit qui me joue des tours. Toujours.

Je ferme les yeux et inspire profondément. Je me force à chasser ces souvenirs avant de me concentrer à nouveau sur Kendra. Elle parle du groupe, de la tournée qui vient de se terminer, des chiffres de notre album, elle parle de tout, et pourtant je n'entends rien. Rien d'autre que le martèlement de la pluie sur la baie vitrée. Ce bruit qui me fait penser à elle, ma Juliet.

Tu sais ce que je préfère dans la pluie ? Sa musique. Cette jolie petite mélodie qu'elle joue.

Le souvenir de Juliet dansant sous la pluie au loft disparaît aussi vite qu'il m'est apparu, chassé par un claquement de doigts. C'est Kendra qui me parle. Ses grands yeux noirs plongés dans les miens, elle me fusille du regard.

— Si tu pouvais rester avec nous, Romeo, ça serait vraiment sympa pour une fois.

— Ouais. Et si toi tu pouvais en venir au fait, ça m'éviterait de passer la journée ici. Je suis mort, on vient tout juste de rentrer alors j'aimerais bien être ailleurs qu'ici à écouter toutes ces conneries.

Son regard habituellement lumineux s'assombrit subitement. Elle n'a visiblement pas apprécié ma remarque. Pourtant, elle devrait avoir l'habitude, ce n'est pas comme si on s'était bien entendus pendant la tournée. Kendra m'a pris la tête à plusieurs reprises pour tout un tas de conneries. Lèvres pincées, elle jette un regard d'intelligence aux autres membres du groupe, avant de reporter son attention sur moi.

— Je disais donc, reprend-elle, une fois votre album terminé, vous commencerez la prochaine tournée par Londres.

— Londres ?

— Oui, Romeo. Je te rappelle que cette tournée est européenne. Est-ce que ça te pose un problème ?

Je serre les dents et secoue la tête. Kendra reprend son énumération de villes mais, encore une fois, je n'écoute pas. Je me répète sa dernière phrase en boucle.

Notre tournée démarrera à Londres. Et si Juliet était retournée vivre là-bas ?

Deux mois que je n'ai pas de ses nouvelles, que je n'ai pas vu son visage ni entendu son rire. Ni glissé mes doigts dans sa chevelure sauvage. Juliet me manque.

J'ai passé je ne sais combien d'heures à me demander ce qu'elle devenait alors que le groupe et moi devenions de plus en plus connus. Pourtant, je ne peux m'en prendre qu'à moi et à ma stupidité.

Deux mois que je regrette de l'avoir laissée toute seule sous la pluie, cette fameuse nuit. Sans me retourner. Sans hésiter. Que je regrette d'avoir agi ainsi parce que j'étais trop flippé pour la choisir, elle. Trop paralysé pour lui dire que je l'aimais. Mais je voulais la protéger, de moi, de nous.

La protéger du poison qui coule en permanence dans mes veines. Juliet s'accrochait à moi, et la seule façon de l'éloigner pour de bon, c'était de la briser.

Et c'est exactement ce que j'ai fait. J'ai blessé mon ange à tout jamais.

Je ferme les yeux et serre les dents pour tenter d'étouffer ma putain de culpabilité, mais surtout pour étouffer cette horrible douleur qui me comprime le cœur.

Au bout de quelques minutes, Kendra finit par nous libérer. Pressé de me casser, je sors du bureau sans attendre les autres. Dehors, je m'appuie contre le mur du bâtiment et m'allume une clope.

La pluie se met à tomber plus fort, alors je balance ma capuche sur la tête, quand MK me tombe dessus.

— Hey ! Sérieux, Romeo ? T'étais obligé de lui parler comme ça ?

— Me gonfle pas, MK. J'suis pas d'humeur.

— Pas d'humeur ? Mais ça fait deux mois que t'es pas d'humeur Romeo. Deux mois que tu fais n'importe quoi. Qu'on ne sait plus comment te supporter.

Je ricane. MK est ridicule de s'emballer comme ça.

— Ça te fait rire ? ! Je te rappelle que tu nous as flingué un concert entier tellement t'étais raide défoncé ! T'as oublié ?

— Non, Mary-Kate, je n'ai pas oublié.

— T'es un vrai poison, Romeo ! Depuis le début tu détruis tout. La preuve ! T'as même fait du mal à Juliet alors que cette meuf t'aimait !

—Ferme-la, MK ! Je sais déjà tout ça, vous passez votre temps à me le cracher à la gueule !

— Ne me dis pas de la fermer ! Ton problème, c'est que tu ne veux pas entendre la vérité, Romeo !

— Va te faire foutre, putain ! Non ! Tu sais quoi ? Allez vous faire foutre ! Vous, votre label à la con, votre album et votre tournée de merde ! Je me casse !

Je serre les dents et, de rage, je me barre en tournant le dos à MK.

— Ouais ! C'est ça, Blake ! Barre-toi ! Fuis ! C'est toujours ce que tu fais quand tu n'arrives pas à gérer ! Tu vas faire quoi cette fois ? Quitter New York pour toujours ? !

Sans me retourner, je lève mon majeur et remonte la rue tout en tirant sur ma clope comme un dingue. J'ai la rage, je sais très bien que la fuite est ma spécialité, lorsque les choses deviennent trop difficiles.

Je balance ma clope au sol quand, soudain, un éclair vrille le ciel. Des rafales de pluie me tombent à présent dessus. Je râle et plisse les yeux pour essayer de voir à travers la pluie afin de choper un taxi. L'un d'eux tourne à l'angle de la rue, et je lui fais signe. Alors qu'il s'arrête devant moi, je me dépêche de grimper à l'intérieur et de lui cracher mon adresse. Puis je change d'avis et lui donne celle du Roxy.

La voiture s'arrête sur le parking, je paie la course, claque la porte et me précipite jusqu'au bar en évitant les flaques d'eau. Sur le point de passer la porte, je m'arrête net. Et si Juliet n'avait pas quitté New York ? Et si elle était là, son plateau en main, à servir ses clients ?

J'essaie de garder mon calme, de trouver quelque chose à lui dire lorsque je me trouverai en face d'elle, mais rien. Mon putain de cerveau a dû prendre l'eau parce que ce connard ne m'aide pas. Je suis flippé, pire, je crois que je fais une crise de panique. Je me sens chelou, je n'arrive pas à respirer.

Je souffle, me passe les mains sur le visage pour tenter de me calmer et passe la porte. Les mains dans la poche de mon sweat, je balaie la salle du regard. J'avance, trempé et frigorifié, tout en la cherchant du regard. Mais je ne la vois nulle part.

Je renifle, balance ma capuche en arrière et me dirige droit sur Roxanne, qui, si j'en crois l'expression de son visage, n'est pas ravie de me voir. Avant que j'aie pu dire un mot, elle me devance :

— Si c'est Juliet que tu cherches, tu peux faire demi-tour.

— Non. Je dois la voir. Il faut que je lui parle.

— Sors de mon bar, Romeo. Dégage d'ici.

— Roxanne, s'te plaît, je dois vraiment lui parler. Dis-moi juste où elle est.

Le regard noir, elle soupire et pose brutalement une bouteille de vodka sur le comptoir.

— Je ne sais pas où elle est. Juliet n'est pas venue au Roxy depuis plusieurs semaines et elle ne décroche pas quand je l'appelle.

Nerveux, je me passe une main sur le visage.

— OK. Elle vient plus ici, mais tu sais si elle est partie ? Si elle est retournée chez elle ?

— Je n'en sais rien, Romeo. Mais tu sais quoi ? Même si je le savais, je ne te le dirais pas.

— Il faut que je lui parle, putain !

— Je ne pense pas que tu devrais. Oublie-la. C'est mieux pour elle.

Une vague de colère s'empare de moi, et je balaie la bouteille de vodka d'un mouvement sec, l'envoyant valser derrière le bar, avant de hurler :

— C'est des conneries, bordel !

— Romeo ! Sort de mon bar ou je demande à Grant de te foutre dehors !

Je secoue la tête, lui lance un regard noir et quitte le Roxy. Dehors, il pleut toujours aussi fort et je ne sais pas où chercher. Peut-être que je devrais aller chez elle ? Peut-être que Juliet est là-bas ?

Je souffle de rage et fonce en courant jusque chez moi. Le bar ne se trouve qu'à quelques rues et, une fois là-bas, je récupérerai ma caisse pour aller chez elle.

À bout de souffle, j'avance dans la ruelle où ma voiture est garée et, par réflexe, je lève la tête vers mes fenêtres. Je fronce les sourcils lorsque j'aperçois de la lumière. C'est impossible. En dehors de Minuit, qui passe par la fenêtre de ma chambre, personne n'est là.

Suspectant que quelqu'un se soit introduit chez moi, je fonce jusqu'au bâtiment et grimpe l'escalier en vitesse. Ma porte est légèrement ouverte.

Sur mes gardes, je la pousse silencieusement et entre chez moi.

Si un connard est entré par effraction pour me voler, il ne va pas être déçu du voyage.

J'avance vers le salon en essayant de ne pas faire grincer le parquet, quand soudain je m'arrête net.

— Mais qu'est-ce que…

Tous les murs sont couverts de dessins et de paroles. Des pinceaux, des bombes de peinture et tout un tas d'autres trucs traînent sur le sol.

Juliet ? Juliet est venue ici ?

Sidéré qu'elle ait mis les pieds ici pendant mon absence, je m'approche pour mieux voir et, tout en effleurant l'une des phrases peintes en rouge sur le mur, je la lis à voix haute :

— Que devient Juliette lorsque son Romeo ne veut plus d'elle ?

— Elle meurt.

Surpris, je me retourne d'un coup et l'aperçois. Juliet. Elle est là, à quelques mètres de moi. Mais ce n'est plus ma Juliet. Elle ne lui ressemble pas.

Elle est pieds nus, vêtue uniquement d'un de mes T-shirts noirs qui lui arrive mi-cuisses, taché de peintures. Ses cheveux légèrement emmêlés sont tressés en une longue natte qui pend par-dessus son épaule.

La bouche entrouverte, je l'observe en silence tandis qu'elle ne détache pas ses yeux des miens. Plantée au milieu du salon, les bras ballants, elle semble fragile, sur le point de se briser comme du verre.

Sa peau est si pâle et son regard complètement éteint. Ce n'est pas ma Juliet que je vois. Je m'approche d'elle lentement, quand quelque chose dans sa main droite attire mon regard. J'écarquille les yeux, stupéfait.

Mais qu'est-ce qu'elle fout avec ça ?!

Flippé qu'elle puisse avoir utilisé cette foutue seringue pour s'injecter une dose, je fonce sur elle et la lui arrache des mains, avant de vérifier ses bras. En voyant les marques de piqûres sur l'intérieur, mon cœur se détache de ma poitrine et vient s'écraser sur le sol.

— Juliet ! Non ! Non ! Qu'est-ce que t'as fait bordel ? !

Le regard vide et les lèvres légèrement bleues, elle penche la tête sur le côté et me désigne le salon, mais je ne regarde pas. Je ne peux pas détourner mes yeux d'elle.

— Tu aimes ? C'est beau, n'est-ce pas ?

— Juliet… Mais qu'est-ce que t'as fait ?

J'approche ma main de son visage pour toucher sa joue et elle ne recule pas. Elle continue à fixer ce putain de mur. C'est ma faute si elle est dans cet état. Ma faute si ma rose a perdue tous ses pétales.

— Tu sais… J'avais oublié la sensation qu'elle procure. Je me sens moins seule. Et puis, tu vois comme l'art est plus beau avec elle ? Elle sublime tout, alors que toi…

Juliet vient lover son visage contre ma main, et ses yeux, océan vide de toute émotion, se rivent aux miens. À ce moment-là, je sens quelque chose se briser en moi.

—… toi, tu détruis tout.

Je ferme les yeux et secoue la tête. Je voudrais que tout ceci ne soit pas réel mais, lorsque j'ouvre à nouveau les yeux, rien ne change. Juliet est toujours là et ses lèvres sont toujours bleutées. Son visage aussi pâle et mon cœur toujours en morceaux à mes pieds.

— J'te demande pardon, Juliet. Je voulais te protéger de moi et, au lieu de ça, je t'ai fait encore plus de mal. Si tu savais comme je m'en veux.

— Tu as dit que tu ne m'aimais pas. Tu as dit que tu ne voudrais jamais de moi, que je ne te suffisais pas.

— J'te demande pardon…

— Tu sais ce que devient une rose lorsqu'elle perd tous ses pétales ? Elle meurt. Exactement comme moi, Romeo.

— Non, t'es là. T'es encore là, et moi aussi, je suis là. Je suis désolé, j'pensais pas un mot de ce que j'ai dit.

Juliet enlève ma main de sa joue, recule pour mettre de la distance entre nous et me dit que c'est trop tard. Mais c'est faux. Je suis là et je peux tout réparer. Je veux la sauver. Parce que, vivre sans Juliet, c'est la pire chose qui pourrait m'arriver.

Je m'approche et elle plaque ses mains sur mon torse pour me repousser, mais soudain elle pâlit et perd l'équilibre. Je balance la seringue et rattrape Juliet avant qu'elle ne tombe sur le sol. Je la soulève et l'allonge sur le canapé, inconsciente.

Juliet ne bouge plus, ses mains sont froides et sa peau tellement pâle que ses lèvres paraissent plus bleues qu'il y a quelques secondes. Je me mets à trembler. Et ce n'est pas à cause de mes vêtements mouillés, non. Je tremble parce que je suis terrifié à l'idée de perdre la seule fille capable de m'aimer même avec mes ailes brisées.

Ma poitrine me brûle d'un seul coup et je n'arrive plus à respirer. Je manque d'air. Je la perds. J'essaie de réveiller Juliet, mais elle n'ouvre pas les yeux. Putain, il faut qu'elle se réveille, il le faut parce que je suis amoureux d'elle.

Pour la première fois depuis la mort de mon père, je sens des larmes ruisseler sur mes joues. Si elles sont là, si elles glissent le long de mon visage, alors c'est bien de l'amour. Je renifle et secoue Juliet de toutes mes forces pour la réveiller.

— Ne me laisse pas Juliet ! Je t'aime ! J'ai juste été trop con pour l'admettre, mais putain, je t'aime, alors reste ! S'te plaît Juliet !

Voyant qu'elle ne réagit pas, j'éclate en sanglots et pose mon front contre le sien. Mes larmes ne cessent de couler et viennent s'écraser sur ses lèvres bleutées.

— Juliet… Je t'en supplie. Je te demande pardon. Je t'aime et, si tu restes avec moi, je passerai ma vie à te le prouver. Mais, s'il te plaît, reste avec moi. On n'est pas comme eux, Juliet ! Ne meurs pas. Reste, parce que je t'aime et que je t'interdis de partir.

À genoux auprès d'elle, je lui demande pardon encore et encore et lui ordonne de se réveiller, mais Juliet ne réagit toujours pas. J'ai perdu mon ange aux ailes argentées et, si elle ne revient pas, alors je dois la retrouver et ne plus jamais la quitter.

En larmes, j'essuie rageusement mes joues et me relève pour aller ramasser la seringue que j'ai balancée tout à l'heure. À genoux auprès de Juliet, j'enlève mon sweat, le balance sur le côté et noue le lien en caoutchouc autour de mon bras.

Ma vue est brouillée par mes larmes, mais je peux tout de même voir le contenu de la seringue que je suis prêt à m'enfoncer dans les veines. Celle-ci contient plus d'héroïne que je n'en ai jamais pris en une fois.

L'aiguille contre ma peau, je ferme les yeux, demande pardon à Juliet, et me l'enfonce. C'est alors qu'une main glacée me fait ouvrir les yeux.

— Romeo…

Mon geste en suspens, je fixe la main que Juliet vient de poser sur mon avant-bras, puis plonge les yeux dans son regard océan.

— Juliet ! T'es toujours là…

— Romeo… Si tu savais… Oh ! si tu savais comme je te hais, mais… Mais je t'aime tellement plus. Alors, s'il te plaît, ne fait pas ça.

Sans un mot, je continue à la fixer pour m'assurer que je ne rêve pas, et Juliet s'empare de la seringue pour l'éloigner de mon bras.

— Ne fais pas ça.

Soulagé de voir qu'elle est toujours avec moi, je prends son visage en coupe et viens écraser mes lèvres sur les siennes.

— Je t'aime. Putain, si tu savais comme je t'aime, Juliet. J'ai cru que je t'avais perdue pour toujours.

— Tu… Tu m'aimes ?

— À en crever.

Ses grands yeux bleus se remplissent de larmes, et elle éclate en sanglots avant de jeter ses bras autour de moi.

— Sauve-moi ! Je t'en supplie Romeo, sauve-moi de tout ça !

— Pardonne-moi, Juliet. C'est ma faute. C'est ma faute si t'es à nouveau dans cet état.

— Je te pardonne, mais s'il te plaît aide-moi. Ne me laisse pas comme ça. Je t'en supplie Romeo, ne m'abandonne pas.

Juliet s'accroche à moi plus fort encore et me supplie une nouvelle fois. Alors, tout en la tenant contre moi, je lui promets de tout faire pour la sortir de là. Pour nous sortir de là.

Parce que Juliet est le soleil et que j'ai besoin d'elle pour vivre dans la lumière.

Épilogue

Juliet

Assise sur les marches qui mènent au hall du centre Morgan, je fais rouler la médaille de couleur argentée entre mes doigts, lorsqu'elle glisse et tombe sur le carrelage dans un tintement métallique.

Je la ramasse et passe la pulpe de mon pouce sur le chiffre 2, frappé sur l'une des faces du jeton. Ce matin, j'ai reçu ma médaille anniversaire pour fêter mes deux mois. Ça n'a pas été facile de devoir mettre à nouveau les pieds dans un endroit comme celui-ci sans avoir un sentiment d'échec, mais ici on nous apprend un tas de choses, dont le pardon. Nous pardonner à nous-mêmes est l'une des étapes importantes de la cure.

Je suis sortie le mois dernier mais, pour pouvoir obtenir ma nouvelle médaille, je dois participer à une réunion. Parler de moi, de mon état et de mon ressenti maintenant que je suis enfin rentrée chez moi.

Je reviens de loin, une nouvelle fois, mais je me suis fait la promesse de ne plus jamais remettre les pieds ici. Je vais faire mentir le fameux « jamais deux sans trois ».

Je ne veux plus me retrouver à nouveau dans cet état. Je veux m'en sortir.

Ma pièce métallique au creux de la main, je la retourne et passe mon pouce sur l'autre face. Sur celle-ci, on peut lire : un jour à la fois. Ces mots, ce sont ceux que les médecins du centre passent leur temps à nous répéter. Oui, un jour à la fois, et tout ça sera derrière moi.

Je referme la main et fourre ma médaille dans la poche arrière de mon jean en me levant. Perchée sur la dernière marche de l'escalier, je dépoussière mon pantalon et relève la tête. Une paire d'yeux noisette se rive aux miens, et je souris à Romeo tandis qu'il avance vers moi.

Les mains enfoncées dans les poches de son jean noir, Romeo me sourit en retour. Arrivé tout près de moi, il prend mon visage en coupe.

— On l'a fait, Juliet. Deux mois. On l'a fait ensemble, un jour à la fois.

Ses lèvres frôlent les miennes sans vraiment m'embrasser. Alors, impatiente, j'enroule mes bras autour de son cou et l'attire contre moi. Face à mon impatience, Romeo éclate de rire contre ma bouche, et une petite boule de chaleur irradie dans ma poitrine.

Aimer Romeo n'est pas tous les jours facile. Mais qui a dit que l'amour l'était ? Je suis tombée amoureuse d'un ange aux ailes brisées, une âme fissurée qui apprend petit à petit à se réparer. J'aime Romeo de tout mon être malgré la peine qu'il m'a faite. Parfois, les gens font ou disent des choses horribles pour nous protéger, pour se protéger eux-mêmes. C'est exactement ce que Romeo a fait.

Me protéger de lui, voilà ce qu'il voulait faire. Seulement il l'a fait de la pire des manières. Alors j'apprends à lui pardonner, un jour à la fois. Romeo m'aime et, dans notre version de l'histoire, Juliet ne meurt pas. Non, Juliet et Romeo sont des survivants. Exactement comme nous.

Mes lèvres brûlantes toujours pressées contre les siennes, je souris avant de mettre fin à notre étreinte. Ses yeux noisette plongés dans les miens, Romeo attrape l'une de mes mèches blondes pour l'enrouler autour de son doigt.

— Notre avion décolle dans trois heures. Y a un truc que tu aimerais faire avant qu'on quitte New York ?

— J'ai bien une idée…

— Quoi ? Dis-moi ?

Je secoue la tête et, sans lui laisser le temps de protester, j'attrape sa main et l'entraîne hors du centre Morgan.

Romeo

Appuyé contre le mur, bras croisés, j'observe Juliet se faire tatouer une rose dont la tige recouverte d'épines s'enroule autour d'un manche de guitare. Ce tatouage noir recouvre une partie de son flanc droit. Je me suis fait tatouer le même symbole nous représentant tous les deux, exactement au même endroit.

Cette fille, je l'ai dans la peau. Même si parfois j'ai encore du mal à le lui montrer, je trouve toujours une façon de le faire. À travers mes textes, mes gestes. Je lui montre que je tiens à elle et que je l'aime à en crever.

Parfois, je me demande comment Juliet peut arriver à m'aimer en dépit de tout ce que je lui ai fait subir depuis que je la connais. Mais cette fille est un soleil, je crois même que c'est un ange tombé du ciel. Je sais pertinemment que je ne suis pas digne d'elle, et pourtant Juliet m'aime.

Je pousse un long soupir, et le dermographe du tatoueur

s'arrête, plongeant le box dans le silence. Le T-shirt relevé, Juliet observe son tatouage et, lorsqu'elle lève les yeux vers moi, elle sourit, satisfaite.

— Je l'adore !

— Au moins, comme ça, tu pourras vraiment dire que tu m'as dans la peau.

— Pareil pour toi. Parce que je sais qu'au fond tu m'as aussi dans la peau, Blake !

Je me marre tandis que ma rose épineuse remet son T-shirt. Puis nous quittons le salon pour prendre la direction du loft afin de récupérer Minuit et nos affaires.

Après le mois de cure au centre Morgan, j'ai emménagé provisoirement dans le loft de Juliet. Mon appartement est en travaux : ma jolie blonde a décidé que, pour faire table rase du passé, il fallait recouvrir de peinture chaque mur pour tout effacer.

Si ces murs pouvaient parler, ils en auraient sûrement beaucoup à raconter. Si seulement tout pouvait être aussi simple dans la vie. Pouvoir foutre un coup de pinceau sur un truc qu'on souhaiterait voir disparaître.

Mais voilà, ça ne marche pas comme ça, il faut apprendre à vivre avec.

Cette cure est sûrement l'une des choses les plus intelligentes que j'ai faites dans ma vie. Grâce à elle, j'ai prouvé à Juliet que je pouvais changer, que je pouvais être quelqu'un de différent, quelqu'un de meilleur. J'ai aussi appris à me pardonner pour Shelby et à accepter l'idée que je n'étais pas le seul responsable ce jour-là.

Je ne dirais pas que je dors bien pour autant mais, au moins, mes nuits ne sont plus peuplées de cauchemars. Et si ça arrive encore parfois, j'ai juste à me retourner pour serrer dans mes bras l'ange qui dort paisiblement à côté de moi.

Une fois ma Nova bien à l'abri sous une bâche, derrière le Roxy, je retrouve mes potes qui m'attendent près du van des jumeaux. Avec mon entrée en cure, notre tournée européenne a été retardée et, comme la première ville se trouve être Londres, Juliet a accepté de nous accompagner.

Retourner là-bas n'est pas quelque chose de facile pour elle, mais Juliet a très envie de revoir son pote Yuuma. Alors, on a fait un deal, ma rose et moi. Elle reste à Londres avec Minuit

pendant notre tournée européenne, et une fois celle-ci terminée, je reviens la chercher. Parce que, dorénavant, ma vie ne se fera pas sans elle. Je ne la conçois pas sans musique mais, sans Juliet, c'est carrément impossible. Plus maintenant.

Que devient un ange qui ne peut plus voler ?

Il continue à vivre sur terre, à la recherche de sa moitié humaine. Et, une fois qu'il l'a trouvée, il passe le reste de sa vie à l'aimer. Sans jamais la quitter.

Remerciements

J'aimerais remercier toutes les personnes travaillant chez HarperCollins France. Plus particulièrement Sophie, qui un jour m'a envoyé LE mail qui m'a fait crier de joie, merci à toi de m'avoir fait confiance pour ce roman, avec seulement quelques lignes. Merci à Pauline, mon éditrice. Merci pour tout ce que tu as fait sur My Bad Romeo. Pour tes nombreux conseils et ta bienveillance. Grâce à vous deux, j'ai pu réaliser l'un de mes rêves les plus fous alors merci pour tout.

Merci à ma famille de me soutenir chaque jour. À mon chéri, pour sa patience, son aide et ses nombreuses idées lorsque je sèche. À ma meilleure amie, ma Bee, merci à toi de toujours être là, à n'importe quel moment. Merci pour ta patience, même lorsque je te fais relire le même chapitre soixante-dix fois. N'oublie pas : If you were not in my dreams, I would not follow them.

Merci à toi Milly, ma Babyface, pour ton amitié, mais surtout pour toutes les fois où tu m'as encouragée lorsque je baissais les bras. Merci de toujours être là.

À Laurie Eschard, pour ton aide également sur cette histoire, pour ta super positivité (super agaçante parfois ^^) Hip Hip H p Mourgaya !

Merci à vous, nouveaux lecteurs, d'avoir lu ce roman. Peut-être que vous me découvrez et, si c'est le cas, alors j'espère que cette histoire vous a plu.

Et bien sûr, à vous, ma #Teamguimauves, mes lecteurs. Ma deuxième famille. Merci de toujours être là, et ce depuis plus de quatre ans déjà. Merci pour votre amour, votre soutien sans faille, vos blagues et vos messages qui font éclater mon cœur de joie.

Je me répète souvent, mais sans vous je ne serais pas Lina, alors merci pour tout ça. Je vous aime d'un amour infini.

Vive le rock, les guimauves, la barbe à papa & Ash Stymest aussi !

Love.

Composé et édité par HarperCollins France.

Achevé d'imprimer en mars 2020.

FIRMIN-DIDOT

à Mesnil-sur-l'Estrée (Eure)

Dépôt légal : avril 2020.

Pour limiter l'empreinte environnementale de ses livres, HarperCollins France s'engage à n'utiliser que du papier fabriqué à partir de bois provenant de forêts gérées durablement et de manière responsable.

Imprimé en France